薈書坊

到天尽头去

赵命可 著

陕西师范大学出版总社 西安

图书代号　WX24N0774

图书在版编目（CIP）数据

到天尽头去 / 赵命可著. — 西安：陕西师范大学出版总社有限公司，2024.7
ISBN 978-7-5695-4375-9

Ⅰ.①到… Ⅱ.①赵… Ⅲ.①中篇小说—小说集—中国—当代②短篇小说—小说集—中国—当代　Ⅳ.①I247.7

中国国家版本馆CIP数据核字（2024）第086875号

到天尽头去
DAO TIAN JINTOU QU

赵命可　著

出版统筹	刘东风
责任编辑	舒　敏
责任校对	彭　燕
封面设计	主语设计
出版发行	陕西师范大学出版总社
	（西安市长安南路199号　邮编 710062）
网　　址	http://www.snupg.com
印　　刷	陕西龙山海天艺术印务有限公司
开　　本	720mm×1020mm 1/16
印　　张	17.25
插　　页	1
字　　数	221千
版　　次	2024年7月第1版
印　　次	2024年7月第1次印刷
书　　号	ISBN 978-7-5695-4375-9
定　　价	59.00元

读者购书、书店添货或发现印装质量问题，请与本公司营销部联系、调换。
电话：（029）85307864　85303629　　传真：（029）85303879

序一

固守在游荡之中

金宇澄

命可,南方人的瘦小身材,戴眼镜,留着及肩的长发,夏威夷衬衫上是蓝、绿和深粉红的图案,颈间挂着他在电影制片厂的女友细皮条编的饰物……当我和这位独特的朋友站在一起时,我已认定自己是一条鲁莽大汉。我们面对镜头,背景是雨后广玉兰树发亮的大叶子……

同事指指照片中的他问:这是……

……第一次这样问时,赵命可还在我的办公室,看他的个子,他的长发和那件花花绿绿的衣服,大家有些恍然,后又肯定他是个广东男人。

以后的一年,上述的判断似乎得到证实,他告别西安的工作去广州了;也许他只是因为烦闷才作出这个决定的。而实际上,他的羊城生活和在西安时大同小异,他仍然是做编辑,写小说,所不同的是,西安街头可以尝到肉夹馍,而广州的排挡,生炒花螺变为一道普通的小菜。他在晓港公园一带租了间房子住,白天骑车爬过海珠桥,赶到北京路当编辑,晚上坐在小屋的凉席上写他的小说。过了一年多的时间,他辞掉广州的这份工作去了深圳。他这样转着一个个新地方,像是要呼吸不同的空气，但也是一个循环，重复着他不变的生活样式——在某一家刊物当编辑，闲时以写作得到安慰。在广东的这些年里，他几乎没有变化，不习惯广东饭，也没想学粤语。有时候，他打来电话讲讲他新写了一些什么，或者说又喝醉了，称兄道弟的，他都是用轻松的口吻说着那些琐事，使人无法想象他是快乐还是悲伤。

过了一阵，他又扔掉深圳的工作，折返西安。

可以说，这些年，他一直是固守在西安，像是没去过广东——他和离开这座城市前的状态差不多一样，在西大附近租了一间房子住着，做着杂志编辑，工余写作。有时和我打电话，我觉得他的口吻和在广东深圳时差不多（他不会改变）。这使你徒生一些杂念，有了不知此君身处何方，飘零落寞的感想。

在以往的一些作品中，他笔下的题材和人物，几乎与他的游荡生涯一样地不固定，我们能够看到他在关注一些城市危情故事和农村风景画，包括刚工作的大学生、一意孤行的小职员、夜晚不睡觉的流浪音乐家、偷情的有夫之妇、热情自私的教授和诗人等的同时，也关心一部分基层官员和他们下属的风情、小店老板娘的欲念和谋略、庄户人家的情谊以及钩心斗角的生活。

周介人先生说：赵命可这个人，写起男女关系来极为传神，他是个很有经历的人。

是这样吗？有时候，我也暗自这样问着。数年南方之行，至今没有在他的创作中直接作为背景展开，也就是说，他的行箧之内仍保留着离别西安时的相册和纪念品；当然，他会从南方带回来一些新计划书和笔记本，每当整理这些记忆之页，一缕缕透过夏夜屋瓦的仿红线女的歌、呜呜的电扇声以及滚成团的南方话就如波浪一样轻轻拍打着他，使他产生特殊的感念。走过这个循环，他难以生发类如《靓汤谱》那样完全陌生的操作概念。他习惯北方，他将延续已往的创作惯性，停留在西北的城乡寻觅他的故事。

对于他常在小说里出现的自说自话的"我"，一个有些厌世、孤单，也不得不随俗的人物，他的笔力比过去更有耐心，更有计划，有时，不免也让读者恍惚和模糊……常常，当我合起他的小说，这位幻想着四处游荡（或者四处谋生？）的朋友便出现在我的眼前，这些年来，他勤奋地写作，因生活的多变对人对事有了更多的理解，但与此同时，也可能将分散持久的一种关注力量，一种动静之交的控制和把握，这是他需要注意的……

在他的家乡，有辛劳了大半辈子的父母，有一个弟弟，还有苹果园（那是很久以前的事了）。他记得小时候，每年秋天，苹果成熟的季节，家里人会找人来帮忙收苹果，而他自己是很少回去的。我问他，到了秋天苹果园会是什么样子？他摇摇头……好像没有了精神，后来，他有了一个主意，他说好吧，你来西安了，我们（带着你，还有王五、李四）一起回去看看？去玩玩？他有些兴奋地想着，表示要和大家到一个像是无关的、遥远的苹果园去玩，看一看那里的人和苹果……他说了好几遍，然后又冷落下来。

此时此刻，他坐到小屋的席梦思床垫边，或许在写些什么，苹果已经熟了，天已变凉，有许多事情等着他和人们去做。

但愿他一切顺利。

1997年10月16日于上海小河

（金宇澄，小说家，长篇小说《繁花》获第九届茅盾文学奖。此文是作者为1997年第12期《延河》杂志赵命可小说专辑所作的评论。）

序二
我们的精神内核何在

王祥夫

我和命可认识已经有许多年许多年，中间还夹着个老帅哥金宇澄，我们一起坐在黄河风陵渡口吃很硬的饼子喝冰凉的汽水就像是昨天的事。命可穿着件大红的风衣，季节虽然是春季，却没有发情的公牛出现，所以没出什么事。那时候命可很瘦，我们一路走来，并且参加了一次晋中小镇给我们安排的舞会，结果是我们只好落荒而逃。那是一个文化馆，刚刚装修好，在那个晚上派上了用场，是灯火辉煌，是音乐大作。小镇还安排了不少老太太来给我们捧场，老太太带着她们的孙子和外孙们来见世面，她们认为那是一场演出，并且认真地鼓掌，每一支曲子结束她们都会认真起立鼓掌，结果是，我们只能从文化馆里冲了出来落荒而逃，结果是，这成了我们后来十分乐于回顾的一次奇遇。那时候的小县城，人们还不知道什么叫交际舞。但我知道命可那时候已经开始写他的小说。再后来，命可去了深圳。白白净净的命可和深圳我想是比较协调的，后来我去深圳看了一次他，他果然更加白净，但说的还是宝鸡的普通话，而且节奏快，笑，加上闪烁来去的眼神，其狡黠与智慧后来都一一表现在他的小说里。因为我们都是从底层来的人，所以每碰到什么事都会很积极地参与进来。因为底层的经历，所以，我们的小说一如基斯·哈林的涂鸦，一定只会是遍布在街头巷尾，而不可能是待在教堂的天花板之上，像被达利绘在穹顶上的他的夫人，只能让人看着她的双足。

我们每一个人，都是时代的和社会的人，谁也摆不脱这两点。所以当下的中国作家在许多地方其实都一样，没办法不一样，就像我们没办法停下我们的脚步一样，我们都只能不停在行走，像在寻找什么，但我们永远也寻找不到，这几乎是中国的所有的作家的当下状态，始终停不下来，急迫地行走加上左右地观望，时时有摔一跤的可能。

我们每一个作家，几乎都要面对一个问题，那就是怎么处理我们和环境的关系，这个环境主要是指外部环境，这个问题对我们而言来得特别重要，也会极大地影响一个作家的心境和创作。说到这一点，我始终认为命可作为一个作家始终是为底层写作着的，他的心灵与目力所至兴趣所至都在底层。如果说有这么一个作家群体存在的话，那么命可必定是其中的一员。天边的彩虹色彩虽然无比绚烂，但多少有些虚幻。我认为，真正的生活应该是灰色的，因为灰色之中包括了各种色阶，其实是最丰富的。灰色又特别容易在行进之时产生滑动，或者偏向了更加明亮或者直接滑向黑暗。灰色体我个人认为是更加真实的人间实相。我经常问自己，我们为什么不可以灰呢？卡夫卡是灰色的，但他有多么地优秀！

命可的中篇小说要比他的短篇更为出色。因为中篇小说里可以有更多的生活经历与经验述说，而短篇却往往要让人看到闪烁在小说之中的心灵之光。命可的中篇小说的视角大多都是俯视的，是广角镜头对社会的拍摄。比如他的中篇小说《兔儿鼻子》，就是我们当下生活的一个缩影，并不是所有的小说都有这种现场感。小说的开头十分利索，是直接入，可以看得出命可操纵小说的手段十分老练。一开头的悬念设置居然是一口棺材，这多少有些反常，一上来就是一口棺材，为什么？读者诸君必然会问。这篇小说从母语到地域感都是厚墩墩的。"老女人能做的也就是旅游了",这句话真是让人有点心酸。这篇小说可以说代表了命可小说的总体风格,有那么点碎,但很厚实,人与人之间的关系看上去稀松平常,下边却是暗流汹涌。命可的小说,有一种很诚实的品性,那就是他不会粉饰生活,而往往直面,也不谈什么理想,所以貌似平庸,平庸之中又有些茶余饭后以资闲聊的小坏,这其实就是"马力大,比较费油"这种既坏又有趣的幽默,我们的生活就是靠这种润滑剂才得以正常运转。生活是杂乱无序的,当理想一个接一个破灭之后,当我们忽然清醒过来,我们会被我们的现状惊悚到。读命可的小说,时时像能听到他的口音,这很怪,比如这一句:"唱啊,又不是电视台给你录像,紧张个啥。不要发抖啊,夹紧了唱。"坏坏的命可,小说的鲜活气息也在这里。命可是以性命和读者直见的作家。这一点我是喜欢他的。

命可是从底层过来的作家,扎实的生活、细致的观察、平静的叙述,尤其是这篇《都是因为我们穷》让人明白媒体人身处上层与下层之间还要面对整个社会的那种尴尬,马林旭这个人物从某种程度上可以让我看出命可在深圳的那些年度日如年的辗转。在命可的小说里,展现了小人物的各种艰难和各种无望的奋斗,但生命的顽强就在于,虽然没有什么结果,但我们还要艰苦地广种薄收,或广种无收!这是命可小说的最重要的一个悲剧性支点。读命可的小说,特别能拨动人心弦的是,在他的笔下,是浩浩荡荡的人群正在走过,扛着锹,执着笔,怀着不着边际的理想走着前进着,大雾弥天,终究不知道要走向何处。

命可的小说在艺术上是质朴的,时有幽默,让人会意发笑;命可的小说也有强烈的现场感,一个作家能做到这一点难能可贵。即如命可的短篇小说《到天尽头去》,马文出走,他又能出走到哪里去?这是个比较古老的命题,这让我想到娜拉的出走,她又能出走到哪里去呢?再苦涩的理想也是理想，这个短篇写得很出色，没有写出来的东西要比写出来的东西多，让人们感受到底层生活的一种骚动一种渴望，小说里有一种近似于光芒的东西，但分明又不是。好的小说，魅力永远来自始终不明确。

　　命可的小说是灰色调的，就像是一个看上去已经熄掉的火盆，上面都是灰，把灰轻轻拨开，可以看到下边火的存在，一闪一闪，却转瞬又灰掉，再拨那灰，下边的火又红红的出现了，转瞬，又灰掉，这就是命可小说的状态，也可以说这是我们读命可小说的某种感受。比如这一篇《李飞狗的爱与凄楚》，小说中的女主来了，她说谁要是给我每天吃两袋薯片，我就嫁给谁。而他偏偏每天只给她吃一袋，他心里总想着这个曹丽，而有一天这个曹丽来了，还住在了他的家里，睡在了他的床上，而他自己却睡在沙发上。这篇小说有一大片空白，没写到，但人们可以想象他们两个人那一晚上的心潮澎湃。好的短篇，往往是读者这么想那么想，而作者就是不着一字，这篇小说，写出了我们这个时代已很罕见的纯贞，虽然多少有些古怪，但难能可贵。

　　命可的小说是底层的，所有收集在这本集子里的小说充分表明命可是个关注当下的作家，他所写到的或涉及的生活说明命可的文学实践已足以成为阵痛不断的新世纪中的一种困惑的回响。我们每一个作家其实都是现实事件与现实平庸生活的参与者，所以，我们往往不自觉地会陷入悲剧处境之中，唯有真实，才会拯救我们自己。多少年来，我们都有一个错误认识，认为我们在拯救别人，其实更应该拯救的是我们自己。

　　深刻矛盾其实永远都是外界的，真正的危机来自我们的内心！

　　我们的精神内核何在，更不用说深藏的精神内核。

（王祥夫，小说家，短篇小说《上边》获第三届鲁迅文学奖。）

目录

CONTENTS

短篇小说

003　到天尽头去

013　来　雨

024　李飞狗的爱与凄楚

033　谷文庆简史

中篇小说

049　都是因为我们穷

094　我欲乘风归去

136　与女人对弈

184　兔儿鼻子

237　两地书

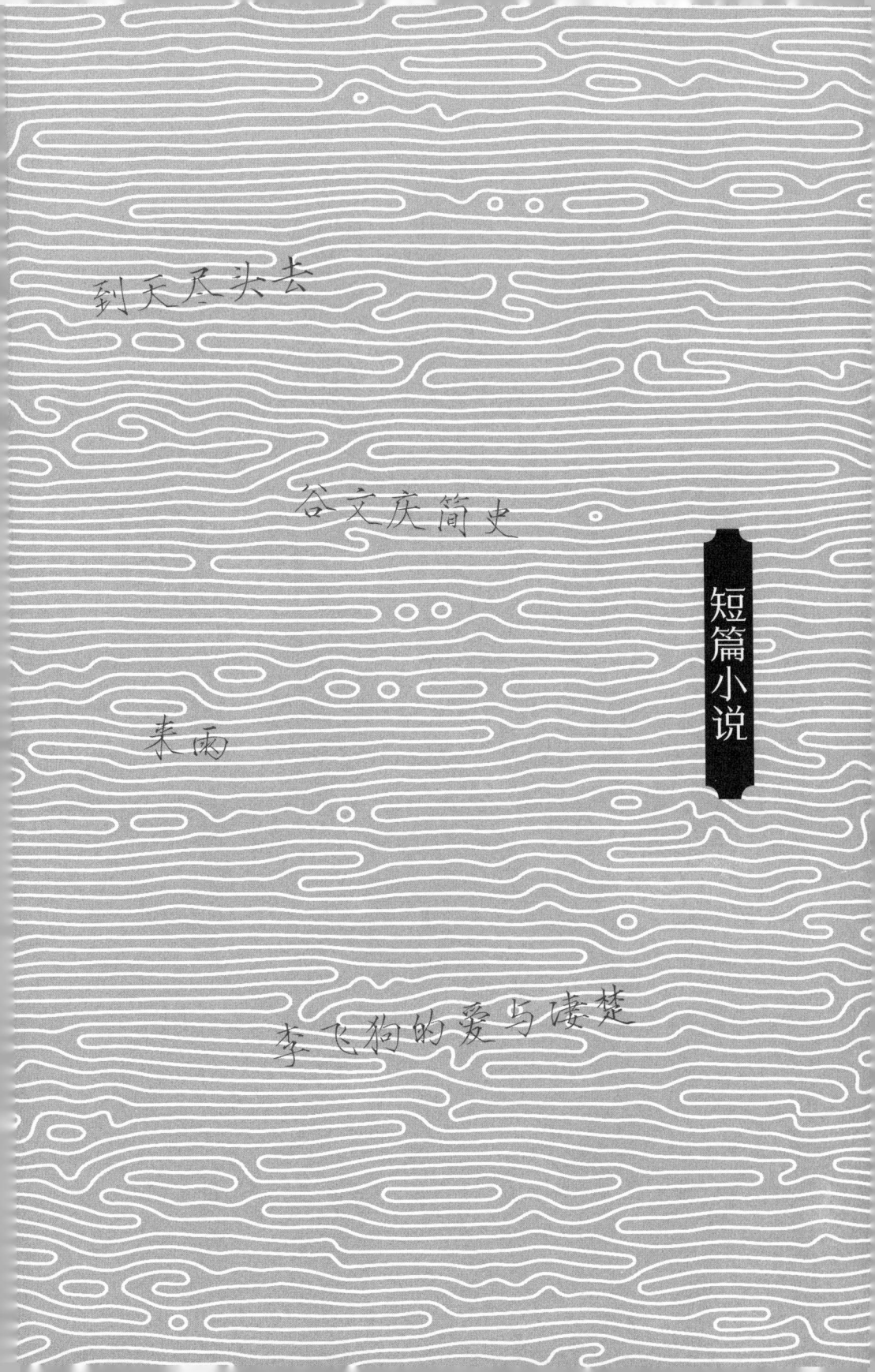

到天尽头去

谷文庆简史

来雨

短篇小说

李飞狗的爱与凄楚

到天尽头去

到了傍晚，南庄的人都知道了马文出走的消息。他们一会儿说，马文到姚家崖啦，一会儿又说，马文到碧峰寺啦。下弦月高高升起的时候，他们说，马文现在过了甘河桥，快到县功镇啦，到了县功镇，马文可以坐上汽车，他愿去哪里就去哪里，到那时，你想见到马文，就做梦吧。

十二岁少年马文的出走，是南庄的一件大事。这个几百人的村庄，已经很久没有发生过这样受人关注的事。大伙心里都有些发痒，而马文这个被南庄人视为恶少的少年，一次又一次地将南庄人的心揪紧，给南庄人制造说话的机会。

追赶马文的两路人马已经出发，他们先是聚在马文家院子里，将马文可能出走的路线逐一进行了分析，最后认定马文会走两条路：一条是先到县功镇，坐汽车到宝鸡；另一条是从司街往西走，直走到香泉、赤沙去——没有人会相信马文会走这样一条自我毁灭的路，因为往西走不了多远，便是人烟稀少的牛头山。他们很快就否定了这条路线，只派了两个人沿这条路线去追寻马文，其余的人都往县功镇而去。

马文的父亲马昆，从一开始就不赞成去追赶马文，他说马文出不了南庄，他不相信马文有逃跑的胆量。再说，马文身上没有一分钱，他靠什么坐车、吃饭，又能跑到什么地方去？他的话很快就被南庄人否决了，他们找遍了南庄，连马文的影子都没有。到了傍晚，他也坐不住了，在院子里转来转去，身上像装了一个马达。

最先发现马文失踪的是马文的小妹马艳。她有一道算术题怎么也算不出来，就四处找马文帮忙。找不到马文，马艳又去求她妈李玉枝，李玉枝说你哥马文是和我赌气，他跑到你舅家玩去了，过两天就会回来。马艳说那你将他叫回来，让他帮我做算术题。李玉枝说找你姐马芳吧，你姐马芳做算术题比你哥马文强得多，她年年拿奖状。

马艳不会去找她姐马芳帮她做算术题，她常说马芳不就学习好了一点吗，训起人来跟个先生似的。马芳很是看不起这个呆头呆脑的妹妹，马艳呢，她有不会做的作业，总是跑去问马文，马文做算术题的水平比她强不了多少，可马文热情，和她一起算来算去，撕掉几页纸，总能算出满意的结果。这一回，马艳没找到她哥马文，她跑遍了南庄，就是找不到他，她跑累了，也喊累了，就坐在村口的碾子上喘气。

这时，村上给地震局送水的马高回来了，他说马艳你坐在这里干什么，看你气喘吁吁的，这大热的天，也不怕晒坏了。马艳说我找我哥马文。马高说："你哥往县功镇那里去了，我送水回来时碰上了他，我问他一个人低着头往哪里走，他说往天尽头走。我当时想他是去你舅舅家，他在和我说笑话，就没多问。他又犯错误了吗？"马艳说昨晚他又挨过打啦，我爹打了他大半夜，我妈骂了他大半夜，他不吃饭，不喝水，也不睡觉，他在院子里坐了一夜，早上起来我就没有看见他，吃早饭时，家里人还以为他又跑到后沟里玩去啦。

马高走了，马艳一个人坐在碾子上等她哥马文。马艳心里着急，也有些害怕，她忽然放声哭了起来，她想怕是再也见不到她哥马文了，马文已向天尽头去了，他要离开南庄，离开这个家，成为天尽头的人。

马艳哭着回家，将马文出走的消息告诉了马芳，马芳没有马艳那样着急，也没放声大哭，她一直记着马文抢走她的文具盒这件事。

那是她考了全年级第一，学校奖给她的，而文具盒被她哥马文抢走了。马艳说我们就这么一个哥哥马文，他走了，别人要是欺负我们，我们可怎么办？马芳说除了马文，没有人会欺负我们，他刚抢走了学校奖给我的文具盒，要是他不是我哥哥，我会拿砖头砸他，用牙咬他，绝不会让他拿走我的文具盒。

中午吃饭的时候，李玉枝的弟弟来了，他来向他姐姐借钱。马艳向他要马文。他说马文不是在你家里吗，他干什么去了？马艳说他到你家去了，你没见过他吗？舅舅摇摇头，说他整个上午都在家里，再说来的时候，在路上也没看见马文啊。马艳大声说马文到天尽头去了，马高在路上见过他，马文就是这样给马高说的。说完，马艳哭着跑了出去。

追赶马文的两支人马都回来了，马文还是连个影子都没有。马高作为最后一个见到马文的南庄人，谁见了他都要问一遍马文的消息。马高就将他在路上见到马文时的神情、衣着，以及马文那句让他摸不着头脑的话一遍又一遍地重复，到后来，马高就只说马文那一句话了：我到天尽头去了。

马文的父亲会计马昆是个沉默寡言的人，他从不直接表露他的观点，受了委屈，心里有什么解不开的疙瘩，就一根接一根地抽烟，抽完烟站起来一拍屁股就没事了。但这一次马昆出人意料地果断，他对围在院子里的人说："他要跑就跑吧，我也省心了，他在家里整天惹是生非，说不准哪天就会惹来大祸。"李玉枝已气死过去两回，村上的医生在给她输液，她一醒过来就哭爹叫娘，喊着马昆，让他连夜去宝鸡找马文。马昆说我到哪里去找他，再说现在也没有去宝鸡的汽车了，要去找也要等到明天早上。

到了后半夜，李玉枝的情绪才稳定下来，累了一天的人都陆续散了去。院子里就剩下马昆和他的小女儿马艳。马艳对她爹说："我哥是被妈逼跑的，你每次打我哥，都是妈逼你打的，你不打我哥，妈就骂你，妈一骂你，你就打我哥。现在我哥跑了，你打不上他了。"马昆说你去睡觉吧，小孩子家别乱讲话，大人的事，你知道个啥。马艳很没趣地站起来，她很想找个人说说话，以前她想说话的时候，只能找马文，现在，马文去了天尽头。

马文没有走到天尽头。马文走到碧峰寺时遇到了他的语文老师甘强。甘强正在浇他家的菜地，一抬头看见了蔫头耷脑的马文。他说马文啊马文，你不好好的在家做暑假作业，你这是要到哪里去？马文说我要到天尽头去。甘强说地球是个圆的，你永远也走不到天尽头，再说你还没走到宝鸡就会累死的，你这么小，哪里有走路的力气呢？马文说那也比待在家里被爹妈气死打死强。甘强笑了，他想起了马文以前写的作文"大妹的灯"，马文眼里的母亲是自私、病态的。甘强挺喜欢他这个学生，他看上去很小，但做起事来、讲起话来，像是经历了很多的事。

甘强说："马文，你过来帮我浇地，你心里有什么想不开的事情就给我说。"

马文说："说给你也没有用，你又不是我爹。你要真是我爹就好了。"

甘强被马文逗笑了，他说："你小小年纪，脑子里怎么那么多的奇思怪想呢？"

马文说："你不知道，我多想我爹妈也是个教师啊，这样，他们就不会一唱一和地打我了，将我往死路上逼。"

甘强说："来，坐在这儿，给老师说说，你爹你妈是怎么将你往绝路上逼的？"

马文坐下了，但他不说话，他从不向别人坦露心迹，跟他爹一样。

他忍啊忍，他常常感到他已经忍不住了，那根弦就要断了，但一咬牙挺过来，要忍时还得忍。

甘强说："你不想说就不说了，过一会儿，我带你去河边的瓜地里吃西瓜，等你想说的时候再说吧。"

马文就这样停了下来，他已经走到了甘河桥，往前走不了多远就能走到县功镇，到了县功镇，他就可以坐上去市里的公共汽车，要去哪里就去哪里。但他停了下来，停在他语文老师甘强家的菜地里，他的下一个目标是吃河边瓜地里的西瓜。马文一时不知道该怎么办了。他从南庄出来，一路上想的都是要到天尽头去，走到天尽头去另找一个爹妈，他一路走过了寺街、吴儿庄、干沟，甚至走过了他大舅出家的夕阳洞，他都没有停下来。走过寺街时，他想起了他的大姑，他从大姑家里拿过一本小人书，那次他屁股被打肿了；走过吴儿庄时，他想起了他的二姑，他从二姑家里拿过一本旧年历，他被罚跪一天；走过干沟时，他想起了他的小姨，他从她家拿过一本药书，纸面发黄，字还是竖排的，看得他头昏眼花，那次他被吊了起来；走过夕阳洞时，他的眼泪都下来了，他就这两个舅舅，他从大舅那里拿了一本《隋唐演义》，前半夜他妈骂他，后半夜他爹拿蘸了水的绳子抽他。马文的心一次又一次地给揪紧，他想他快要死过去了，他要坚持不住了。

坐在老师甘强的瓜棚下，马文的忧伤一点一点地退去，半个西瓜一下肚，他就像什么都没有发生过似的，又开始活蹦乱跳起来。

甘强说："马文，现在就给老师说说你的烦心事吧，说完了，你要是还想走，老师就不再拦你。"

马文说："我不走了，我就想待在这西瓜棚里，看着绿油油的西瓜地，心里多舒坦啊。"

甘强说："那你心里还烦吗？"

马文说:"现在不烦啦。"

甘强说:"你还想去天尽头吗?"

马文说一辈子都想。

师生两人都不说话了,过了一会儿,马文看见从瓜地那头走过来一个人,就说:"老师,有人来偷西瓜了,要不要喊两声?"

甘强说:"他不是偷西瓜的贼,他是我哥甘子,他是县广播站的干部。"

马文沉默了一会儿,说:"他真是县广播站的干部吗?"

甘强说:"这孩子,老师还能骗学生吗?"

马文说:"那我求你件事,你不是经常表扬我作文写得好吗?你让他在广播上把我的作文读一读,他在广播上一读,全县的人都知道了。全县的人知道了,我爹我娘也就知道了,我爹我娘知道了,就不会再打我了。那些被我拿过书的亲戚,也就不笑话我了。"

甘强说:"他给人在广播上发稿子要收东西的,你有什么东西给他?"

马文不说话了,他一口一口地啃着西瓜,啃完西瓜,他站起来,来回走了几圈,说:"我本来是不想在事先求人的,但这次没别的办法了,我发誓,这是头一次,也是最后一次给县广播站投稿,这人我丢不起。"

甘强被马文的话噎了一下,他拍拍马文的头,说:"你还小,你什么都不懂。"

马文推开甘强的手,说:"老师,开学时苹果就熟了,我给你偷着背一书包来。"

甘强说:"也只好这样了。"

晚上,马文跟他的老师甘强睡在瓜棚里看西瓜,下弦月升了起来,瓜地里清亮亮的,河水哗啦哗啦流着,马文在甘强的呼噜声中一遍又一遍地说，多美啊，天尽头也不过如此。他忽然很想找个人说说话，就说说这瓜田、月光下的河流，但他的老师睡着了，他好不容易将老师推醒，老师转个身又睡过去了。

马文出了瓜棚，一个人坐在河边，他又开始忧伤。他不知道他妈为什么不喜欢他，他想他妈也是不喜欢马艳的，只在马芳拿了奖状回来的时候，才表现出对马芳的热情。有一次，马芳和一帮女孩子在一起玩，大人们在地里干活儿，不时地停下手里的活儿，夸几句隔壁的马明，说她生得漂亮，学习好，在家里还很勤快。晚上，他妈回家来，见了马芳怎么看都不顺眼，不时地骂马芳长得难看，马芳被骂哭了，她就说马芳和刘备一样，刘备占着荆州不还，人家一来讨他就哭。马文他妈常给他们讲她小时候从书上看来的故事，那时候，她是个非常和善的人，孩子们怎么闹都不生气，马文的爹、会计马昆也坐在旁边听，听到高兴处，他和孩子一道也会哈哈哈地笑起来。

马文喜欢那个时刻，那个时刻太短暂了，他妈也只有在那个时刻才像个妈，她不再笑话马芳长得丑，不再笑话马艳呆头呆脑，还有点啰唆，她也就忘了马文拿过谁家的书，和什么人又打架了，那个时候，她是母亲。她手里还做着针线活儿，讲着讲着，她常常还会唱了起来，有时是秦腔，有时是眉户，还有歌曲。她没生他们几个时在宣传队里演出过，提起宣传队，他妈的话就多了，脸蛋子上的红晕一浪一浪的，跟地里头正在疯长的苹果似的。

马文往河里扔了几粒石子，他看不见月光下溅起的水花，他这么一下一下地扔着，还不时得意地乐几声。夜已很深了，他一点睡意都没有。他想，用什么办法收一书包苹果呢？苹果成熟的时候，家里将他看得很紧，他妈知道他常往书包里塞几个苹果拿到学校去给同学吃，他为此被视为败家子，也没少挨打。他一定要想出一个办法来才成，老师的哥哥已经答应了在广播里播他的作文的事情，他可不能失礼于人。

他还想起了一次他妈让他感到丢脸的事，每次想起来，他都无地自容。那是个冬天，村上放电影，他和他妈去晚了，就坐在后排。天气非常冷，坐在他妈旁边的是木匠王喜，王喜穿了一件长长的棉大衣，他看着王喜撩起棉大衣的一角，盖在了他妈腿上，他恨不得当时就朝王喜的头上砸一砖头。他看一眼他妈李玉枝，正沉浸在王喜给她的温暖里。

马文不想那些烦人的事了，他只想快快地长大，他想做孩子太委屈了，谁都可以欺负你，谁都能当爹，而他常常在心里暗自发问：我是不是路边捡来的？

马文不是从路边捡来的，他和马艳、马芳一样，是他妈李玉枝生的。李玉枝是个多情的女人，她一连生了三个孩子后，就像发了酵的面团，一下子胖了起来，她的男人，马文的父亲马昆则变得更加沉默寡言。

那年冬天，马文的父亲马昆请了木匠王喜来家里做衣柜，他平日里要去地里干活儿，就让李玉枝在家里给王喜帮手。李玉枝能做的就是中午休息时，给王喜炒两个菜，调一碟面皮，坐在一边看着王喜吃饭。马文很喜欢王喜的墨斗，只是常常弄得满脸墨黑。木匠王喜喜欢和马文开玩笑，他说："马文，我给你相中了一个女孩子，她和你妈一样漂亮、能干，等你再长上几年，知道女人有多好的时候，我再给你找个媒人一说，你就是个有老婆的男人了。"马文将嘴一咧，说："女孩子，谁稀罕。"他妈李玉枝在一边也乐了。王喜搔搔头，说："你娃现在嘴硬，过几年，你要不拿棍子逼着你爹马昆要女人，我就将王喜改成王苦。"马文说："你现在就改吧，女人，哼，到时候每个人都会有的，连罗锅子也会有。"王喜被马文噎了一下，他说："李玉枝，你这个儿子可不太寻常，他将来是要做大事的。"李玉枝嘴上打了阵哈哈，借收拾碗筷进了厨房，她在厨房里待了一阵，透过窗户，她看见木匠王喜正坐在院子里抽烟，不知为什么，她看见王喜心里就特别甜蜜，就像当年在媒人家第一次看见马昆一样，她已经多年没有这种感觉了，她有些心跳、害怕。她走出来，在院子里站了一会儿，马文不知到哪里去了，她对王喜说："院子里冷，你在屋里歇一会儿再干吧。"王喜站起来，拍拍屁股上的土，跟着李玉枝进了屋。

马文没有走开，他去茅房了，出来时，王喜不见了，他妈李玉枝也不见了，他想起了那天晚上看电影的情景。马文在院子里站了一会儿，他忽然感到难受，就将王喜的墨斗藏了起来，还是不行，心里像着了火，他在院子里走了几圈，忽然放声叫了起来。过了一会儿，先是王喜出来了，王喜有些打不起精神的样子，他出来站在院子里，先是长长地舒了口气，说："马文，你怎么了，是不是肚子疼？"马文恶狠狠地看着王喜，说："你就不是个好人。"王喜愣了一下，放声笑了起来，说："你个小毛孩子，还真成个人精了。"这时，他妈李玉枝出来了，李玉枝过来，扬手给了马文一巴掌，说："中午不许你吃饭，发什么神经。"马文强忍着泪水，木匠王喜也背过头去干活儿，不再看他和他说话，他转身走出院子，看见他的两个妹妹正一身泥土地迎面而来。

到了后半夜，夜凉如水，马文有些坐不住了，他站起来，走回瓜棚，在老师甘强身边躺下，他没有一点睡意，翻来覆去地折腾，将甘强也吵醒了。甘强坐起来，点亮马灯，说："马文，你不睡觉想什么呢你不睡觉也不让老师睡觉，罚你下次考试不及格。"马文说："老师，求你个事，你给你哥说说，让他先在广播上将我的稿子广播了，秋天时，我保证将苹果给你送来。"甘强沉默了一会儿，说："好吧。不过，他明天就走了，你现在又没什么稿子给他。"马文一拍胸脯，说："我现在就写给他，我就写一千字吧，就写我家的果园，我对它最有感情了。"甘强说："在广播上广播的稿子，不能太长，你就写三百字吧，有个意思就行了。"马文说："五百字吧，三百字太短还没广播就完了，要是我家里人正在干活儿，那不白广播了吗？"

甘强到瓜地里去转了一圈，回来又躺下去睡了。马文趴在铺上，开始写他家的果园，他写了果园带给他家的生活转机，没有果园前，他家种麦子，又累又穷，有了苹果园，他家有了钱，果园的活儿一半都是出钱叫人来做的。可惜只能写五百字，他有很多的心里话都没法说。天就要亮了，马文写好稿子，将稿子方方正正地叠起来，装进了上衣口袋，他已感到睡意正一浪一浪地涌上来，他躺下去，连马灯也没来得及拧灭，就睡了过去。

马文的稿子是晚上在《农村天地》栏目里播出来的，他没有听到，他的老师甘强也没有听到，他们都没想到会这么快，当时，马文和他的老师甘强正在河里洗澡。他们回去吃饭时，甘强的妹妹告诉他们，马文的稿子在广播上广播了，播音员煞有介事地说，现在广播一篇特别稿件，他是我县南庄初级中学一年级十二岁的中学生马文的自然来稿，题目是《自从我家有了果园》。甘强妹妹的即兴表演将马文搞了个大红脸，他一句话也没说，将老师家的地扫得干干净净。

第二天，离家出走的马文离开了甘强老师的瓜棚，一路上他不饥也不渴，他设想他现在回到家，马艳一定会大声喊着："马文，你可回来了，你再不回来，我就到天尽头去找你。"马文说："马艳你昨天晚上听广播了吗？"马艳说："咱爹妈嫌吵，把广播线给拔掉了。"马文很失望，他听见自己很小的声音，广播有时候也是很好听的。

马文现在往天尽头走去，人们都看见他瘦小的身影，马文知道他结实的身子会在阳光下像冰一样地融化。

（原载《人民文学》1999年第3期　责任编辑：宁小龄）

来 雨

  这里的情形每况愈下。大雨似乎要将整个镇子淹没了，地势平坦的镇小学已是一片汪洋。校长王来雨蹲在桌子上不停地叫嚷着："完了，全完了，我的菜地全泡在雨水里了。"他的女人、美术老师郝枚和女儿小月都忙着用洗脸盆往门外倒灌进屋子的雨水，她们不管在什么时候都乐呵呵的，就是屋里的东西全漂浮在雨水里也没有半点的哀伤，而男人，一家之主的男人，王来雨实在是乐不起来。

  大雨来时王来雨正在午睡，他女人郝枚首先被炸雷惊醒了，一连串的炸雷震得窗户都在抖动，郝枚连衣服都顾不上穿好就跳下了床，女儿小月最怕打雷，她睡在隔壁的屋子里，郝枚进去时，女儿小月死死地抱着枕头坐在床上，她说："小月，别怕，有妈妈呢，不就打个雷吗，天塌不下来的。"郝枚和女儿刚走出房门，大雨就迅猛地来了，天一下子昏暗下来，雨点砸得她们家厨房的石棉瓦噼噼啪啪作响，不一会儿，视线模糊了，厨房也看不见了。

  郝枚和小月进门时，王来雨还睡着，郝枚说："雨都快下在屁股上了，你还睡？"王来雨翻个身，说："又不是我让老天下的雨，关我啥事？大周末的，连睡个觉都睡不踏实。"这时，雨水"哗"的一下灌进屋子，鞋子、洗脸盆、粉笔、几天前王来雨怎么也找不到的一条内裤、郝枚曾怀疑被人顺手牵羊的胸罩，都漂浮在水里了。

王来雨想睡也睡不了了，水都漫到床边了，他跳到桌子上，想找自个的鞋，却怎么也找不到，他叫着"我的鞋呢，谁看见我的鞋了"，女儿小月从洗脸盆捡出他的鞋，说："都湿成这样了，穿着还难受，你先等会儿，我们把屋里的水倒出去了，再给你找干净的。"王来雨在桌子上站了一会儿，他想看看这雨到底有多大，他怎么也看不出来，他只能听雨，大雨被黑暗堵在了屋外。看着漫进屋子的雨水，他知道他的菜地没有了，那块巴掌大的菜地里，他种了韭菜、蒜苗、黄瓜、西红柿和茄子，他每天都要抽空去菜地忙活半天，像照顾自个的女人和女儿一样照顾它们，他种的菜只有在刮风下雨或者说两个人上午都有课时才会吃，平时他们都在镇里的菜市场买菜，而眼下，大雨彻底断了他的念想。

郝枚看着王来雨蔫头耷脑地蹲在桌子上，她直了直有些发酸的腰身，说："你心里就只有你那块破菜地，淹就淹了吧，反正我们也没指望吃它，你就帮我们往外倒水吧，屋子都淹了，还想什么菜地？"王来雨气冲冲地说："屋子淹了就淹了，那是学校的又不是我们家的，菜地才实实在在是我们家的，我们也就那块菜地，我能不心疼吗？"郝枚笑着对女儿说："你看你爸这素质，还是校长呢。"小月说："那你当初还嫁给他啊？你要嫁给城里头当大官的或者嫁个大款，我也能跟着沾光啊。"郝枚拍拍小月的头说："我要真那样嫁了，还哪有你啊，傻女儿，歇会儿吧，这雨一时半会儿也停不了，我们这屋子地势低，水容易进来，等雨停了我们再往外倒水吧。"小月忙了半天，也的确累了，她也坐到了桌子上，说："我爸说得对，这屋子又不是我们家的，我们也带不走，再说，这砖砌的房子也不怕水，只要不给雨水泡塌就行。"

一家人就这样坐在桌子上，等着雨过天晴，那雨似乎没有要停的意思，刚刚收拢起来的鞋子，家里的零碎东西又漂浮起来，一家人就看着它们在水里打转，再也懒得理会。

大雨在傍晚时分才停了下来，黑云散去，夕阳的霞光依旧灿烂，暴雨过后的镇子千疮百孔，到处是被大风刮倒的树木和洪水的冲积物，空气却格外地清新。人们纷纷走出屋子，他们这里看看，那里瞧瞧，暴雨的肆虐看起来是完全改变了镇子的容貌，但他们心里清楚，过不了几天，一切又将回复往日的模样，一场雨，是改变不了什么的。

王来雨一家随着镇里人去了河边，每次大雨过后，镇里人会不约而同地聚集在河岸边，他们从河水的大小判断雨势的迅猛程度，而河里的漂浮物又使他们对大雨的损坏有了清晰的认识。

河水快漫到堤岸上了，往日这条行将干涸的河流，时下正发出震耳欲聋的轰鸣，不久，它就会汇入下游的渭水。要是在以往，一些贪财的人会在河水里打捞从上游冲下来的木材什么的，这一次，他们都没敢轻举妄动，河水太大了，他们眼睁睁看着一些木材往下游去了，它们会汇入渭水，一直往咸阳而去，他们只能看着，看着这些木材带着他们的忧伤从眼前流过。

河岸两边已经成熟、还来不及收仓的玉米全被砸进了淤泥之中，它们的主人这时全站在河岸上，或许是镇里人这一年的玉米都没了收成，他们也看见了河里漂浮的上游人家的玉米，上游人家的玉米连同生长玉米的土地都顺着河水流走了，他们的玉米只不过是被砸进了土地之中，而土地尚在，有土地在他们的元气就在，那就没什么大不了的。他们在河岸上一直站到天黑，河流已黑成一团，让你看不出哪里是河，哪里是庄稼和伺候庄稼消费庄稼的人，既然什么都看不见了，什么都是一团黑，那还看个啥劲，回家吧。

王来雨的女人和女儿是提早回家的，她们要先把屋里的积水清理干净了再做晚饭，这里的男人是从不下厨房做饭的，再说王来雨大小也是个小学校长，他历来都是只知道吃，从不问这饭是怎么做出来的。路过镇子时，王来雨买了几瓶啤酒，又买了些猪头肉、夫妻肺片和火腿，他猜想家里的厨房也进了水，他女人和女儿正忙着清理，来不及做晚饭，他带些现成的回家，晚饭嘛，随便对付一下也就过去了。

回到家里时，郝枚已做好了饭，和女儿在桌边等他，见他拎了那么多东西进来，郝枚说："你中彩票了？还是在路上捡了个钱包，买这多东西，明天不过日子了？"女儿小月说："我爸是心痛他的菜地，要把被雨夺去的损失吃回来。"王来雨说："这东西又不是雨下的，怎么夺得回来？我是怕你们累着了，买些现成的，晚上随便对付一下，看来，你们已把饭做好了，那就放冰箱里，明天再吃吧。"郝枚接过王来雨带回来的东西，去厨房找来两个盘子，说："又不是啥好吃的，还用放到明天？今天我们就消灭它，我也没做啥菜，刚好下酒，我们就喝点啤酒吧。"

一家人暖融融地坐下吃饭、喝酒，大雨的伤害很快就被抛到了九霄云外，对他们这种靠工资生活的人，乐观主义是一条永远都不褪色的人生信念。他们从凤翔师范学校毕业后就教书，而且一直教小学，两个人是同一年毕业，同一年来到这个镇上，在不同的乡村小学过千篇一律的生活。和他的同学相比，王来雨内心是喜悦的，在他的同学里，只有他找了个同样有工作、同样教书的女孩子做老婆，而他们，都无可奈何地找了乡下的女孩子成家。周末了，王来雨一家会去宝鸡游玩、买东西、逛街，而他们都要回到乡下的家里，下地干活。一个人的工资，是怎么也养活不了一家人的。他们的女儿小月，天真活泼，正在镇里上初中，是他们的小公主，她喜欢文艺，特别喜欢唱歌，每天放学回来，做完作业，就在房间唱个没完没了，她最喜欢韩红，偶尔也唱唱王菲、蔡琴的歌。王来雨不喜欢文艺，他想让女儿考个清华、北大，那才会给祖宗争脸，他当年就想考清华、北大，折腾了几年，才考了个羞于说出口的中专，这是他唯一的缺憾。看见女儿唱歌，喜欢文艺，王来雨心里不高兴，但他从来没对女儿说过什么，喜欢就喜欢吧，反正像他们这样的家庭，要想搞文艺，一点都不比考清华、北大容易，她总有一天会回到他给孩子设计好的人生轨道上来的，再说，女儿嘛，她的一举一动，一言一行，都传承了她妈妈的未能实现的人生理想。郝枚就喜欢文艺，还去北京、上海、西安考过许多的艺术院校，他们是带着同样的缺憾走进那所专门培养乡村教师的中专的，也是带着共同的缺憾走进婚姻，他们的人生也因了这样的缺憾才显现出完美的一面。

在饭桌上，王来雨永远都是配角，他总是乐呵呵地听他女人和女儿说话，很少插话或者打断她们，他总是说一个眉飞色舞的男人特别讨人反感，男人毕竟要显出成熟的一面。郝枚喜欢活泼，她也喜欢活泼的男人，在读高中时，她喜欢一个男孩子，那个男孩子叫李来雨，她还和他骑自行车去过一次法门寺，那个累啊，现在想起她都感觉傻乎乎的，可那时，她看见李来雨就呼吸紧张，他高高大大，白白净净的，而且长得很秀气，性格也很温和，他说话总是温文尔雅，他那时经常待在学校的画室里画画，后来，他考上了中央美院。她经常会想起那段时光，她想，要是她那时不遇到李来雨，她肯定也会考到北京或者上海的大学去，最次也会考上省城西安的大学，那一年，她哪都没考上，他走了，从此杳无音信，她心里难过，但还说不出口，人家从来就没给她承诺过什么，她有什么好难过的呢？在师范学校读书时，第一次听到王来雨这个名字，她依旧很欣喜，即便后来她见到了王来雨，和李来雨相比，王来雨黑黑瘦瘦，身上没有半点的文艺气息，她还是感觉亲切，谁让他也叫来雨呢？人就是这样，一个名字，一个已经溶解在自己记忆深处的名字，注定是要陪伴自己走过一生的，很多时候，她都忘了李来雨长什么样子，只有他的名字，在她心里翻来覆去地折磨她，使她不安。

那时，很多人追郝枚，她都不予理睬，然而，王来雨畏缩、胆怯地邀请她时，她一口答应了，她说："我们就骑自行车去法门寺玩，你行吗？"王来雨说："行啊，去西藏都行，法门寺才多远啊？"很多年后，每当想起骑自行车去法门寺的情景，郝枚就会情不自禁地大哭一场，她想，或许这就是命，一切都是命中注定的，你不可能改变它。

和王来雨结婚后，郝枚的心收了回来，在她看来，她还是完整地拥有这么一个男人：来雨。管他姓李还是姓王呢，她叫他时就叫来雨，他们是一个人。有次，他们干那事时，她忽然想起了李来雨，就特别地兴奋，她一边抓王来雨的后背，一边说："来雨啊来雨，你这没良心的，你知道我有多爱你吗，我有多想你吗？我要一辈子就这样死死地抓住你不放，把你溶化进我的身子里。"王来雨一边用劲，一边说："我不是在你上面使劲吗，你还想啥呢？别想了，我天天都给你使劲。"郝枚还是来雨长来雨短地叫喊，她同时感到那耻辱的高潮和她的来雨一同到来，在此之前，她和王来雨做爱，从没有过这样的快感，她知道，无论何时何地，无论时间的无情在她身上留下多少沧桑，她都无法忘却李来雨，而把王来雨当作李来雨也是她的逃避和自我安慰，但那个人，却永远地从她的视野里，从她的生活里消失了，消失得很彻底，甚至连他们以前的同学聚会时，大家都在四处打听他的消息，他去了哪里呢？只有鬼知道。

和王来雨结婚时，郝枚问王来雨："你知道我为什么和你好吗？"王来雨说："好就好了嘛，还问它干啥？以后我们就好好过日子吧，把日子过好了，比什么都好。"郝枚说："就因为你叫来雨，你也知道，在追我的人里面,你条件是最差的,但我还是和你好了,因为你叫来雨。"王来雨听不懂郝枚的话,他也没有再问,他猜想郝枚以前喜欢的人可能也叫来雨,这又有什么要紧,再说,郝枚已经是他的女人,她以前的事,和他又有什么关系?那时,他们根本就不认识。

王来雨是个大度的男人,他也不喜欢小肚鸡肠的男人,学校有个叫张洪亮的老师,总怀疑他在乡下的老婆和村主任有染,经常给别的老师说这事,王来雨生气了,他对张洪亮说:"你把他们按在炕头了还是堵在房里了?"张洪亮说:"怎么会呢?那我还不打断她的腿!"王来雨说:"我见过娘们给男人造谣惑众的,但从没有见过男人给自家女人造谣惑众的,就你这货色,你老婆不偷人,我都感到奇怪。以后这种没根据的话你就少说些吧,你不要脸,我不信你老婆、你孩子也和你一样不要脸。"后来,张洪亮跑到郝枚那里讨说法,郝枚说:"你们男人间的事,别找我。你也是读书人嘛,读书人应该明事理,怎么能这样说你老婆呢?这事就算了吧,以后不要乱说了,孩子大了,他听到自个的爸爸那样说他妈妈,他会怎么想?再说,别人也会笑话的。"张洪亮后来再也没在学校里说起过他老婆的事,他以后倒经常拎着酒过来和王来雨喝几杯。

放暑假了,学校里家属在乡下的老师都回家了,就剩了王来雨一家人,他四处看了看,几乎所有的教室都进了水,好在他们学校的教室铺的都是镇里砖厂的砖,流进教室里的水,大部分被砖喝掉了,留下一地的淤泥。王来雨一个人把学校门前清理了出来,校门口是他的脸,脸是一天都不能不洗的,其余的,他要等开学了,所有的老师、学生都来了,再慢慢地清理。

他最心疼的还是他的菜地,他已完全分辨不出哪里是他的菜地,哪里是通往厕所的空地。他种菜吧,其实也不是为了能吃上没有农药、化肥的菜，种菜完全是他的一种寄托，从考上师范学校那天起，他就没了任何理想，他感觉他的人生理想一下子由早年的清华、北大落脚在一所中专里，他这一生也就这样了，他已在心里默默地放弃了。要是不弄一块地出来有个活干，那些家不在学校的老师，就会天天叫他去打牌，还隔三岔五地要去镇里的歌厅唱歌……他们也知道王来雨是不想和他们一起玩，才种菜的，他的老婆孩子毕竟在这里，他们也不叫他去打牌，去歌厅唱歌，他们知道，像他们这样的男人，能有一个吃公家饭的女人嫁你，那是他们所有人的福气，他们要一起珍惜。

说不清是从哪天开始的，镇里忽然就开了一个歌厅，歌厅的老板是王来雨中学同学的儿子，退伍回来后不愿意下地干活就开了这个歌厅，歌厅的小姐是他从宝鸡找来的，现在有的是小姐，只要能挣钱，你带她们去哪儿都行，她们才不管伺候谁呢，她们认的是钱。在镇里有了小姐后不久，首先和这些小姐扯上关系，并且闹得沸沸扬扬的是王来雨他们学校的老师张洪亮，他居然和其中一个小姐在镇里公开租房，生活在了一起。这样一来，王来雨他们学校就出了名，本来人们就对他们这些老师看不顺眼，学校的教育水平总是不见长进，他们还天天闹着要建教学楼，要建教学楼，镇里人就要按人头交钱，这事大会小会的说了很多次，镇里人谁也不愿意出钱，他们认定一个死理：就现在这些老师，把学校建到月亮上去，也给镇里培养不出一个人才来。就在这事闹得不可开交时，张洪亮和歌厅小姐同居的事紧跟着来了。王来雨听到这个消息，脑袋一下就大了，他想，这小子真他妈会找日子，难道他就不知道现在为了建教学楼的事，学校和镇里闹得很不愉快吗？张洪亮才不管这些，建不建教学楼，他都是一张桌子一张床，睡在哪不是睡呢？王来雨还在琢磨着怎样去开导张洪亮时，张洪亮却提出要和他乡下的老婆离婚，他要娶那个小姐。张洪亮的离婚理由是他在乡下的老婆又老又丑，简直没法用，而这个小姐白白胖胖的，他说和她在一起，他第一次才感觉到女人是那么的好，他要离婚，从苦海里尽快地跳出来。张洪亮和小姐同居一下也就算了，他却要和老婆离婚，长期霸占这个小姐，镇长首先不答应。他把王来雨叫到办公室里，劈头盖脸地一顿臭骂，在王来雨临走时，镇长说："明天就让那小子回他家那个山里的小学去，他不要脸，镇里人也不能跟着不要脸，都说文人无行，但也不能看见一个婊子就把祖宗都忘了吧。"第二天，张洪亮就被调回他家所在的山区小学，他去和小姐告别，他想带着她一同回去，那小姐说："还是算了吧，那样的生活我不会习惯的，你要是调到城里去工作，我一定会跟着你走，你知道，我们这样的人，离开了城市，就活不了，跟你到乡下去，我挣谁的钱去啊？"张洪亮走了，王来雨的心总算踏实下来，现在这世事，人心，他是越来越看不懂了，他想，能看懂郝枚，能看懂他女儿小月就行了，他其实最想做好的，就是一个丈夫，一个父亲，有了这两样，他啥时都不会空落。

  王来雨这个小学校长当得也不容易，他是从一般教师做起的，在他当老师时，就从没有把校长放在眼里，他现在是校长了，他知道，那些老师也不会把他放在眼里的。他既不能提拔谁，也不能把谁打入冷宫，学校也没多余的经费供他享乐，他也就是名誉上当个家，去镇教委开个会，用他老婆郝枚的话说就是咸吃萝卜淡操心。王来雨却把这个校长当得津津有味，他每次去镇里开会，享受的是村主任的待遇，那些村主任，经常会请他喝酒，他们村里都比学校富裕，他偶尔也会回请那些村主任，但都是自个出钱，他不想落个混吃混喝的恶名，他们两口子挣工资养一个女儿，也没什么大的开销，每个月一个人的工资都用不完，他早已攒好了女儿去北京或者上海上大学的钱。那他为什么还要当这个校长呢？王来雨有他的想法，一个人在人世上走一场，总要留下一点什么，他留下了女儿小月，还有这个小学校长，这就是他老了，退休了的念想，也是他自己给自己工作和人生的一个总结。

有时，王来雨一个人时，也会想起郝枚结婚时问他的话，他不清楚也不想弄清楚，郝枚就是因为他叫来雨才嫁给他，给他生了一个女儿，这未免有些荒诞，可事实的确如此，她说得一本正经，让他没有理由不相信她的忠诚，和她结婚这么多年，他从来没有问过她另一个来雨是谁，他们曾经到底有过怎样的故事，以致她把自己嫁给了一个名字，而且一生都不后悔。她是个好女人，也是一个单纯的人，就让她活在她的梦里吧，只要她自己感觉幸福。

王来雨的名字来自一场大雨，从他母亲怀上他起，天就没下过雨，地旱得裂开了口子，王来雨出生那天，天却突降大雨，他爹就随口说："这娃娃一出世就下了雨，干脆就叫他来雨吧，图个风调雨顺，五谷丰登。"这个名字在遇到郝枚前，没有什么特别之处，是郝枚给这个名字赋予了一股甜蜜，同时还深藏了忧伤的神秘色彩，这股子甜蜜、忧伤将陪伴他走完剩下的路，他也乐意郝枚和他一道把这个秘密带进坟墓，郝枚不是个多嘴的女人，他坚信，她的秘密无人知晓。

郝枚呢？她是个特别认命的女人，她总是说人不能跟天斗，一切都是命中注定的。她的人生，她的爱情、婚姻，无不如此，是来雨改变了她的命运，她原本是想当个演员，或者大学教师，遇到来雨后，她走神了，她满脑子都是来雨，结果就做了一辈子乡村女教师，还好，她有来雨，她还能每天都喊叫几次来雨，要不，这漫长的人生，可怎么过啊？

世事无常，连天气也跟着作怪，原本少雨的季节，却下起了连阴雨，这雨断断续续下了半个月，看不到一点放晴的迹象。下雨天也没地方好去，一家人就捂在房间看电视。当电视里出现一个画家，或者看到一个文艺青年，她就特别地紧张，她真怕忽然看到那个人就是来雨，要是真是来雨，她该怎么办呢？她要不要去找他呢？他还记得她吗？这一切都像空气一样，飘浮不定，让你摸不着，抓不到，她只能在心里安慰自己，就当自己是和那个真正的来雨在一起生活吧，无非是生活的场景改变了，日子还是一样的一天一天往前过，但他们可能就不会有小月，有的是小林，或者小菲，想到这里，她有些忐忑不安，就躺到床上去，一会儿就睡着了。

（原载《山西文学》2021年第9期　责任编辑：苏二花）

李飞狗的爱与凄楚

一觉醒来，退伍军人李飞狗忽然感到他迷路了，他对这越来越现实的生活彻底地陌生。几乎是一夜间，整个村子就从人们的视野里消失了。村子变成了高新技术产业园区的工地，村舍、菜地，和祖辈传下来的一个菜农的生活已成记忆。从小，李飞狗和他的伙伴就向往城里人的生活，尽管他们踮着脚尖就能看见宏伟的古城墙，可是他们和一个真正的城里人还隔着一片菜地，正是这片菜地使人有了高贵、卑下之分。

当这片菜地消失，他由一个菜农变为居民，他才发现，他骨子里依旧是一个彻底的菜农，他拥有一个菜农的一切，刚刚变换的一个居民的身份和他没有任何关系。

过去的生活是再也回不去了，但新的生活一时半会儿也不接纳他，这使他倍感孤独。

这是一个很少被人知道的群体，他们默默地生活在城市的边缘，他们不向外扩张，倒是城市一步步地逼近他们，将他们压缩在自己仅存的一隅，再也懒得理会。

最先让李飞狗感到处境难堪的是爱情。他从心底喜欢一个女大学生，他知道，那个女学生也是喜欢他的，只不过他没有一个让人信赖的社会身份，两个人的关系才一直没有实质性进展。就在这时，他遇上了一个在南方闯荡了几年回来的女孩子，从她身上看不出一点的风尘，她甚至有几分的纯朴，他和她对视的时候，她脸上泛起了红晕。从他现在的情景来说，这个从南方回来的女孩也是上天的恩赐。

其实，从部队复员回来，李飞狗就成了一个没有社会附着的游离人。李飞狗的存在，早已不是城市的另类，城市不断地扩张，使近郊的农民一夜间不得不离开土地，甚至离开他们刚刚建起不久的小楼，搬到政府统一规划建设的小区里来。这样的生活他们一时还适应不了，但过去的生活是怎么也回不去了，而面对新生活的勇气，一时半会儿也找不到地方施展，总有些虎头蛇尾，有些乡土气息。

李飞狗从部队复员时，全家的户口已转成城市户口，组织上也因此给他安排了工作，但他只是去厂里转了转，看了看，就再也没有去过那个濒临倒闭的小厂，也没再提起。他是家里的独生子，全家人靠村里的分红过日子，地皮是一天比一天少，分的红也一年不似一年，过日子倒还凑合，和那些没有多少文化，也不愿出去吃苦的左邻右舍一样，他也闲在了家里。

李飞狗一度沉湎于这样的生活，他认为很享受。他是一个爱热闹的人，喜欢结交各路朋友，到了晚上，路边的小摊上总能看见他和不同的人在一起喝酒。这种生活他过了将近一年，父母的脸色渐渐不好看了，各种埋怨也多了起来，他自己也有点腻味，索性长时间去朋友那里打牌，以此减少同父母的接触。他几乎没有收入来源，好在他打牌总是赢多输少，靠这种有限的进账，他能够勉强地维持生计和朋友间的交往。

一个人在社会上混，总是需要一个身份，他的朋友中有教师、警察、个体老板等等，遇到陌生的朋友需要做介绍时，他只好凄冷地说："叫我退伍兵李飞狗或者小李好啦。"这样的场面大家都有些轻微的尴尬，尽管它丝毫也不会影响双方的情绪，但还是缺少了点什么，使原来默契的部分有了缝隙，对此，李飞狗是无法黏合的。

父母眼看着儿子已经二十七八岁了，和他同龄的人大都结了婚，有的还有了孩子，而李飞狗的生活中，从来就没有过一个异性，不是他的父母没有看到，也不是李飞狗有这方面的洁癖，在他的生活中，从来也没缺少过女性，但没有一个是因为他才在那种场面出现。他到了需要女人的年龄，也试着去约了几个女孩子，都是还没有开始就匆匆地结束了。

他将一切哀怨、苦闷深埋心底，从不向人诉说，也没人替他分担，他一个人硬撑着，出了门，站在太阳下面，他总是乐呵呵的，就是刮风下雨，他也很少读书人那样触景生情的柔肠。他的朋友圈子里都是些粗人，混迹进来的那一两个教师也只是为了打牌和喝酒才坐下来的，丝毫看不出他们的学问，有时，他们比这些粗人还粗鲁，这让他也就放宽心了。没人的时候，他也有些不舒坦，心里装满了无法排解的哀怨，是很容易滋生仇恨的，到了这种时候，他常常一个人走得远远的，在街头逛来逛去，看看人，看看风景，总能找出让自己开心的借口。

这样的生活表面上看似四平八稳，没有一点的波澜，其实它的骨子里面，照样是动荡不安，甚至有些喧闹、浮躁的。李飞狗只是无奈才过起了这样的生活，他没有殷实的家底垫底，也就没有优雅从容的心态，坐吃山空加上常常还会出现的捉襟见肘的经济窘境，使这样的生活充满了痛苦，而且看不到出路。

李飞狗是直性子，也不是一个能看得太远的人，对他来说活着的意义和乐趣只在当下，也只有在出现了入不敷出的关口，他才会为明天的生活皱一下眉头。他只是一个退伍军人，在部队上干了三年炊事兵，没有什么技能，放弃了去工厂上班的机会后，他进入社会的路越来越窄，加上他居住的小区周围全是严重亏损的国营大厂，一茬一茬的下岗职工经常在厂区门口静坐，有几次一度阻塞了交通，他出去工作的热情一点也没有了。

恰好这时候他叔叔的儿子已经办好了出国的手续，说是去斯里兰卡留学，这只是一个借口，叔叔的儿子和李飞狗是同一路人，连普通话都没有学好，中学毕业后就进入社会，在师大门口租了间门面房卖磁带，几年下来倒是挣了点钱。不知什么时候开始，他们这一带的人找到了一个关系，已经有好几个孩子去了斯里兰卡，说是去留学，去打黑工挣钱才是真正的目的。叔叔的儿子要走了，就将他的磁带店处理给了李飞狗，李飞狗没有钱，他的父母见儿子终于有了一个吃饭的地方，便兴冲冲地先给他出了钱。

出来干个体，图个自在，挣钱倒是其次，李飞狗没有特别想发财的愿望。一开始干上磁带店这一行，他还有些懒洋洋的，不大能提得起精神，上午很晚才开门，晚上也早早就关了门，过了一阵子，他忽然就喜欢上了这个店。磁带店在师大门口，隔壁是外语学院，不远处还有几个学校，四下里都是大学，学生的钱比较好赚。另外，师大的女生特别多，光顾磁带店的也大多是女生，久而久之，他为他这次选择打了个满分，精神也为之一振，不再蔫头耷脑，很快就恢复了他乐呵呵的神情。

关键的是有一个学外语的女生整天有事没事都往他的店里跑，来了就有话没话地找他聊天，他从来没有碰到过这种事，刚开始还有些不自然，慢慢地便熟了，他也就恢复了他的油腔滑调。

女学生一口一个李老板地喊他，让他从最初的不自在一下一下地变得心安理得，要是女学生哪一次忽然忘了喊他李老板而直呼其名叫他李飞狗，他心里倒有些黯然，虚荣心就是这样无声无息地滋生了出来。女学生不怎么去上课，他也不问，她来了便帮他干活，有时还主动招呼客人,帮他整理磁带,他去订货时,她就留下来照顾店,俨然半个主人。

女学生叫曹丽,是从陕南一个特别靠近四川的县里考来的,喜欢吃辣子,也喜欢吃一块多钱一包的土豆片,她常说的一句话是:谁要让我一天吃两袋土豆片,我就嫁给谁。李飞狗给她每天买一袋土豆片,他说我不要你嫁给我,你一天有半天陪着我,就吃一袋土豆片,你什么时候一整天都陪着我,我就给你买两袋。

曹丽也只是笑笑,这时候,她便不再说话,或者找借口将话题岔开,对李飞狗诸如此类的挑逗,她向来都不迎合。有一次,李飞狗说:"你要么给我带个人来,要么你一整天陪着我,看着我一个大男人,到了晚上孤零零的一个人,你好意思袖手旁观吗?"

曹丽说:"你看在店前走来走去的人,不知有多少人晚上都是一个人过的,他们不都好好的吗?让我给你做媒人,我才不干。有本事,你自己去找。"李飞狗说:"我可真找啦。"曹丽白他一眼,说:"随便。"

在和曹丽的闲聊中,李飞狗听得出曹丽的心思,她不止一次地说过女人不能找比自己差的男人这句话,她的话有些刻薄,但这暗合了对自己的处境有一个清醒认识的李飞狗的心境,他知道,这就是横亘在他们中间的距离,就像当年他们踮着脚尖遥望古城墙时中间隔着的那片菜地。

曹丽大部分时间都坐在店里,来的女学生想多待一会儿、多说几句话的,一看已经有人坐在这儿,也就收住了话茬。李飞狗心里有些生气,他转身看见曹丽时,气很快就消了。曹丽是他喜欢的那类女孩子。她圆脸盘、圆屁股,浑身上下没有明显的线条,特别耐看,长得有点像洋娃娃,最让他满意的还是曹丽的皮肤,你说她怎么就那样白呢?李飞狗在女人这方面没有什么经验,也不怎么挑剔,他只要看着顺眼、心里舒服就行。

曹丽的心似乎总是在磁带上,她不厌其烦地听歌,听够了屁股一拍、说声"拜拜"就走了，李飞狗一天里最害怕的就是这时候，他几次鼓足了勇气想挽留曹丽，但都没有开口，在他看来，当一个女人已经向你说再见的时候，你还去挽留她，是没多少意义的。

磁带店的赚头不是很大，加上这条街上又新开了几家，生意就更不好做。李飞狗有几个战友有些门路，常给他弄一些"水货"过来，这些磁带大都是英文的，比较对学生的胃口。李飞狗也进一些当地"出产"的磁带，据说是电影厂几个搞录音的在这一片租了房子，专门录制磁带，进价也比较便宜，他试着听了几盘，效果还不错，足够以假乱真，以后他基本上都是从那里进货。

曹丽对他磁带店以外的生活从来不问，他也不讲。有时，他真想给她说说他的生活，但他从来没有这么做过，他怕曹丽不理解他的生活，反而将此想歪了，以为他有什么企图。他想：她年纪轻轻，没有什么经历，也就谈不上有什么感受，说那么多话，何必呢？

李飞狗一个人的时候，他便走上去郊区的公路，漫无目的地往前走，他一边走一边哼着当兵时唱的那些硬硬的歌给自己鼓劲，这种时候，他才会有一丝淡淡的哀怨，才会思考一下自己的命运。他走啊走，路上的汽车扬起的灰尘盖住了他，他也不气恼，他真正感到他是一个一无所有的人了，他没有钱、没有房子、没有女人，也没有工作，他只是一个光荣的退伍兵，是一个身强力壮的青年。已经看不见城市的灯火了，他又转身往回走，他想现在就回去，去曹丽的宿舍将她喊出来带回他租的房子去，她或许也等着这一刻呢！他拿不准，对于女人和她们的一切，他太缺乏经验。又看见城市的灯火了，他忽然心里有些憎恨，有些厌恶，他索性向他家过去的村子走去，那里现在已建成一个高科技开发区，成了一座新城，高楼林立，马路宽而平坦，他记忆中熟悉的菜地、麦田、下了雨便泥泞不堪的乡村小路再也没有了。离开了熟悉的生活和赖以生存的土地，由一个乡下人变成了游手好闲的城市人，他还转变不了这个角色，学不会城里人的生活。

他的呼机响了，他回过去，是曹丽，他有些感动。曹丽说："你在哪里呢，我今天心情不好，你请我去喝酒吧。"

他拦了辆的士，心里空空的。他给自己鼓劲，将她拦腰一抱，她就驯服了，但她得给他机会，他是一个男人，不能在女人没有给你这个信号之前动手，这个是游戏规则，不能破坏。

到了他的店前，曹丽正焦急地在那儿走来走去，她急什么呢？她平日可是个特别能沉得住气的姑娘啊，他心乱了。

曹丽带着他到了一个酒吧，她轻车熟路的样子看起来是个常客，服务员也爽朗地和她打招呼，这倒是李飞狗没有想到的。

啤酒上来了，曹丽端起杯主动和他碰了一下，说声："干！"他有些犹豫，曹丽却一口气喝了那杯酒，笑眯眯地望着他。

他说："曹丽，是不是有人欺负你啦？你告诉我，揍那王八蛋！"

曹丽说："谁会欺负我啊。只是心里不太舒服，喝酒吧，没别的事。"

两个人便默默地喝酒。

"你行吗？可别喝醉了，我可背不动你。"

曹丽说："不瞒你李老板，我上次和朋友喝，几种酒混在一起都没醉。"

李飞狗便不再说话。

他们就这样，像两个将要分离的人似的喝酒，没什么话，似乎经过了一场疲惫而消耗太多的较量，都怕再触及什么，这样的沉默对李飞狗来说太寂静了，和他的生活距离太大，曹丽忘了这一点，她只是加深了她在李飞狗心里原本对她就有的自私、孤傲、处处想占上风，其实心里和他一般空虚的看法，但李飞狗从来都没有在曹丽面前谈过他的印象，永远都不会，他不会对一个女人去品头论足。

曹丽喝得差不多了，她说："买单走人吧。"李飞狗便像一个听话的孩子，照她的话去做了。出了酒吧天已经很晚，街上都没什么行人了，李飞狗蔫蔫地走在曹丽边上，为了掩饰他的慌乱，他点上了烟。

曹丽说："宿舍现在关门了，我回不去了，到你那儿去住，但有一点我要先声明，你得打地铺，不要有什么想法。"

李飞狗说："好吧，我睡沙发就是了。"

两个人又没了话说，但各自都怀揣着无穷的心事，都是一副你不说我也不问的样子，李飞狗对这种不明不白的关系心里已生了厌倦，到了这种地步，他退又不是进也不是，只能顺其自然。

到了李飞狗的房子，曹丽将毛巾被扔到沙发上，她自己脱了鞋子便躺到了床上，轻轻地说："我先睡了，有什么话，明天再说吧。"

李飞狗睡不着，关了灯，他坐在沙发上想来想去，一点睡意都没有，他想上床去躺在曹丽身边，拦腰抱住她，他想得发疯，他轻轻地叫了声："曹丽！"没有应声。他又叫了一声，还是没有动静，他站起来在房子里来回走了几圈，他一遍又一遍地给自己鼓劲：上床去吧，上床去抱住她，她就温顺了！他来回走了几圈，还是回到沙发上，坐了下来，坐了一夜。

曹丽睡得可真死啊。

从那以后，曹丽再也没去过李飞狗的磁带店。有时，她从门前过，也只是冲李飞狗笑笑，就匆匆地走开了。

快放假时，曹丽来向他告别，说是要去南方看她的男朋友，李飞狗心里酸酸的，也不知说些什么才好。末了，曹丽说："那次真对不起你，我和我朋友通电话，通着通着就吵了起来，两人都说了些过头的话，害你一晚上没睡好。"

李飞狗笑了笑,就这样和曹丽告了别。他看着曹丽喜气洋洋地夹在一群学生中间挤上了公共汽车,她拎着一个牛仔包,的确像要出门远行的样子,他想:这一切和我又有什么关系呢?

学校放假了,李飞狗一天里只是下午开门,生意还是很淡,他索性关了门,在租来的房子里睡觉。接了这间磁带店,他还是赚了点钱,除了一部好看的手机,他口袋里没落下什么钱,都进了饭店老板和歌厅小姐的腰包。一个叫阿月的小姐还真的为他动了感情,这让他骑虎难下,阿月记性真好,跟他去了一次他的出租屋,却记下了路,常常来找他,他有次忍不住问阿月:"你喜欢我什么呢?"阿月说:"你一个大男人,整天乐呵呵的,我就喜欢你这傻样。"他也乐了,他的伙伴们却赶走了阿月,他也不好说什么。

在出租屋里睡了几天,没瞌睡了。他的哥们这阵子都为生计所迫,下岗的下岗,不下岗的一月才只开几个钱,再也没了玩的兴致,扔下了他一个人。他忽然想回家,就拦了辆的士,回去了。

小区里还是那么热闹,该搬的人家全搬来了,看起来有了很多的新面孔。游手好闲的人也骤然间多了起来,路口蹲的、商店里张望的,三三两两认识和不认识的人,都是一种神色,每幢楼下都支起了牌桌,一路过去,全是麻将声。

李飞狗走到楼下时,却停住了脚,就这么回去,该向父母说些什么呢?免不了还要听他们一阵唠叨,问他对象有没有着落、近来的生意怎样,他真的害怕父母这样问他,他不敢看他们那失望的眼神,真是不敢。

李飞狗又走到了他家以前住的地方,他在一个面馆里坐了下来,面条还是麦子做的,只是再也吃不出一个播种者的喜悦。

(原载《雨花》2005年第4期 责任编辑:毕飞宇)

谷文庆简史

已经死于非命的谷文庆生前是我的朋友。他是在我们小区门口的菜市场和人械斗时被乱刀砍死的。在我居住的冬瓜岭，隔三岔五就会有一场械斗。这些械斗场面看起来耀武扬威，却常常让人不屑，只有女人才会打群架，而男人，有一丝半点血气的男人是不屑于打群架的，男人应该单打独斗。而这些参加械斗的人，基本上是从穷乡僻壤进城来讨口饭吃，他们为了不让别人抢走自己的饭碗，就大打出手，一拥而上，他们哪里会知道血气呢。

谷文庆是我们小区的保安，也是我的中学同学。

在我们这个小区，有十几个保安，没有人喜欢他们，人们总是把他们和那些经常械斗的人混为一谈，因为你经常能看到他们欺负门口菜市场的小商贩、发廊里的小姐和没事在小区里转悠的外来人。

人们不喜欢没所谓，在这个一夜暴富的移民城市，谁又喜欢谁呢？只有你来我往的利益才是人们喜欢的。即便这样，直到谷文庆横尸菜市场的那一刻，他一直是我在深圳最好的朋友，别人不喜欢，甚至于耻笑也没什么了不起。

冬瓜岭是市政府规划的一个临建小区，当时建这个小区，据说就是为了给各个单位没有住房的员工提供宿舍，因是临时建筑，房子就有些简陋，它的格局更像是一座座样式呆板的学生宿舍。所有的楼房都是四层，每一层也是同样的两排房间，跟我们读书时的学生宿舍一样，所不同的是房间里有独立的卫生间和厨房。房子分为单间和一房一厅，对一个刚到深圳的人来说，能住上这样的房子，应该很知足了。

我们单位在这个小区有十几套房，因单位人少，好多来得早、已正式调入的人都分到了房子，空置下来的房子大都租给了别的单位，就留了两套给每年都要来的实习生住，我捡了个便宜，住了四楼的一房一厅，倒也悠闲自在。

我搬进来那天，才知道谷文庆在这个小区做保安。按小区的规定，我乘坐的出租车只能停在门口，不能进入小区，我拎着两大旅行袋的行李，而我住的那栋楼距门口还有一段距离，我给值班的保安解释了半天，他就是不让出租车进去，我一下火冒三丈，跟他吵了起来，这时，谷文庆出现了。中学毕业我上了大学，他当了兵，就再也没有见过，这是我们毕业十几年后的第一次见面。

在我们那个小镇，谷文庆的传闻有着多种版本，他还是孩子时就是个有争议的人。在我们那个封闭、保守的小镇，喜欢打架、追女孩子、抽烟喝酒的谷文庆是个另类，每当他在街上出现，大人们都会把自家的孩子堵在屋里，以免他们跟着谷文庆学坏。在很长的一段时间里，谷文庆形单影只，是镇里最孤独的孩子。

然而，在我们上高三的那一年，谷文庆一下子成了名人。他不知什么时候写的一篇作文获得了全国性比赛的二等奖，市教育局局长亲自来到我们学校给他颁奖，在我们这个小镇，市里的领导是难得下来一次的，他们来了，是给镇里最孤独、最被人唾弃的孩子颁奖，人们都糊涂了，难道他们的眼睛长到屁股上了吗？这样一个一无是处的人，竟然有市里的领导亲自下来给他颁奖？

更让人意外的是，教育局局长在大会上说，只要谷文庆愿意，他就会被保送到市里的师范学院中文系读书，这对我们这个多年都考不出去一个大学生的小镇中学是多大的荣誉，而谷文庆没有对教育局局长的好意表现出半点惊喜，他只不过轻描淡写地点点头，说了句："再说吧。"

谷文庆的作文和获奖证书随后便被镶嵌在我们学校的报栏里，他的父亲，我们的校长那几天也一扫往常的威严，变得和蔼慈祥了。

看过谷文庆作文的人后来聚到一起时，都表现出异乎寻常的不屑，在人们看来，谷文庆作文的获奖是个意外，他写的是什么啊？这篇题为《云上的日子》的作文，写的是他跟着做乡村老师的父母颠沛流离的故事，他父母走到哪里，他们的家就安在哪里，他们至今也没有一个属于自己的家，他们的家就是学校分给他父母的两间宿舍。在他的记忆中，每隔几年，他们就要搬一次家，在他父亲调到镇里的中学做校长后，他们才算有了个稳定的居所，但他知道，随着父亲工作的调动，他们一家又会像云一样地流动。在镇里的孩子看来，谷文庆实在不应该为这样的生活感伤，他应该高兴才对，他们能在不同的地方生活，这是多么美好的事啊。而他们，从一出生就没离开过这个小镇，他们中的大多数人，会在这里繁衍生息，最终化为泥土，到死也离不开这里。和他们相比，谷文庆因为有一个能经常改变工作环境的父亲，他是多么幸福啊，可他却这么矫揉造作，一点都不懂得珍惜。

镇里人的不屑和猜疑，丝毫也改变不了谷文庆获奖和市里领导给他颁奖的事实，至少在我们学校，他一下子成为偶像，甚至于盖过他的父亲，我们的校长，成为最受尊敬的人，只要他愿意，他就能不用参加那折磨人的高考，直接走进市里的师范学院，成为一个大学生，他的命运也将从此改变。他是走在命运前面的人，而我们，是一生都在这里老死，还是会出现转机，都要在高考之后才见分晓。

就在我们对谷文庆的未来羡慕不已时，谷文庆却拒绝了市里师范学院的邀请。他对师范学院招生办的人态度极其恶劣，他说他是个男人，男人的最好职业是军人或者警察，当老师的事就留给女孩子好了。师范学院招生办的人蔫头蔫脑地离去后，谷文庆的父亲一个人关在房间里喝得大醉，他从此再也不管谷文庆了。

这一年，谷文庆填报的高考志愿都是军校。谁都清楚，让谷文庆自己去考，到老他都考不上市里的师范学院，他的出路就是当兵，这也正是他所希望的，一条男人的路。

我和谷文庆的真正交往，是从我们在深圳的重逢开始的，在此前的很多年里，我脑海里的谷文庆一直是人们闲言碎语中的那个虚幻的谷文庆。在我们读高中的那三年里，我和他基本没有交往，在他一夜间成为偶像之后，随之而来的高考压得我喘不过气来，哪还有心思和他交往呢？在这个陌生的城市，两个喝同一条河水长大的人，很容易亲近，乡音也成了彼此的慰藉，让我们不再孤单。

我们单位不用坐班，上班比较自由，因为刚来深圳，也没什么熟人，我一向不大喜欢和同事走太近，同事这种关系原本就是临时拼凑起来的，是一个充满是非的矛盾体。不说话，置身事外，对一个外来人来说，就是最好的保护。我不上班时，就在家里看书，谷文庆上的是三班倒的班，他休息时就常来我家聊天，在深圳，他除了几个战友，也没什么朋友。

从小离家，我们都学会了做饭，谷文庆休息时，我们就一起做饭，他面食做得好，会做扯面、麻食，特别是麻食，把豆芽、粉条、海带、木耳、黄花菜、西红柿汇在一起做个烩菜，等麻食煮好后，浇上鸡汤，再加上炒好的菜，特别地美味。他做面食时，我就做几个凉菜下酒，我们那个地方，做凉菜比较看重的是调料，把蒜泥、葱花、香菜末、陈醋、酱油、味精、盐和干辣椒丝盛在一个小碗里，用热油一淋，这样拌出来的凉菜就特别好吃。谷文庆从小就是个酒鬼，而且只喝高度的白酒，我们家乡的西凤酒他最喜欢喝，每次去超市，他都会买几瓶回来存着。

在很长的一段时间里，我们都没有说起过去，我一直想知道，像他这样一个学习不好的人，在千载难逢的免试入学机会面前，怎么会无动于衷？有几次，话到嘴边又咽了回去，这是他的伤口，是深深地扎在他胸口的刺，他不会轻易拔掉。

谷文庆是个特别活泼的人，也是个热心的人，他说，自从母亲去世以后，他就特别喜欢找人说话，如果不那样，他就会憋死。母亲去世后，他便不再和父亲说话，他是独生子，他始终坚信母亲是被父亲害死的，他一辈子都不会原谅他，他来到这个世界，就是为了和父亲做对，只有这么想了、做了，他才心里踏实。事实上他也是一直这么想的、这么做的。

谷文庆的父亲谷来雨是我们镇上的第一个大学生，他能够上大学是因为他在镇里修水库时表现突出。作为工农兵大学生，谷来雨从市里的师范学院毕业后回到镇里，在镇里唯一的中学教音乐。我听镇里人不止一次地说过谷来雨年轻时候的帅气，他身材高大、魁梧，皮肤像女人般白皙，甚至比镇里许多市里来下乡的女知青都长得秀气，他还跟着他那早年在草堂班子里拉二胡的父亲学会了二胡，这一切，显示出他和镇里孩子的不同。人们常说女人可以依靠她的漂亮改变命运，其实男人又何尝不是呢？当年在水库工地上，镇里人谁不是下了死力气？在那一张工农兵大学生的报名表背后，镇里有头有脸的人差一点大打出手，最后，他们还是冷静了下来，这毕竟是镇里第一个大学生，镇里革委会书记的儿子是个傻子，镇长的女儿不久前被一个知青搞大了肚子，派出所所长的孩子都小，他们折腾了一阵，就把报名表给了谷来雨，谁让他长得帅气，还会拉几下二胡呢？他走到哪也不会给镇里丢脸。

人世间的事总是那么让人琢磨不透，谷来雨的父母都是歪瓜裂枣，而且个头也比较矮，他们家一年也吃不上几顿饱饭，可他们的儿子偏偏是镇里最高大魁梧、最帅气的。谁都说那孩子肯定不是他们的，一定是有人背地里帮忙了，但谁也拿不出证据，谷来雨的母亲是个正经女人，就算她想不正经一次，也不会有男人要她的，她长得又黑又瘦，说话还有些结巴，哪个男人会要她呢？

谷来雨在读师范学院时，和镇里一个叫陈小平的女知青好上了，陈小平的家在县城，她从水库工地上下来后，就在镇里的小学当老师，给孩子们教美术。上了师范学院的谷来雨放暑假回来，再也不用下地劳动，他没事就带个篮球，去镇小学的操场打篮球。他和陈小平早就认识，陈小平是个不大喜欢说话，也不好动的女孩子，闲下来时人们总会看见她手里拿一本厚厚的书，看个没完没了，有次镇长开玩笑说，让陈小平去做小学老师，就是因为她总喜欢看书，还戴个眼镜，怎么看她都不像个劳动人民。陈小平身材单薄，个头却很高，少说也有一米七，经过水库工地的一段劳动锻炼，她原本白得像纸一样的脸上总算有了血色，骨架也更加大了，但她就是不长肉，永远是风一吹就要倒的样子。陈小平的父亲是工人，母亲也是个小学老师。从来镇里见到谷来雨那天起，陈小平不管在哪里遇到谷来雨都会莫名其妙地心跳，在谷来雨没去市里的师范学院读书前，她只是心跳几下，跳了也就跳了，她是县城里下来劳动锻炼的知青，迟早还要回县城里去，而谷来雨是镇上人，他们中间有着不可逾越的障碍，她也就没往下面想过。谷来雨从市里回来了，和从前也不一样了，他毕业后就会有工作，和她父母一样，也是拿工资、吃皇粮的公家人，她从此就敢往下面想了，还想得很远。

每次，在谷来雨来打篮球前，陈小平就搬个小凳出来，坐在操场边的小白杨树下看书，她的心思不在书里，在打篮球的谷来雨身上，谷来雨似乎也是心猿意马的，他总会把球打得很远，不时地要到陈小平这边来捡球，每次过来捡球，他都要没话找话地和陈小平说上几句，说得两个人脸庞都红扑扑的，心也跳跳的。陈小平在小学校里有间宿舍，谷来雨打完球就会去她那里坐坐，喝水、聊天。到了谷来雨毕业的前一年，在陈小平的宿舍，两个人终于搂在了一起。

他们两个都是胆小的人，也都没这方面的经验，每次在一起，就那么搂着，累了就放开来喝口水，然后再搂在一起，说不上过了多久，半年，还是一年后吧，谷来雨才将手放在了陈小平还未发育好的胸脯上，他似乎很平静，在那里停留了一阵就撤出了。在结婚前，他们一直这样，谷来雨还在陈小平的宿舍偷偷住过一晚，那晚天降大雨，陈小平有些害怕，谷来雨就留了下来，他们搂抱在一起，就那样搂了一夜。

他们的婚礼是在谷来雨家里办的，陈小平家里没有来人，她的父母说女儿从县城里嫁到镇里是给他们丢脸。婚礼是镇里人和知青给他们办的，新房就是陈小平的宿舍，这时的谷来雨已经毕业，他本来可以留在市里的一所中学教书，但他答应过陈小平，毕业后要回到镇里来，回来娶她，他就被分到镇里的中学教书。

不久，他们的儿子谷文庆出生了。这时，知青开始返城，陈小平他们这批知青是从县城里下来的，离家都比较近，他们中的大多数人都进了工厂，成了工人，陈小平想回城，但她已在下乡地结婚，并且已经有了孩子，她要回城就只能先离婚。

那些天，陈小平没完没了地问谷来雨："我该怎么办？我到底该怎么办啊?"谷来雨从头到尾就一句话:"你怎么办都行,你怎么办我都接受。"陈小平最终没有和谷来雨离婚,她回到县城的家里,父母对她和儿子的态度很冰冷,再说,和她一起下乡的回城知青都进了工厂,都是凭力气吃饭的工人,她好歹还是个老师。从县城回来的路上陈小平就打定主意,她不回城了,也不离婚,她要考学,市里除了谷来雨读的师范学院外,还有一所专门培养中小学教师的师范学校,是个中专,当老师怎么也比当工人好吧,她要从现在开始就复习,一定要考上,她不能当一辈子民办教师。

其实,要是陈小平那时回城了,她也就不会死了。我听镇里的大人说过,在陈小平他们那些知青回城时,谷来雨甚至有些惊喜,他也给人说过,要是陈小平回城,他很乐意同她离婚的,他说陈小平啥都好,就是对两口子那种事不大上心,他们经常为这事翻脸。镇里人不明白,还有对这种事不大上心的女人?那她为什么还要结婚?怎么就生了孩子呢?和陈小平经常在一起的女人也说起过,陈小平和她们去洗澡,镇里那些身材臃肿的女人总是羡慕陈小平的身材,说她生过孩子了,那身段还像个大姑娘,到底是城里人,经得起折腾。陈小平总是轻描淡写的,她说:"什么啊!男人不喜欢的,谷来雨总说我是硬板床。"

在谷文庆上小学时,陈小平终于考上了师范学校。前几年,她一直报考市里的师范学院,每年总是差那么几分,她泄气了,就报了师范学校,结果一次就考上了,中专就中专吧,不就是听起来不大好听、工资低一些吗,总是比回城当工人、比做民办教师好吧,她把儿子留给谷来雨,兴冲冲地上学去了。

不久就发生了谷来雨和镇里粮站会计通奸的事。粮站的会计是个高大丰满的女人,前几年从外地调来的,她男人是以前镇里派出所的所长,比她大十几岁,她来没多久,她男人就调到县城里的一个派出所去了。她男人特别地怕她，平时在镇里威风凛凛，一回家马上就威风扫地，他们一直没有孩子，也不知道是谁的问题，她是个很要强的女人，还死爱面子，在粮站里和别人的关系处得也不好。也不知道谷来雨是怎么和她黏合在一起的，人们发现他们在一起，是在午饭后，粮站会计杀猪一样的叫床声把在午睡的人都惊醒了，她住的是平房，周围都是粮站的职工，平时在房间里走动，隔壁都能听见，她那不绝于耳的叫声，像惊雷般在镇子上空回荡了很久。

从此，粮站会计的男人就再也没来过我们镇上，陈小平放假后回来知道了这事也没有大吵大闹。镇里人完全被这两家人弄糊涂了，他们不明白，出了这么大的事，要放在别人家里，不动刀子也会打个头破血流，可他们，都像什么事也没发生过一样，依旧心安理得地过日子，人和人是多么的不同。

陈小平毕业后分到了另一个镇上教书，谷来雨也调了过去。谷来雨每次回来，都是一个人，每次回来，他都会去粮站，只是，人们再也没有听到过粮站会计那惊雷一样的叫声，或许她也知道了羞耻，收敛了。人们也在市里看到过谷来雨和粮站会计，他们手拉手，旁若无人地走在街上，就是和镇里的熟人说话，那手也不曾有一刻松开。镇里人说他们是能见到的最不要脸的人，但粮站会计也不是他们的女人，她平时也从不拿正眼看一下镇里的人，她怎么的不要脸，和镇里人又有什么关系呢？

谷来雨一家在外面游荡了几年后，又回到了镇上，他们回来时，粮站会计也调到县城里去了，她回去不久就离婚了，她高大丰满的身躯再也没在镇里出现过，只有她惊雷般的叫声，永远地留在了镇子上空，成为男人们的念想。

陈小平这次回来，却永远地留了下来。她是在一个下午出事的，人们听到她和谷来雨关在房间里打架，后来就没了动静，过了不久，谷来雨从房里出来了，他面如死灰，拉上房门就独自离开了。

首先发现陈小平死的是她儿子谷文庆。那时谷文庆已上初中，他放学回来看见自家的门关着，院子里还零零星星的有几个老师在走动，他们看见谷文庆，连忙说："你带钥匙没？快打开门看看，你爸妈打架了，你妈在里面已半天没动静了。"谷文庆说："他们经常打架，没事的，我这就开门，他们每次打完架，我妈就把自个关在屋里，她怕出来会让人笑话。"谷文庆打开了房门，他先走了进去，看见他妈妈陈小平斜躺在他家的沙发上，口吐白沫，怀里还抱着一个瓶子。谷文庆吓得大哭起来，随他进来的老师也都吓呆了，一个胆大的老师走到陈小平跟前去，一股刺鼻的农药味熏得他眼睛生痛，他大叫了一声："陈老师喝农药自杀了，赶紧送医院！"

陈小平还是没有活过来。镇里的医生给她洗了胃，也是无济于事，已经太晚了。在人们给陈小平换衣服时，发现她身上满是伤痕，人们没料想到平日里高贵、优雅的陈小平和镇里的农妇一样，也是经常遭受男人的毒打的。她们用热水清洗过陈小平身上的伤痕，又细心清洗了她那因毒药而发黑的嘴唇，这张原本饱满、红润的嘴唇，镇里别的男人做梦都不敢期盼，而现在，它已发黑，散发着一股恶臭。

谷来雨回来时，陈小平的父母和两个哥哥已经到了。听到陈小平的死讯，谷来雨显得有些紧张，他的紧张只持续了很短的时间，陈小平的两个哥哥不约而同地冲了上来，将谷来雨按在了地上，他们两个都是卡车司机，谷来雨被打断了两根肋骨，他痛苦地趴在地上，谷文庆也从外婆背后冲出来，朝父亲狠狠地吐了口唾沫，说："我妈妈是被你打死的，你是杀人犯！"

陈小平的家人曾打算把谷来雨告上法庭，但他们还是看在谷文庆还没长大成人的分上，让镇里人匆匆把陈小平埋在了学校后面的山坡上。

谷文庆已没了母亲，他再也不能没有父亲，他们不能让他成了孤儿。

后来，镇里的医生在一次酒后说，他从没见过像谷来雨这样狠毒的人！陈小平是被他活活打死再灌的农药，他们给陈小平洗胃时就发现了，他们都是镇上的人，都胆小怕事，再说谷文庆还小，就没有声张这事。但从此，镇里人谁也不和谷来雨来往，他们以他为耻。

母亲陈小平去世后，谷文庆就被接到了县城的外公家里，两位老人在很长的一段时间里才接受了女儿的婚姻，但好景总是不长，现在，他们的女儿已经永远躺在镇里的山坡上，留给他们的只有这个未成年的外孙。谷来雨在陈小平去世后，再也没有去过她那县城的家，就是谷文庆住在那里时也没去过，他是个记仇的人，谷文庆在医院里骂他是杀人凶手的话，他也牢记在心，他永远都不会原谅。经过了女儿早死的打击，两位老人不久也相继过世，谷文庆感觉他在这个世界上一个亲人都没有了，他不愿忍受舅妈的白眼，再说他还要给母亲报仇，他不能让那个杀死母亲的人没事一样活在世上，就是整天在他眼前晃荡几次，对他也是个羞辱。

谷文庆回来了，学校分给他家的两间房依旧留着，他就独自住了一间，除了要钱，他从不和父亲说话。他每天都在外面玩到很晚才回家，有时干脆就在外面过夜。在学校里，他也总是找碴和人打架，打得过打不过他都要打，学校的老师谁也不管他，都知道他是个苦命的孩子，他这么做，就是想气死他父亲。谷来雨从不和儿子正面冲突，他心里清楚，一旦他和儿子发生冲突，儿子肯定会动刀子的，他等这一天已等了很久。在和别人说起他的儿子时，谷来雨总是很坦然，他说从他在医院受到羞辱那一刻起，他就拿定主意，这辈子挣多少钱就花多少钱，一个子都不会留给儿子。谷文庆不回家时，他就去镇里的馆子吃喝，周末了，他就去市里，到了假期，他就出去旅行，走到哪是哪，直到把身上的钱花个精光，他才会回来，回家时，他连一条内裤都不会给儿子买。

镇里人总是相信报应，他们说谷来雨迟早会遭报应，他任凭儿子像野狗一样游荡，仇恨就像痔疮一样长在了他的身上，他走到哪里就会带到哪里。人们只能寄希望于时间，你还能耗得过最具分量、最为沉重的岁月的大河吗？在它面前，任何的仇恨都会悄然化解，它会让你一点力气都没有的。

在炎热的深圳喝白酒，喝进肚里的不是酒，而是一团火。谷文庆端着酒杯的手不时地抖动，他在酒面前没有半点自尊。不喝酒时，谷文庆的话很多，也很活泼，一喝酒他就不大说话，只是时不时地笑几下，缓解一下气氛，他说："内心痛苦的人很容易酒后吐真言，那会伤害到别人，更会伤着自己，很多事我对你也不能说，你没有那种经历，你不会理解的。"尽管他的事我还是想知道，但他不说就不说吧，每个人都会有一些事要带进棺材里去的，这也没什么稀奇。

然而，谷文庆还是给我说起了粮站的女会计，说起这个使他父亲压抑的情感猛然爆发的女人。

在粮站女会计的惊叫划过镇子上空后，谷来雨一下子成为人们茶余饭后谈论的主要话题，谷文庆走到哪里都会看见笑得直不起腰来的人，他曾经多次想在镇里放一把火，把一切都烧得干干净净。他多次尾随过女会计，她是个耐不住寂寞的女人，总喜欢往人多的地方去，但她很少开口说话，她就那么一个人走来走去，就像什么事都没有发生过一样。有时，她还会一个人走到镇子后面的河边去，长时间地坐在河边，就像河里有个能让她再次惊叫的男人。谷文庆站在远处看着，他在心里咬牙切齿：总有一天我会强暴你这不要脸的女人的。那时，谷文庆还打不过粮站会计，他站到粮站会计跟前去，最多也就在她时刻都想蹦出来的高突的胸脯那里，她就是站着不动，他也休想搬动她。

谷文庆始终没有找到强暴粮站会计的机会，在他长到能够有力气搬动她的那一天，粮站会计已经调走了。

和谷文庆在一起的那段时间，我也差不多变成了一个酒鬼，我们经常喝酒，有时会从中午喝到晚上，谁也不说话，谁也不看谁，就喝酒。

谷文庆死后，我给他的父亲打了一个电话，他说："我正在开会呢，这件事我知道了，就这样吧。"我听不出他有半点悲伤，或许，他的仇恨依旧，他早就想到了会有这么一天，还是他早已没了感情，成了一个真正的酒鬼？

谷文庆带着他的秘密走了，在此之前，有关他的一切传言，都是传言，就像他的死，在我们这个小区，就有多种版本，但是，一个真正的谷文庆，我们又知道多少呢？

（原载《文学界》2011年第10期　责任编辑：刘雪琳）

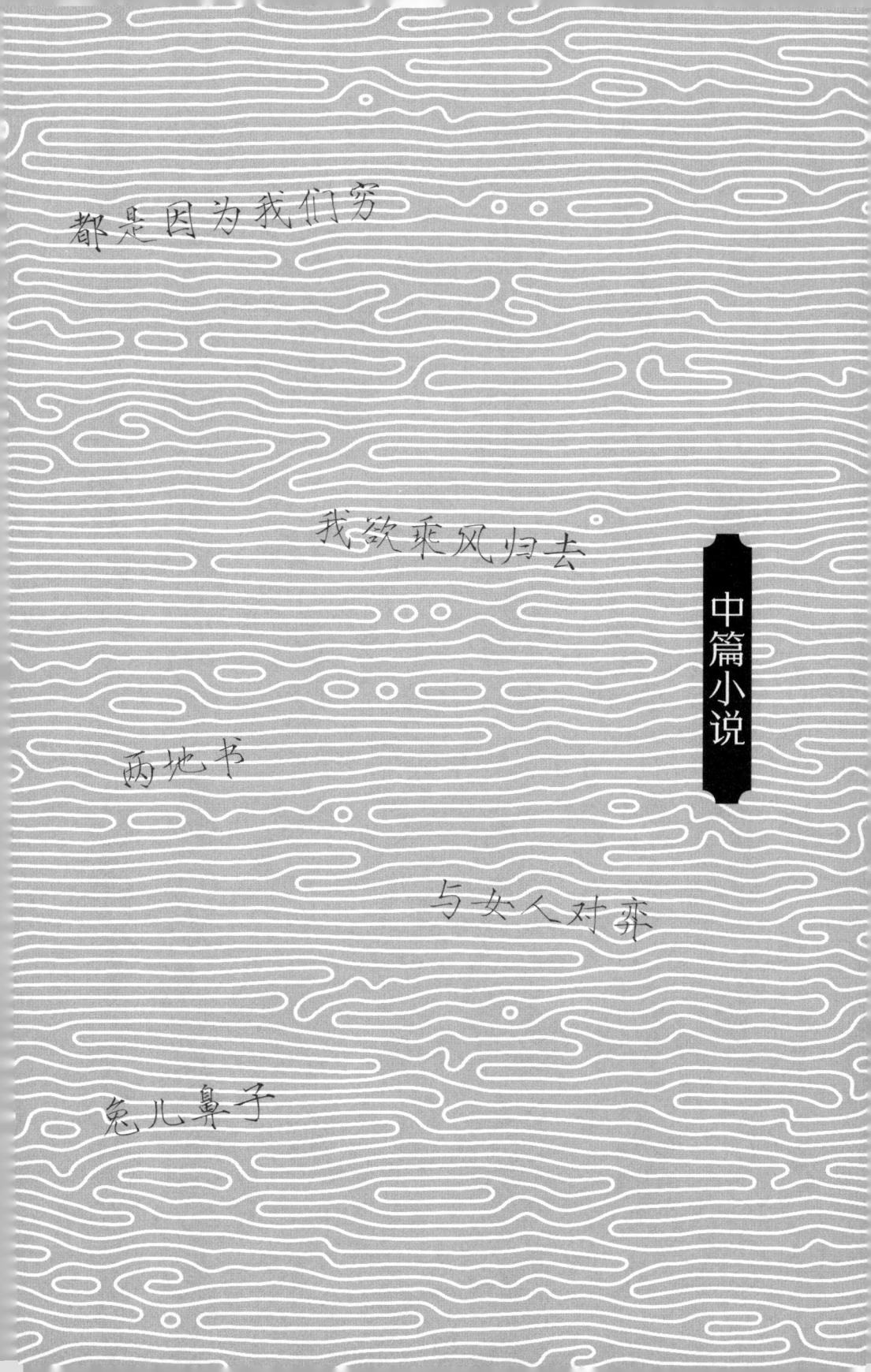

都是因为我们穷

我欲乘风归去

中篇小说

西地书

与女人对弈

兔儿鼻子

都是因为我们穷

一

一连几个晚上，马林旭都喝得醉醺醺的，和他一起喝酒的都是过去的同事。他们不是在以前的裁员中被裁掉的没有靠山的人，就是和他一样看不到出路，灰溜溜地逃跑的人。也有几个依然留在单位苦熬的，他们不是有个一官半职，就是对未来已经不抱希望，他们和那些离开的人一样，神情沮丧，双目无神，行业的凋敝一天比一天彻底，他们人到中年，从事的又是这样一个让人虚无到没有力气的工作。

他们是一群传统媒体人。

今晚请客的是他们的副总，一个大腹便便的转业军人。他以前是广告部主任，热衷于采访名人富人官员，还参加过几家封面印着半裸美女头像的杂志笔会，是一个懂生活的人。他说话嗓门很大，常常引经据典，但总是给人一个为了这番讲话事前在家背了很多古籍的感觉。他常说报社正是靠了他们这些人才能维持到今天，现在仅有的几个广告客户也是他当年在位时建立的关系。

和别的惊慌失措的领导不同，他没有一味地等待关门那一天的到来，他一边唱着报社的明天还是灿烂的小调，一边在报社后面的小区租了一个门面，让自己的老婆开了一个家政服务公司，报社很多人家的家政都是从他老婆的公司里雇佣的。他老婆以前也是记者，因为受不了年年降薪的折磨，就成了家政公司的小老板。

今晚的酒是副总带来的。以前的聚会，酒都是马林旭的。饭馆是马林旭老婆开的，他们选在这里聚会，说是照顾一下马林旭的生意，其实是为了吃得放心，价格也适中，他们在这里吃了很多年了，饭馆的拿手菜早已耳熟能详，就是菜单上没有的菜，你打个招呼，他也会全力满足。就拿今晚来说，副总的老婆刚从成都旅游回来，在成都吃了道水煮黄喉，马林旭家开的也是川菜馆，他们以前从没有做过这道菜，他去问大厨能不能做，大厨笑了笑，立马吩咐徒弟去菜市场买黄喉，买菜一向是马林旭老婆亲力亲为的，大厨说黄喉不好选，要是买不好，味道就出不来，还是让他徒弟去吧，他老婆梁惠莲就很不乐意地给了五十块钱，让徒弟去买了黄喉。菜端上来，副总老婆的肥脸立马放光，她吃了一口，放下筷子，说："太他妈的好吃了，你们尝一下，和成都的一个味道。"

副总招呼大家喝酒，他们两口子都能吃能喝，也都大腹便便，很占地方，坐在他们中间的王琳娇小玲珑，她几次想和副总的老婆换一下座位，都没有成功，就撇了一下嘴，说："袁总，你给李姐吃得太好了，把她养得白白胖胖的，好富态。"副总的老婆放下筷子，抹抹嘴，说："还好吃的呢，早上是稀饭馒头，晚上是馒头稀饭，我就是喝凉水都长肉的体质，胖得说话都喘气。"大家就一起哄笑，王琳说："女人胖才好啊，男人喜欢，我老公就经常说我跟铁饼似的，他都没有热情搂着。"她在大伙的笑声里抓着副总老婆的胳膊，悄声说："你和袁总都这么丰满，你家的床可受委屈了。"副总的老婆娇嗔地按着王琳的肩膀，要罚她喝酒，"我们这个年纪了，都是各睡各的床了，莫非你们还是像年轻人那样搂着睡吗？"说完，她自己先哈哈大笑起来。

王琳在单位就以伶牙俐齿闻名，她以前去一个单位采访，那位处长拿没有提前预约为由拒绝接受采访，结果被她说得浑身酥软，不仅接受了采访，中午还要请她吃饭，她说要赶回报社写稿，处长就说派车送她，她说坐车路上堵死了，她出门都不开车，地铁口就在附近，坐地铁快还省事。她老公就是放个屁都不响，天天想着往上爬的处长，对上面低头哈腰，恨不得把老婆都送了礼，对下面的人是打一巴掌再送一个大枣，回家了从不做家务，和老婆孩子说话也像念报告，满口的官话套话，老公一开口说话，她连死的心都有，有这么一个老公垫底，她怎么会把一个写报道时名字都不可能出现在文章里的处级干部放在眼里。

王琳正想开口，她的部门主任，一个"80后"的孩子抢先说："我看了一篇文章，说丰满的女人最受男人喜欢啊，我就想找个丰满的女人做老婆。"副总咧着大嘴，笑着说："这孩子明显是小电影看多了，丰满的女人好是好，就是马力大，比较费油。你还年轻，不知道女人的厉害。"他老婆笑得眼泪都出来了，她用手去抹眼泪，因用力过猛，竟然把粘上去的假睫毛揉了下来，大伙又是一通哄笑。

这时，"80后"主任提出他要给大家唱首歌，大家就一起鼓掌，他就唱了一首他们家乡的闽南语歌曲《爱拼才会赢》，歌唱得还真不错，王琳说："七分天注定，说得多好啊，看来主任真是祖宗有灵，在这样的单位能如鱼得水的人，都是天注定的。"说完她自己先笑了。"80后"主任端起酒杯，说："王姐，我敬你，你可是北大的高才生啊，你们那时能上北大，不比现在当个总编容易。"王琳不怎么喝酒，她以茶代酒："北大毕业又怎样，还不是在你们深圳大学毕业的孩子手下干活吗？我老公都说了，以后不让女儿考北大了。"气氛忽然有些尴尬，副总的老婆说:"我给大家唱一首我们内蒙古的祝酒歌吧,唱得不好大伙不要见笑啊。"

这样高亢的歌,没有一身肥膘兜底还真不行,有了这一身的肥膘,首先你的气就足,调也上得去,唱完歌,副总的老婆大声喊着:"今天高兴,我给你们来一个海底探月。"大家都不知道啥是海底探月,就看着她在一个大杯子里倒上啤酒,然后把一杯白酒放进去,她双手叉腰,端起酒杯一饮而尽,她的豪迈性情点燃了大伙的情绪,副总也不甘落后,说:"我用我们湖南话给你们唱一首我们湖南的民歌《浏阳河》。"

副总的老婆说:"用你们湖南话还好一点,反正别人也听不太懂,要是用普通话,就得把你的舌头捋直了。"副总黑了一下脸,很快又和颜悦色地说:"不要总是笑话农村人说话,那不都是没有办法吗?你看集团的杨总,他的普通话现在说得好吧,他说当年在广州上大学时,四年里没有和同学说过一句话,他说的客家话,别人听不懂,别人说普通话,他也听不懂。"副总的老婆沉默了一下,说:"你们都不知道,我儿子经常调侃他爸爸,说他爸爸长得像袁大头,儿子喊他袁大头他不生气,我一喊他就急,哈哈哈。"

大家一时不知道该说什么,副总的老婆连忙打圆场,说:"我们在座的来自天南海北,每个人唱一首家乡的歌吧,王琳,你来一首你们家乡的沂蒙山小调如何?"

王琳说:"我是八音不全,你就饶了我吧。不过,我可以给你们朗诵一首诗,里尔克的《秋日》,当年读书时我最喜欢的一首诗,这首诗很适合在今晚读。先让马林旭唱一首他们那儿的陕北民歌吧,前一阵子看《平凡的世界》,里面的插曲好好听。"

大伙就一起鼓掌,马林旭说:"那是陕北民歌,我是关中人,我们那里的人就喜欢秦腔，可是我不会唱，我就说两句陕西关中方言吧：他大舅他二舅都是他舅，高桌子低板凳都是木头。太阳圆月亮弯都在天上，男人哭女人笑都在炕上。"王琳说："不行，不能这么忽悠我们，在你们家店里面，你要好好地表现才行。"

马林旭喝口酒，站起来，说："今天豁出去了，就给你们唱一段秦腔吧。"他咽了口唾沫润润嗓子，"给你们唱一个《三对面》，包公的戏。"大伙就捂着嘴笑，王琳还学着他的陕西话："唱嘛，又不是电视台给你录像，你紧张个啥嘛，腿不要发抖啊，夹紧了唱。"

大伙的哄笑让马林旭更加紧张了，他说："王琳，你不要起哄，单位都有人说咱两个的坏话了。"王琳说："都说啥了，我咋没听到啊。"

"有人说看见咱两个在办公室搂搂抱抱，还亲嘴了。"

王琳大笑着说："你真的是记者出身，没人给你出新闻，就自己给自己编一个新闻出来，还自己给自己拉托，就算你有这色心，你也得有那胆啊。"

副总的老婆说："好好的娃，都是你们袁总给带坏的，你们袁总是既有色心又有色胆，你们可不能跟他学，学坏了就没尿救了。"

副总把烟头一扔，站起来，忽悠着双手，说："小马，你咋这婆婆妈妈的，唱个歌，还引出这么些桃色新闻，来，喝杯酒，壮壮胆，喜欢王琳就先把歌唱完，单位喜欢王琳的多了，男人嘛，喜欢女人又不丢人。"

王琳说："我又不是人民币，不要你们喜欢。"

"你不是人民币，你是美金。"王琳拍了一下马林旭的胳膊："去你的，你才是美金，闷骚大叔，唱吧，别磨叽了。"

　　　　王朝传来马汉禀，他言说公主到府中。我这里上前忙跪定！
　　　　王朝马汉喊一声。莫呼威往后退，相爷把话说明白。见公主不比同僚辈,惊动凤驾理有亏。猛想起当年考文会,包拯应试中高魁。披红插花游宫闹,国母笑咱面貌黑。头戴黑,身穿黑,浑身上下一锭墨。黑人黑相黑无比,马蹄印长在顶门额……

大伙听得津津有味,马林旭却停了下来,他喝口水,说:"起高了,唱不上去了。"大伙就哄笑,他们大都没听懂马林旭唱的是啥,看着他扯着嗓门喊,脖子、额头的青筋都出来了,大伙一起笑得眼泪也出来了。

这时,大伙才想起来,王琳的诗还没有朗诵,就一起鼓掌,王琳站起来,说:"好吧,让你们见识一下当年北大文艺女青年的风采吧,我也乘机年轻一回。"

主啊!是时候了。夏日曾经很盛大。
把你的阴影落在日晷上,
让秋风刮过田野。

让最后的果实长得丰满,
再给它们两天南方的气候,
迫使它们成熟,
把最后的甘甜酿入浓酒。

谁这时没有房屋,就不必建筑,
谁这时孤独,就永远孤独,
就醒着,读着,写着长信,
在林荫道上来回

>   不安地游荡，当着落叶纷飞。

大伙沉默了一下，随后纷纷站起来鼓掌，岁月的魔爪早已将他们残存在心底的诗意清理干净，在这个为旧同事也是为自己曾经的理想和激情送行的夜晚，只有诗能够压倒生存和世俗的困境，让他们在深圳的夜晚找回一点点读书人的尊严，尽管这一点点的尊严也是虚幻的，和这个城市、和他们生存的处境是格格不入的，那又有什么关系呢？或许，秋日的暖阳还没有照进心房，冬天就到了。

副总带的两瓶酒很快就喝完了，马林旭又去拿了一瓶西凤酒，副总说："这个酒劲大，当年我在你们陕西当兵的时候，经常喝。"他搂着马林旭的肩膀，示意大伙都坐下来，"很久没这么开心了，说实话，报业现在这么差，大家都把罪责推到了手机上，说什么一部手机包揽天下，我承认手机阅读对传统媒体的冲击是致命的。但你们自己想想，我们现在的处境能全部怪罪于手机阅读吗？我们自己首先放弃或者忽视了内容为王的生存之道。说真的，不要说让人花钱买报纸，你们自己会读自己办的报纸吗？"副总沉默了一下，压低声音继续说："在我看来，传统媒体的衰落，主要还是领导不行。我当年刚进报社的时候，那是什么气象啊，从上到下都想的是美好的未来，而现在呢，从集团领导那里就悲观绝望，每次开会都像追悼会，除了裁员，压缩成本，他们也想不出更好的办法，而裁掉的人呢，大都是业务水平好的没有后台的人，留下的人，也是年年降薪，谁会把心思放在工作上，可他们呢，每年几十万上百万的年薪，从来不管手下人的死活，你们走了的人，其实是解脱了，留下的人，也都希望那一天早点到来。"

"酒是个好东西，让我们一贯小心翼翼的袁总都吐了真言，我们喝一个吧。"王琳也倒上了白酒，"要不是快退休了，我也走了。我老公经常嘲笑我，你们报社啥时候关门啊！你们的报纸每天早上一大捆地送到门卫那里，下午就一大捆地卖给收破烂的了，门卫以前还给各个部室分发一下，后来见没人看，连分发都省了。人家这样说也没错，你们说，我们自己都不看，别人能看吗？有时别人问起我的工资，我都不好意思说，还好，我们这些人早早就买了房子，要不然在这样的单位，租房子都只能租关外的农民房。"

"不要看王琳娇小玲珑的，她工作起来还是有股子狠劲的，当年为了报道农民工过年回家之路的艰辛，她可是买了一张站票一个人从广州上火车到成都，那时候，大家对工作的热情和执着都是发自内心的。"

王琳连忙打断副总的话题："说起那个时候，我都想哭了。那时候在媒体工作收入高也体面，同事关系也融洽，人人都在拼命。给你们说，当年我从北大毕业，分配到沂蒙革命老区的一个县城中学去教书，我从火车上下来，在车站里坐了半天，从北京一下子进入只有两条街道的小县城，你哭都哭不出来。我实在没有勇气去报到，心里特别委屈，不甘心，就撕了派遣证，买了张火车票来了广州。我一个学姐介绍我去她们下属的一个行业小报做编辑，那时，广州有很多流浪记者，我就是他们中的一个。那时的广州人特别排外，心里也看不起外地人，体制内的媒体人更是看不起我们这些流浪记者，于是我就转身来了深圳。二十多年了，我再也没去过广州。来深圳时，我连边防证都没有，那时没有边防证就进不来，在关口，花五十块被人带了进来。在深圳，大家都是外地人，都讲普通话，也没有人嫌弃你是体制内还是体制外的，只要你努力，总能有口饭吃。"

副总老婆端起酒杯，说："我要敬一下我们的女汉子，我刚到报社时，跟她去采访一家黑中介公司，那家公司的老板很嚣张，差点打我们，王姐往前一站，仰起头说，你要是认为打我们就能解决问题，那你就打吧。可能是被她的气势给吓住了还是怎么的，那个老板就关上门，再也没有出来，我当时可给吓着了，他要是真打，那可怎么办？那些人为了钱，是啥事都干得出来的。"

副总说："那时我们还不认识，有我在，谁敢打你，给他两个胆。每个人都不容易，你们的落差只是因为心理不平衡，我能走到今天，那是拿命换来的。高中毕业没有考上大学，我就想当兵，不想一辈子在家种地当农民，我爹是死活不同意我当兵，我爷爷当年是志愿军，在朝鲜被俘了，回来后一辈子抬不起头。他不同意我当兵，我就不吃饭，最后我赢了。当兵的第二年，部队就去了老山前线轮战，我们镇上一同参军的六个人，就活着回来两个，我立了个二等功，回来还安排了工作。我在我们县里的检察院干了五年，混了个小科长，对一个三代贫农的人来说，已经是我能混到的最高位置了。那时很多人往广东跑，我也就跟着跑了过来，没有文凭，在深圳跑了两个月，带的钱快花完了，白天出去找工作，晚上就睡在荔枝公园的椅子上。有次查暂住证，我没有，就被收拢到了樟木头，准备遣送回内地，就在那里，我见到了我的战友，他是收容站里的民警，他给我介绍了我们另外的一个战友，他在深圳的一个派出所当教导员，就这样，人托人的我才来了报社，要是那天没有遇到我的战友，被遣送回湖南老家了，我现在可能在大街上卖臭豆腐也说不定。当时出来时，我是辞职才能走的，是豁出去了的，不像你们，你们上过大学有文凭，我来深圳只有一腔热血。"

副总老婆用她的胖手抚摸着老公的头，说："大头啊，要是明天报社关门了，我就在咱家楼下给你租个门面，让你卖臭豆腐，圆了你的心愿。"

副总推开老婆的胖手："这老娘们一点都不解风情，再说了，就是要卖豆腐，在广东的地盘上，也是卖客家酿豆腐才有人掏钱啊。"

大伙一边笑着一边相互敬酒，"80后"主任说："想不到你们还有这样的经历，我敬大家一杯。"

"你是含着银钥匙出生的，哪知道民生疾苦。"

"哪里啊，我小时候，我妈妈也就在镇里工作，她只是过来得早，后来才当了区里的领导，再说了，现在也已经不在位了。"

"你妈妈在位时你怎么不考公务员，跑来这个破庙里烧香？"

"你去调查一下，公务员家庭的孩子，有几个考公务员的？人们只看到你官当大了时候的风光，没有人会关心你的屈辱。可能是我从小就看多了妈妈受的委屈吧，我宁可在大街上卖臭豆腐也不会去考公务员……"

这时，副总的电话响了，他示意大伙不要出声，他走出包间去接电话，不一会儿就回来了："明天去单位，不要和别人说我们今晚在一起喝酒。"停了一下，他继续说："是李总，叫我打麻将，我说和朋友喝酒，他想来凑凑热闹，我说他来不方便。"

"你们不是死党吗？都是湖南老乡，单位里谁不知道你们是死党啊？""80后"主任看副总没有反应，连忙吐吐舌头，自己端起酒杯喝酒。

"很多事你们不知道，记得上次我们组织采编人员去海边玩的事吧？纪委来调查，我们最后每个人都被扣了工资那次。"

王琳说："这么倒霉的事谁会忘记，好几年不出去一次，出去玩一次回来还被扣工资了，还不如自己去玩，心情反而舒畅些，我被扣了一千多呢。"

"这件事上面领导也很恼火，领导也讨厌动不动就写匿名信的人，但有人写了，他们就必须来查，大家其实心里都有数，都断定写匿名信的就是李总。除了他，别人没这么下作。他一心想当总编辑，都猴急了。单位里没几个人知道集团杨总的儿子在美国留学，他竟然打听到了，让他在美国的亲戚经常去看望，请吃饭，买东西，送钱。杨总一直不喜欢这个人，当时他竞聘副总的时候，杨总就没投他的票，他说李总这个人说话做事太虚了，现在他们却打得火热。他拉关系那一套本事，报社谁也比不过。他写匿名信是想整林总编，林总快退休了，业务水平也不太行，他都等不及他退休。一个随时都可能关门的单位，也有人天天想着升官！出去玩的时候，要住好酒店，要点好菜的是他，扣款时，骂得最凶的也是他，真是丢我们湖南人的脸。"

"楚人好斗嘛，这个全国人民都知道。"副总老婆的胖手又举起来了，这一次，副总躲开了。

"人与人之间有些摩擦是正常的，但不能用下作的手段。今晚酒喝得高兴，说了很多不该说的话，你们不要出去说啊，说了我也不会承认的。哈哈哈，喝酒。"

副总又拍拍马林旭的肩膀："兄弟，好好经营你的饭馆吧，你的性格也的确不适合在单位上班。你大舅哥没有出事时，我们在一起喝过几次酒，人家给你把路铺好了，你不去走，这有啥办法？那个小陈，是他办的吧，人家现在都当处长了。"

"小陈的事你都知道，袁总真是神通广大啊，这件事我给谁都没说过的，连王琳都不知道。"

王琳做出要挥手打人的样子："又提我，看来你不制造一个假新闻是不会罢休了。"

"我一个战友喝酒时说的，你大舅哥也不会给我说这事的，他和那个副区长关系很好，他们互相办的事，你没去，他也给人家办了，还安排得挺好，人家都说你大舅哥是个实在人。可惜，他也跟错人了，一倒一大片。"

"官场就是这样，今天别人给你办事，明天人家找你办的事更难办,还是当个小老百姓好,你不找别人,别人也不会找你。""80后"主任说完,端起酒杯,"时间太晚了,喝完这杯酒,是不是改天再聚?"大伙就举起酒杯,马林旭说:"王琳,你一个人走我不放心,一会儿我送你吧。"王琳说:"谁要你送,酒壮怂人胆,我怕被你扑倒了,你想写的假新闻就成真新闻了。"大伙便在笑声里喝完酒,彼此互道晚安,然后消失在夜色里。

二

马林旭辞职以来,他老婆梁惠莲始终黑着脸,却是一言不发,这种彼此厌倦的生活,已经持续了很久,谁也看不到尽头。两个好面子的人,表面上是为了孩子才维持着婚姻的现状,而实际上呢,是生活的窘境将他们紧紧地捆绑在了一起。

马林旭大学毕业后就当记者,其间也做过几年副刊的编辑,除了和文字打交道,他也没有别的技能,这些年,媒体行业不景气,收入一年不如一年,不要说养家,养活自己都难,他索性辞职,帮老婆打理自家的饭馆。二十多年的记者生涯,养成了自由懒散的生活习惯,现在成天困在饭馆里,每天一大早还要跟着老婆去菜场买菜,凡事都要听命于老婆,像个小伙计似的被呼来唤去,稍微有一点怠慢或者失误就要被埋怨、呵斥,心高气傲的马林旭哪里受得了这个啊,于是,吵架、冷战就成了常态。

梁惠莲出身干部家庭,她在深圳开的这个餐馆也是她哥哥一手张罗的。开店的时候,她哥哥是市委的处长,后来是关外的副区长,因了她哥哥的关系,饭馆的生意一直很好,经常会有包餐照顾。她哥哥出事后,饭馆的生意虽说还能维持,但那些躺着挣钱的包餐越来越少,高档一些的烟酒也得自己花钱去买了,以前这些都是她哥哥隔三岔五让司机送过来的，而且都是真品。

哥哥被双规、判刑以后，她退休在家的厅长父亲急火攻心，不久就去世了。家里接连的变故让梁惠莲深受打击，她一度想将饭馆转让出去。只是，她是辞职出来的，做记者的老公显然没有养家糊口的能力，孩子还在上学，除了这个店，也没有别的来钱门路，总要过日子吧，她还是咬牙挺了下来。

老公不上班了，她就打发走了以前跟她买菜的小伙计和收银员，这样就节省下来八千多的人工费用，她一度还有些庆幸，有好几年了，马林旭都没有往家拿回来过工资了，至少，他回来了节省出来的这八千多块是实实在在的。可是，马林旭的心思根本就不在店里，买菜、收银总是出错，还不能说，一说就炸，除了没完没了地吵架，也没别的办法。

梁惠莲不想和马林旭天天吵架，尤其是当着孩子和店里员工的面吵架，可她总是忍不住，她对马林旭说："以后，我们不要当着孩子的面吵架，这会让孩子有心理阴影，要吵，没人的时候再吵。"马林旭说她就是一个神经病，要吵自己去大街上找人吵，他没有心情陪她吵架。梁惠莲就去医院检查，医生说她这是更年期综合征，她想，老娘还不到五十岁呢，哪来的更年期，还综合征，医生煞有介事地说现在更年期提前了，很多女人四十多岁就更年期了，她从医院拎着一大包药回来，却没有心情吃一粒，她想，这是她想要的生活吗？以前那些温暖的日子难道就再也回不来了吗？

马林旭根本就不是一个经商做生意的料，他的内心太文艺。他老婆开的饭馆是一个川菜连锁店，走的是中档路线，他们的店古色古香很有些小资情调。

他老婆梁惠莲总说他是个愤青，永远都长不大的样子让人揪心，马林旭开始还反驳几句，日子一久便懒得理会，两个人同吃同睡这么多年，已经形成的印象就像脚底的老茧一旦起了就会跟着你老死，任凭你用什么样的方法都无法根除。

在老婆梁惠莲那里，马林旭总也理直气壮不起来，和她结婚以前，他一直是一个心高气傲、满怀理想的小报记者，当记者时跑的都是没有啥油水的几条线，所有的家底都随时揣在口袋里，是个彻底的月光族，因为心高气傲，别的记者四处拉广告、跑赞助，他不屑为之就贫穷，因为贫穷，心高气傲又使他愤世，心里总憋着一股气、一团火。他跑的线主要是文体，大学念的是中文系，就难免对作家有种亲近感，有事没事他最喜欢往作家协会跑，通过几个校友他认识了一些大名鼎鼎的人，时不时地将他们的行踪在小报上加以传播，也给他自己积聚了不少的人脉。他也写过几篇小说，在图书馆里抄了几个杂志的地址寄了出去，无一例外地泥牛入海，大学毕业时，他对写小说兴趣全无，就试着写散文，还真的发了几篇，他能去这家小报做记者，那几篇散文是给他加了不少分的。他来省城读书前，从未走出过他出生的那个小城，父母都是工人，翻遍能扯上一点关系的亲朋好友，他们中还真有两个处级干部，他毕业要回小城他们多少也能帮上点忙。他打定主意再也不回小城了。他的小城是个煤城，生活在这个城市的人都自嘲他们是天然的吸尘器，他的父母也说，既然出去了，就留在省城吧，那里地方大，人多，机会也就多些，马林旭就留了下来，租了一间农民房，开始他小报记者的生活。

或许是早年的理想主义作祟，马林旭内心是特别不喜欢商人的，他也很讨厌别人叫他老板，再说了，老板是他老婆，那别人叫他啥他才会高兴呢？这的确是个艰难的事，因为他现在的身份的确是个饭馆老板，尽管真正管事的是他老婆，除此而外，他在别的方面没有任何建树可以与此相提并论的，他以前做过多年的记者，但那时，他更喜欢在单位发的名片后面，隆重而热烈地印上：文学青年马林旭，他太想把自个和那些人有所区分了，因为卑微，只能呐喊，旗帜鲜明地告诉你们：我是一个有理想、有气节的青年，不是来拉广告、骗吃骗喝的小记者。马林旭的名片一度在报社里成为笑料，他也因此成为最孤独的人。除了工作，他就待在租住的农民房里读书，也只有埋头读书可以证明他不是一个俗人，这也是他唯一能做的了。在他认识了梁惠莲以后，他的生活才有了改变，梁惠莲是他们报社的出纳，是一个和他一样卑微的人，但梁惠莲的爸爸是厅长，单位里的人整天围着梁惠莲转，他们其实也清楚，从梁惠莲爸爸那里是得不到好处的，他们厅的公告、专刊都是老总亲自联系了，交给他的亲信做的。老总亲自联系的人，谁敢横插一杠？梁惠莲是个高傲的人，她从骨子里根本就看不起这些小记者，她总说做人要有骨气，不能有奶便是娘，一个记者，成天四处拉广告，活得多没有尊严，多卑微啊。她为什么会这么讨厌那些记者呢？因为记者们成天追着她要提成，就像她扣着他们的钱不发似的，这让她很反感。

　　马林旭除了领工资，从来都不去财务室，就是领工资，他也很少说话，你给他多少他就拿多少，也从不当着她的面数钱，他拿过工资说声谢谢扭头就走，和那些蘸着唾沫星子数过来数过去的人不同，梁惠莲就在那时对马林旭有了好感，每次看见马林旭，她都主动打招呼，没话找话地聊上半天，有次，她不经意地说："马林旭，我有个同学长得很漂亮，家境也不错，要不要介绍给你做女朋友啊？"马林旭说："好啊，到时我请你吃饭。"梁惠莲说："哪有这样的好事，你要先请我吃饭，我才能给你尽力办事嘛，再说，我还不知道你有没有女朋友，我那同学可从没谈过朋友，你可别害人家啊。"马林旭说："啊？她也没谈过女朋友啊，那我和她倒挺般配，我也从没谈过朋友，没有经验，也不怕她笑我傻了。"梁惠莲说："你没谈过朋友？你不会骗我吧？"马林旭说:"我一个外地来的穷学生,谁会看上我啊?再说,谈过朋友也不是啥丢人的事,我干吗要骗你呢?"梁惠莲心里踏实了,她说:"那你请我吃饭,我高兴了,说不定真能促成你们呢,你要舍不得请我吃饭,也没关系,等她哪天来我这里玩,我也会介绍你们认识的。"

那天,马林旭请梁惠莲吃饭,两个人都有些相见恨晚的意思,吃完饭,梁惠莲还去马林旭租住的农民房坐了会儿,马林旭的小房间收拾得干干净净,虽说连一件像样的家具都没有,倒是很温馨,梁惠莲第一次去一个单身男人的地方,也是她有好感的男人,心里热热的,甚至有些激动。马林旭也有些喜欢梁惠莲,尽管梁惠莲和他心目中女朋友的形象有很大的距离,他喜欢白净、丰满的女孩子,而梁惠莲实在太苗条了,皮肤也有些黑,不过,她长得也不难看,性格活泼,个头也高,有一米六五,重要的是她身上没有那种干部家庭孩子的娇媚气息。两个人情意绵绵,难舍难分,到了晚间新闻时分,梁惠莲说她要回家了,太晚回家她妈妈会说她,马林旭说:"那我送你吧。"临出门时,梁惠莲有些动情地说:"真不想回家呢。"马林旭怯懦地说:"那就不回了,留下来吧。"梁惠莲说:"我真留下来,你不怕啊?"马林旭从后面搂住梁惠莲,说:"你不怕我就不怕。"他们就那样在门口僵持了一会儿,梁惠莲还深情款款地摸了摸马林旭的脸,说:"以后吧,只要你对我好,我啥都会给你的。"

流年似水,现在,马林旭不再为了生计满世界乱跑了,他家的生意正按照他和老婆梁惠莲的意愿有条不紊地发展,这里面,梁惠莲是真正的主角,开店的钱,各种各样的社会关系都是她家的,马林旭在深圳的工作也是梁惠莲的哥哥帮忙找的,马林旭时常戏谑他其实就是梁惠莲的跟班,所不同的是他这个跟班还有陪老板睡觉的任务,梁惠莲总说他是个永远都长不大的孩子,做什么事总要人在一边看护着才不会出问题。

马林旭对店里的服务员、厨师、保安什么的都比较大度，只要他们干活卖力，不出大的错误他就不大去管他们，都是穷人家的孩子，为了有口饭吃才背井离乡，再说，就算他们的收入和付出就像梁惠莲说的那样成正比，你也不能事事看人家不顺眼，总要摆弄你老板的脾气，显示主人的做派，何必呢？

除了生意上的事，在别的方面，梁惠莲还是让着马林旭的，毕竟，除了散漫、喜欢热闹和偶尔有些孩子气外，马林旭对她、对生活还是充满热情的。结婚几年来，他每天晚上都要搂着梁惠莲睡觉，毕竟，能每天晚上搂着自己老婆睡觉的男人，在今天也是不多了，他给梁惠莲说，只有搂着她，他才能睡着，除了梁惠莲身上不方便那几天，他们几乎每天都要做爱，他对那事乐此不疲，遇到梁惠莲不乐意的时候，他就说你这不是把我往别的女人那里推吗？我要把身上的火，还有力气都在你身上消耗了，出了门我就再没火气了，也没力气胡思乱想了。梁惠莲和马林旭在一起前，从来没有过男人，和他在一起后就不想再有别的男人，她也不知道别的男人有什么不同，也不想知道，她知道她的男人马林旭就行了，他们在一起知冷知热就行了。

在生意刚刚有了起色时，马林旭就说要请几个人来玩玩，一是开心一下，二来呢，也可以让他们不经意地给他们宣传一下，他们来玩了，玩高兴了，回去肯定是要写文章的，他们写了文章，在自己的地盘上发完了，他再拿过来，在深圳的报刊上发一次，这比自己花钱做广告要实惠得多，也真实得多。梁惠莲怕麻烦，就说等以后生意做得再大些再请他们吧，那样的话就能请到有分量的人，现在的人，不是说你请人家来玩他就会来的，人家也要看你的底牌的，只有看到你真正的实力不使他们掉价，降低身份，他们才会接牌的，商品社会嘛。马林旭认为老婆梁惠莲说得有理，也没坚持，她在家里接触过形形色色的人，对人、对事经得多，看得也透，她决定了的事，马林旭一般都听她的。

在请了几个画家玩过以后，梁惠莲说，人家有钱了，都玩车、玩女人，你倒好，玩起艺术家了。马林旭对车呀女人呀兴趣不是很大，穷人家的孩子嘛，以前就是想玩，也玩不起，现在有钱了，钱是老婆管着的，她是出纳出身，要想从她那里拿钱，得要正当理由，那就玩玩艺术家，都是玩，谁要他们也乐意被玩呢？再说了，你怎么就能肯定人家不是在玩他呢？上次请的那几个画家，在饭桌上，梁惠莲当副区长的哥哥随口说了句要请他们到区里去办画展，可以搞个拍卖会，那些画家都轮番地给她哥哥敬酒，和她哥哥合影，那样的场面她以前在家里见得实在太多，她明白，那些文化人之所以这样做，无非是为了让他们的作品能卖个好价钱。

她妈妈当初也要她找个在官场混的男朋友，她把和马林旭谈恋爱的事给家里人说了后，她妈妈竭力反对，她妈妈看中了她们厅里一个处长，也是一个厅长的儿子，还说他老子迟早会进省委班子，他的前途也是不可估量，刚刚三十岁就当上了处长，她妈妈还带那个处长来家里玩过，他对梁惠莲也有好感，只是对梁惠莲在一个小报社做出纳这份工作多有不解，说要是梁惠莲愿意他可以想想办法，给她换个工作。梁惠莲感觉受了羞辱，她大学毕业时国家已不包分配，她爸爸问她想干啥，她说想到深圳她哥哥那里去，她喜欢深圳，她哥哥那时还是市政府的一个处长，她爸爸说舍不得女儿跑那么远，他身边也要留一个子女的，她喜欢哪个单位尽管说，他想办法给她办，小女儿嘛，安排个工作，他开个口，别人不会不给面子的，再说，这都是有来有往的事，梁惠莲就说她想去她家附近那家报社，她爸爸一个电话就给办了。梁惠莲放着前途光明的处长不要，却要找个租住农民房的记者，她妈妈气得好几天不让她去上班，梁惠莲认定了马林旭，她死不悔改，她妈妈就搬出她爸爸来做女儿的工作，梁惠莲爸爸是从部队转业下来的，不太喜欢管家里的事，他说："女儿啊，你果真喜欢那个小记者，你能肯定他会一辈子对你好？"梁惠莲点点头，说："除了他，我谁都不要。"她爸爸站起身，说："那就这么定了，你哪天把他带过来，让我们也见见，只要你喜欢就行，我相信我女儿的眼光不会差。"梁惠莲的爸爸从来都是说一不二，她妈妈流了几天眼泪，也便默认了这事，他们家两个孩子的婚事，她最初都想按她的意愿找个门当户对的，却都是以孩子们的愿望而终结，也因了这样的纠缠，梁惠莲的哥哥很早就去了深圳，只有过年时才回来露个脸。

没有去深圳前，马林旭一直住在梁惠莲家里，梁惠莲她妈妈坚决不同意女儿去住农民房，那是怎样的环境啊，夏天热得要死，冬天没有暖气，房间里都快结冰了，最要命的是没有卫生间，要去巷子口上公共厕所。马林旭不想看梁惠莲妈妈的脸色，但他的收入，的确租不起水暖、卫生间齐备的单元房，而梁惠莲家里是四室两厅的大房子，连保姆都有一个单间，梁惠莲自己也没有去外面住的意思，家里的孩子就她在父母身边，她怎么能搬出去住呢？她了解马林旭的心思，他是怕住在她家没面子，都是一家人了，还讲啥面子？再说，时间久了，只要他们两个过得好，她妈妈也会对他好的。马林旭最不能忍受的是梁惠莲妈妈对小地方来的人的轻视，她的言谈举止总有一种高高在上的傲慢，她的傲慢有时连她的女儿梁惠莲都无法忍受，梁惠莲在她妈妈最傲气的时候，总要提醒一下，说："妈，我知道你可能干了，啥时你帮帮我们，给我们也弄套房子啊。"她妈妈说："我们就你一个女儿，你哥哥混得不错，不用我们操心，就你不让我们省心，我和你爸爸都快退休了，家里这一切，我们也带不走，不都是你的吗？"每次说到这里，要是马林旭不在跟前，梁惠莲妈妈都要说一句，只是便宜了马林旭那小子啦。

在梁惠莲爸爸退休的前一年，她爸爸忽然提出要梁惠莲和马林旭两个人好好想想，看能不能自个做些事，资金他来出，他说："看你们两个，都是在单位干不出啥名堂的，还不如早些出去自个干些事，现在和以前不一样了，不一定要在单位混，自个开个店，经营好了也不错。"马林旭听梁惠莲隐隐约约地说起过，她爸爸快退休这几年，还是收了不少好处费的，这些钱放在家里大小是个隐患，想让他们自个做些事，多少有些洗白这些钱的意思，她爸爸的想法是让他们去她哥哥那里，在家门口做事容易引起不必要的误会，再说，她哥哥在深圳已经有一定的社会基础，也能照顾到他们。马林旭想开个书店，他的想法首先被梁惠莲妈妈给否决了，她说："现在谁还会看书呢？那是把钱往水里扔。"梁惠莲呢，倒想开个服装店，女孩子嘛，有几个不想开自个的服装店的？她妈妈也说不好，开服装店她的哥哥发挥不了作用，他总不能让别人老去他妹妹的店里买衣服吧？还是她爸爸最后拍了板："开个好些的饭馆吧，你哥哥的朋友多，局面容易打开。"就这样，马林旭和梁惠莲在深圳做起了老板。

马林旭也常给梁惠莲说："等我再干几年记者，你再挣些钱，我就好好地写几个短篇小说，短篇小说是成年人的童话。"梁惠莲说："只要你不养小老婆，你想干啥都行。"

马林旭给他喜欢的作家都发了请帖，他怕那些人临时有事来不了，就又给他过去在报社时有过交往的作家也发了帖子，他们中的很多人，很多作品他都没看过，看过的也没感动他，没有在他的笔记本上留下痕迹，但他们还是有着一定影响的，好多年不见了，想起以往的友谊，他时常满怀感激，在他刚参加工作时，他们给了他许多的帮助，无论从情感上，还是个人兴趣上，他都有一种感恩之心。

帖子发出去不久，马林旭就收到了回音，他真正想请的人都保持了沉默，只有他以前交往过的、省里的那几个人表现出极大的热情，他们大都没去过深圳，倒的确想到特区看看，一是了却一桩心愿，二来也去看看他这个小老弟生意做得有多大，马林旭心里有些失落，他想请的那些人要是能来一两个，那他这次的聚会将是他几次聚会里最具分量的一次，也会给他以后的聚会开个好头。自从做起生意来，他心中特别地憋闷，好不容易有这么一次完全能和自己心仪许久的人聚会的机会，人家还不给他面子，是啊，人家凭什么来扑这样的一次聚会呢？人家怎么就知道你是一个虔诚的人而不是出于什么目的才搞这样的一次聚会呢？人家根本就不认识你。

梁惠莲的哥哥给他们派了一辆中巴车，他们来回的机票、在深圳的花销其实都是在她哥哥那边报销的，他们只是去他那边转一圈，回去写篇小稿子，冠一个见证某某成果的名分就行。马林旭去机场将作家们接到一家度假村，前几次的聚会也都是在这个度假村里，那是梁惠莲哥哥的地盘，吃住都免费的。每次聚会，马林旭都只安排客人在他的店里吃一顿饭，度假村里做的是粤菜，档次高些，客人们能吃到各式海鲜，他自家的川菜客人们在哪里都能吃到，没什么新鲜。

作家们一行六人，四男两女，都是熟人，马林旭当初没想请那两个女的，她们的作品他实在喜欢不起来，她们一个写诗，听说最近几年又写长篇了，反正他没看过，另一个倒是写小说的，小说基本上发在边远地区的杂志上，他就是想看也很困难，因为根本就看不到那些杂志。她们都四十出头的年龄，请她们来玩也是给另外四个男作家找个慰藉，他们都是好这一口的，没有女人同行，他们玩兴不高不说，弄不好还会出些乱七八糟的事，到深圳来玩的男人，很多都是出来找乐子的，没有女人同行怎么行呢？

接待晚宴在度假村举行，梁惠莲的哥哥那晚有应酬没有出席，马林旭请了几个深圳的朋友，为了表示隆重，他还请了以前单位的几个同事，让他们可以在报纸上发一个新闻，作家中有一个比较知名的，深圳的少数读者还是知道的，他的一部小说被改编成电影，在深圳的电影院里也是放过几场的。

马林旭作了一个简短的开场白后就开始敬酒，那几个作家都能喝些酒，几杯酒下肚，气氛一下子就高涨起来，他们高谈阔论，纵论世事、人情，差不多把自个人生中得意的事都借着酒劲挥发了一次，相比之下，两位女作家要收敛很多，或许是女人的天性，又或许是她们自感她们的名声、威望都不及他们高，她们一直温文尔雅地坐在一边，即便他们中的一位借着酒劲过来骚扰一下，她们也都坐怀不乱，表情平静，没有波澜。为了不使她们感到受到冷遇，马林旭示意梁惠莲和她们喝酒、聊天，男人们喝的都是白酒，高度的五粮液，女士们都喝红酒。

马林旭那几个深圳的朋友也都是北方人，平时也能说会道的，今天却怎么也插不上话，他们来时，都拿了他们自个的书作为名片，看得出，他们的名片没怎么起作用，倒是知名作家还和他们谈了谈文学，说了些文学圈里的趣闻轶事，另外三个男作家现在基本上已不写小说，他们给通俗杂志写纪实，他们高谈阔论的也是他们的纪实，一个男作家甚至于拿着深圳作家给他的书，说："你这一本书能挣多少稿费？估计不会超过两万吧。"深圳作家腼腆地说："没有的，这是一个做老板的朋友出的钱，花了五万多，就印了一千册，大都送给朋友了。"男作家轻蔑地一笑，说："我以前出版社给稿费出的书，也就一万多稿费，所以不写了，我写纪实，一篇几千字的稿子，拿七八千稿费，要是评上当期好稿，还有两万奖金呢！去年，我拿了二十万稿费，要是写小说，一辈子也写不来二十万。"男作家的话引起一阵骚动，他们都想明了事情的真伪，知名作家说："他说的是真的，他拿到稿费经常请我们喝酒，我看过他的稿费单，的确很高，但那种稿我是写不了，还要去采访，老啦，跑不动了。"男作家得意地说："人家开笔会都是在国外开，我都去过几次了，现在还有几家文学杂志能开得起笔会的？文学是彻底没市场了。"

大家沉默了一会儿，似乎都在为自己选择的错误黯然失色，梁惠莲连忙给大家敬酒，她说："你们都是大文化人，我最佩服有文化的人了。"男作家说："你们现在是有钱人，文化人有啥用啊，以后扶贫帮困就靠你们啦。"

要是没有酒，这样的气氛多让人尴尬啊，马林旭预备了足够的酒，那就喝酒吧。

大家的谈话兴趣一下就转移到了给通俗杂志写稿和他们的高额稿酬上，贫穷和可能会获得的巨大利益使他们无比兴奋，马林旭却异常地失落，他不时地反问自己：难道是我错了吗？我请他们来玩，原本是想给自己越来越贫瘠的内心世界找寻慰藉，获得支持，可他们的内心世界却比他的更加贫瘠，原来，大家都是俗人，不管是被称作人类灵魂工程师的人，还是他这样的商人的老公，本质上都是一样的，都是被利益左右的人，贫穷的人。

知名作家喝得也差不多了，他说："一会儿我们去打麻将吧，小马老板现在是大款了，要赢他的钱。"马林旭连忙说店是老婆经营的，也就够个温饱，自己最多也就是大款的老公，大家也都附和着，梁惠莲见马林旭有些坐不住了，连忙给大家敬酒，说："马林旭喝高了，我陪各位老师打，只要你们高兴。"几个作家见马林旭喝多了，老板娘敬酒，刚刚收敛起来的酒劲又恢复了状态，是啊，碍于马林旭出钱请他们来玩的面子，他们一晚上都克制着，还没有在老板娘面前摆弄他们的才气呢，这也够难为他们的了。

马林旭趴在酒桌上睡着了，除过他老婆说了句他就这点出息外，似乎别的人都没在意他的存在，或许，他早就应该睡着了。

三

开饭馆的辛苦和乏味让马林旭渐渐丧失了热情，每天一大早他跟着老婆去农批市场买菜，然后就在店里忙到晚上十一点左右关门回家，这种机械的生活压根就没有尽头。他变得沉默寡言了，有时候，他一整天都不和梁惠莲说一句话，看着她在那里和卖菜的讨价还价，给顾客赔笑脸，她的每一个动作，每一句话，都像是只顾着自己的意愿和赚钱的中年妇女，她变得世俗了、粗俗了，连她的身材也跟着迎合着她的生活状态，她就这样变成了一个膀大腰圆、看不出身段的中年妇女。

到了不得已要说话的时候，两个人也是想说什么就什么，不管说出来的话有多尖刻、粗鲁，彼此也是心照不宣，你要么接受，要么就转身走开，两个人不得已的交流也是直接而且简单，他们对彼此都心知肚明，曾经的生活虽然说不上精彩，但也算炽烈、难得，他们好像是从来就不需要坐下来分析、剖白自己的人，就像这一切都是命中注定的，跟着走就可以了，而彼此的隔膜却像孩子一样在一天天地长大。

说起来夫妻感情变冷，还真是从有了孩子开始的。儿子出生后，梁惠莲想请个保姆，马林旭坚持让他妈妈过来，他父亲去世后，妈妈一直一个人生活，他姐姐的孩子就是妈妈带大的。梁惠莲不太喜欢这个婆婆，结婚后就回过两次他家，每次回来，她都要把婆婆的生活习惯当笑话讲很长时间，那时两个人比较恩爱，马林旭也就笑笑，权当老婆无聊时的开心菜，没有当回事，当他妈妈来到深圳，一家人真正生活在一起了，当初那些无聊时拿来解闷的下酒菜就成了火药桶，遇到一点点火星就会点燃。

马林旭父亲当年是下乡知青，马林旭妈妈是大队会计的女儿，那时候经常有民兵训练，他们都是民兵，一来二去就好上了，后来马林旭的父亲招工回城，两个人还是顶着家里的压力，结婚了，马林旭出生时，他妈妈还是农村户口，后来顶替他爷爷的班，进了工厂，他和姐姐才转成城市户口。在他的记忆中，他们一家人一直生活得很压抑，小时候父亲一个人的工资要养活一家人，母亲平时在厂里打临工，工资很低，顶替爷爷的班成了正式工人后，家里的生活也没有多少改观，工厂效益不好，后来就被收购了。他和姐姐的学习成绩一直很好，姐姐先是考上了陕西师范大学，毕业后分配在他们市里的一中教书，那可是省里的重点高中，他也考上了省城的重点大学，到他毕业时，国家已经不包分配了，尽管这样，在他们这样的家庭，两个孩子都考上了重点大学，父母的骄傲还是溢于言表的。

梁惠莲不怎么喜欢婆婆，婆婆呢，对儿子娶的媳妇也实在是不满意的，一来呢，梁惠莲干瘦干瘦的，实在不符合劳动人民出身的马林旭妈妈的要求，她儿子怎么说也是重点大学毕业，虽说儿子从小不长个子，她还很迷信地带着儿子黑夜里去摇过香椿树，早晚在楼下的单杠上做引体向上，用了吃奶的劲头，也就长到一米七，可儿子毕竟五官端正，白白净净的，可这个儿媳呢，干瘦干瘦的不说，还黑，心里还看不起他们这个劳动人民出身的家庭。第一次来家里，吃饭时，她竟然指使儿子要用开水烫碗筷，生怕她没把碗筷洗干净，她准备的毛巾、拖鞋她也不用，一定要用她自己带来的，干部家庭的孩子她以前在村里见得多了，那些下来下乡的知青里，父母当大官的多了，也没见谁像她这样娇气的。

梁惠莲不喜欢做家务，马林旭妈妈没来时，除了她自己的衣服，家务活都是马林旭做，他妈妈来了，家务活就落在了他妈妈肩上。以前在家里，马林旭和父亲是从不做家务的，男人怎么能做家务？他妈妈第一天做家务，婆媳之间差点打起来，他妈妈看着他们卧室里放脏衣服的筐子里满满当当的，就把那些衣服扔进洗衣机洗，洗衣服时，她又顺便把地板里里外外拖了一遍，正当她埋头拖地时，下楼散步的儿媳回来了，她看着婆婆用卫生间拖地的拖把拖地板，连忙喝住婆婆："怎么能用卫生间的拖把拖地板，这多脏啊！地板要用干净的毛巾，你这样用拖把拖，这地板还不发霉了？"婆婆赶紧说她拖以前已经把拖把洗干净，拧干净水了。儿媳冷冷地转过身进了自己房间，不一会儿，她出来问她放在筐子里的衣服哪去了，婆婆说正在洗衣机里洗呢，都有味道了，再不洗就放坏了。儿媳暂停了洗衣机，气冲冲地将她的内衣、内裤扔进盆子里，愤怒已经填满她的面庞。"这内衣能和外面穿的衣服一起洗吗？你是不是想让我得病啊！真是的，我现在才明白了，马林旭不讲卫生，原来是来自遗传。"婆婆一下子僵在那里不知道该怎么好，她说在家里一直都这么洗衣服，大家都是这样的，也没见谁得病的，要不买洗衣机干啥，儿媳不屑地转过身进了房间，锁上房门，婆婆做好午饭怎么敲门她都不理会。

　　生孩子时，梁惠莲说要剖宫产，马林旭妈妈让自然生产，她坚持自然生产的孩子比较健康，在医院里待了一个上午，那些待产的女人此起彼伏的号叫让她心软了，就同意了，孩子生下来了，梁惠莲没奶水，医院里有专门的催奶师，可是呢，催奶器刚上她胸部，她就痛得嗷嗷叫，奶水最终也没有出来，孩子一出生就喝奶粉，马林旭就每周去一次香港，买奶粉、尿不湿，孩子的一切用品都要从香港买，楼下超市的东西梁惠莲不准给儿子用，她说怕有假货。

　　马林旭每天上班前，都要私下里分头和梁惠莲、他妈妈交代一下，为了孩子，让她们都不要太计较，他真怕他去上班了，她们婆媳在家里打起来。每天下班回来，他都要仔细观察一下婆媳的表情，看看她们有没有吵架的迹象，直到他确信她们没有吵架，没有闹别扭，他才能安心吃饭。

儿子要上幼儿园了，马林旭和他妈妈就说上小区里的幼儿园，他们多次去看过，环境不错，关键是一个月就五百块，接送也方便，梁惠莲坚决不同意，她给儿子选了一个双语幼儿园，一个月园费两千八还不包餐费、班车费，她态度果断，没有商量的余地。在儿子的教育上，两个人的想法更是对立，甚至水火不容。儿子刚上幼儿园，梁惠莲就买来了复读机，让儿子学英语，可那个复读机基本成了儿子看动画片的专机。马林旭对于儿子的教育不是很上心，他小时候在学习上父母几乎不管他，初中以前，他的成绩一直是中等偏下，要考高中了，在上厂里的技校和市里的高中之间，他选择了后者，也是那个时候，他才把心思放在了学习上面。他和妈妈的想法就是孩子一定要健康，身体和心理的健康是第一位的，至于学习，他懂事了，知道学习了就自然会学，梁惠莲对此总是嗤之以鼻，她不想让儿子输在起跑线上，儿子幼儿园时，她就给儿子报了许多的兴趣班，钢琴、书法、画画、少儿英语，甚至跆拳道、击剑，马林旭对这些兴趣班不胜其烦，梁惠莲就说他心疼钱，不想给儿子花钱，这些兴趣班的费用的确很贵，要是让马林旭拿钱，他一个月的工资也只够付儿子一个半兴趣班的费用，他一来是心疼钱，二来呢，他认定儿子在这些兴趣班学不到任何东西，以后还会厌学，他们为此吵来吵去，儿子的兴趣班不仅没有减少，反而报得更多。他和同事说起这事，同事也是为了儿子上兴趣班和老婆意见不统一，大家都知道这些兴趣班就是哄家长拿钱买开心的地方，其实学不到什么有用的东西，可办公室里有孩子的同事没有一个孩子不上兴趣班的，他还能说什么呢。

儿子上小学了，马林旭建议把兴趣班停一下，看看儿子的成绩，根据儿子的成绩适当地报一两个，梁惠莲嘴上说好，可是呢，从周一晚上到周末，他妈妈都在接送孙子在作文、奥数、英语、数学辅导班的路上。这些辅导班没有让儿子的成绩出类拔萃，整个小学期间，儿子的成绩一直在班上中下游徘徊，连他妈妈都说，花在辅导班上的这些钱，她工作一辈子都挣不到，也没看到效果，而马林旭呢，他说这些钱就是扔到水里还能听到个响声，可是在儿子身上，他连个响声都没听到。

　　靠着梁惠莲哥哥的关系，儿子总算上了一个不错的初中，他们学区的初中是市里的重点，要想上学区外省里的重点，不仅要有钱，还要有关系，没有关系，你再有钱，往哪里送谁敢要啊，这也是她哥哥给她家办的最后一件事。不久，她哥哥就被双规了。她哥哥的老婆和女儿都在美国，她哥哥没有出事前，就和她说过，他这个外甥看起来不是读书的料，在国内想上个好大学除非出现奇迹，让他把英语学好了，高中考不好就直接去国外上高中，再在美国上大学，费用他这个当舅舅的出。她哥哥出事了，儿子中考没考好，她就让儿子上了一所民办高中的中加班，不能参加国内的高考，只能考加拿大和英国的大学，一年要花费十几万。

　　儿子上高中了，马林旭的妈妈也回了老家，在深圳十几年，她始终不习惯深圳的气候，马林旭拗不过妈妈。家里的房子他姐姐经常过去照管，还重新装修了一下，回到老家的小城，他妈妈整个人都变了，话多了，也喜欢上街了，以前在深圳，除了接送孙子，她几乎不出门，也不和小区里的邻居来往，她说有次小区里一个深圳本地退休的女教师问起她的退休金，她说一个月一千多，那个女教师惊愕地看着她说，她一个月一万二的退休金都感觉不够花，一千多怎么活啊，她就再也不和小区里的人来往了，小区里那些退休的、上了年纪的人，天天聚在一起，不是打麻将，就是跳舞，就像他们个个有一万二的退休金似的，她不会打麻将，也不会跳舞，就在家里看看电视。

马林旭不放心妈妈一个人在家，他们住的是以前厂里的家属院，许多妈妈以前的同事熟人不是去世了，就是跟着在外地工作的子女离开了，留下来的并不多，他姐姐工作也忙，还当了教导主任，也没时间陪妈妈，他让妈妈跟他回深圳，他妈妈说在深圳你们也没时间陪我啊，各人都有各人的事，我一个人还自在，再说了，家里四季分明，深圳好是好就是太热了，哪里有家里舒坦。他也不再说什么，说了也没用。

很久没有回过老家了，小城的变化很大，以前熟悉的街道变得陌生了，出去和同学聚会，有几次晚上回家他都走错了路，除了高楼少一些，豪车少一些，小城也不比深圳差多少，他想要是毕业后没在西安找到工作，回到这个小城，娶一个小城的女人，说不定日子过得还舒服一些呢，毕竟小城的女人对生活，对男人的要求没那么高，那么严苛，也容易满足。想到这里，他自己也笑了，人生哪里有什么如果，已经选定的路，前面就是悬崖你也要跳下去，再也没有回头路了。

马林旭曾经和梁惠莲谈起过把深圳的房子卖了回西安的事，梁惠莲说要回你自己回去吧，回去再找个年轻漂亮的，她和儿子不会回去。梁惠莲的父亲去世后，他们原本打算将梁惠莲妈妈接到深圳来，可是老太太坚决不来，他们刚来深圳时，梁惠莲的父母来过一次深圳，住了一星期就回去了，他们受不了深圳的天气，下楼走一会儿就一身汗，躲在树底下、阴凉处也没用，他们说西安的夏天也是火炉，可你在树底下，或者背阴的地方还能活下来，在深圳，你离开空调，根本活不了。他们走了，以后再怎么请也不来了，他们给深圳的定义就是：地方是好地方，就是太热了，不适合生存。

梁惠莲就真的那么喜欢深圳吗？也不见得。她只是不想面对自己，回去见了熟人、同学，别人问起来，怎么回答呢？当初辞了工作走了，现在回去了，两个人忽然成了无业游民，面子上怎么也是过不去的，再说，以前上赶着追她的人，都混得人模狗样的，看他们这样，还不得意死。她太好面子了，她妈妈在父亲去世后很快就找了一个老伴，那人是她父亲以前的下属，能说会道，和谁说话都是一副讨好人的样子，梁惠莲从小就不喜欢这个人，她认为这个人长相太猥琐，她怎么也没有想到，就是这么一个人，在她父亲刚刚去世后，她的母亲就急切地投入他的怀抱，这也是她不想回去的心病。母亲这么快就有了人，使她不得不怀疑他们早在父亲在世的时候就已经在一起了，她都等不及父亲的气息消散。父亲去世一周年时，她回去给父亲扫墓，一直躲在外面，远远地看着母亲离开后，她才给父亲点上三炷香，把一瓶父亲生前最喜欢喝的白酒倒在他的墓前。她没有回家，当天晚上就回了深圳。

　　梁惠莲想堵死马林旭回西安的路，马林旭家的那个小城她根本就不会去，她的想法是儿子以后在哪里安家，她就在儿子跟前买一套房子养老。儿子呢，他从来不去想那么久远的事，对于他出生、成长的这个城市，他好像也没有特别的感情，她在和儿子的交流中，发觉他更想去北京或者上海那样的地方上大学，对那些地方的认识，他不过是从书本或者旅游中得来的，他就想走得远一些，离父母远一些。至于出国上大学，对他来说，和去北京上海没有什么两样，无非就是上大学，他小学和初中的同学里，有几个去国外读书的，假期回来他们经常聚会，他们的言谈中，更多的不是骄傲而是失落，这些去国外读书的孩子，不是父母赶时髦当年去香港生的户口是香港的，就是他们成绩不好，在深圳考高中没有希望，才不得已出去的，他们对国外的学习和生活也没有特别的感觉，都盼着能早早毕业，然后回来，国外的学习和生活太冷清了。

　　马林旭无法打动梁惠莲跟他回西安，他也不再提这件事，送母亲回老家后他返程坐飞机前，特意在西安玩了两天，临走时，梁惠莲特别叮嘱不让他去看她母亲，在她母亲找老伴这事上，她心里的结一时打不开，加上当初梁惠莲的哥哥给他在政府机关里联系好了单位他不愿意去，老太太还专门打电话连劝带讽刺地说过他没出息，他心里真有些怵她，就没敢去。西安和他读书、工作时的西安已经大不一样，他没有联系同学和朋友，一个人四处走了走，吃了些久违的小吃，突然非常想念过去那个土土的、安于落魄的老西安。他留意了一下街边橱窗里的房屋中介信息，心里笑了笑，就回宾馆看电视了，西安对他已是永远的记忆。

四

和王琳在一个办公室坐了几年，两个人起初并没有私交，就是见面点点头，打个招呼的同事关系。大家都知道王琳是北大毕业，长得也有几分姿色，就有些心高气傲。她老公虽然只是个处长，却是大权在握的财政局的处长。她是报社除了广告部那些拿提成的同事外第一个开车上班的采编人员。马林旭出身平民家庭，平民家庭出身的人，从小就是放养的，他们要么"卑恭屈委"，要么对一切都满不在乎，完全按照自己的意愿野蛮生长，把痛苦埋在心底。马林旭就属于后者，他不管是在单位还是在外面，对有钱有权的人都保持距离，从不轻易用自己的卑微去挑战和迎合，他也因此被孤立在圈子之外，是个可有可无的人。

相比马林旭的低调懦弱，王琳的为人处世是高调、自我的，她的伶牙俐齿和被幸福生活妆点的面孔，让人很难判别她是真的开心还是掩饰。就说她的提升吧，有几次，大家都传言她要当副主任了，大家就起哄让她请客，她说请客吃饭可以，但不要把吃饭和提升这么俗气的事情摆在一起。她还真的大方地请大家吃饭喝酒了，但最后提升的总是别人，她一点都不在乎，依然阳光灿烂，让你更加分辨不出她是快乐还是忧伤。

马林旭是个简单的人，王琳就说马林旭的快乐或者忧伤总是会写在脸上，像个孩子，她儿子就是这样。边上的同事就嚷嚷着让马林旭喊王琳干妈，马林旭憨憨地笑着，不说话，王琳和大伙一起笑得人仰马翻。马林旭才不会介意他们这样放肆的举动，就算他们真的拿他当猴耍，他也不会介意，只要你们开心就好，笑完了闹完了，你还要在沉闷、没有明天的办公室消耗着自己。既然这样，让大家开心一下有什么不好呢？

笑完了也闹完了，马林旭意外地收到了王琳的短信，她的信息很简短：刚才开玩笑的，不要介意啊，中午请你吃饭。两个人就在一个办公室，却要发短信，马林旭感觉有些奇怪，他转身看了看王琳的办公桌，王琳正低着头看手机，他就回了一句：没事的，不用客气的。王琳的回复很干脆：你就说去不去吧，痛快点。马林旭思前想后，他没有和王琳有过什么过节，两个人几年的交往也就是一般同事的来往，再说了他在单位基本是人畜无害更无益的人。他就回复王琳：好，我请你。王琳冷冷地回复了他一个字：好。

这是两个人第一次单独相处，王琳选了一个离单位有些距离的湘菜馆。她提前过去，然后给马林旭发了地址。马林旭心里有些好笑，这完全不是王琳的做派啊，吃个饭还弄得这么神秘。他也不敢自作多情往别处想，单位里私下打王琳主意的人很多，几个副总和别的部门的主任有事没事地围着她献殷勤，连刚刚进来不久的年轻人都私下说："不要看王琳已经徐娘半老了，还是很有魅力的。"

王琳拿过菜单，递给马林旭："午饭随意点，吃饱就行了，你老婆是开餐馆的，你应该比较了解哪些菜好吃，你点吧。"

马林旭不是很喜欢吃湘菜，办公室的几个湖南人都说深圳满大街的湘菜馆，菜做得地道的却没有几家，他就点了几个大众菜，王琳又加了一份青菜，两个人也没有喝酒的意思，就喝着饭馆里淡而无味的茶，等着菜上来。

两个人漫无边际地说话，王琳对上午发生的事只字不提，马林旭想，王琳要是也去百家讲坛，她的口才一点都不会比那些专家差，她的确应该去教书，鬼使神差地做一个小记者，实在浪费了她的嘴巴。

菜终于上来了，马林旭也松了一口气，伶牙俐齿的王琳始终没有给他说话的机会，她拿起筷子时，忽然说："昨天我在新闻热线接到一个爆料电话，反映关外的区非法挪用社保基金的问题。我给袁总汇报了，想去做一个深度报道，他很支持，我给他说了，拉上你一起做，他同意了，怎么样，我们明天去，看看能不能挖出些猛料来，整天写这些歌功颂德的稿子，不要说读者不愿意看，我们自己也厌倦了。"

马林旭没头没脑地说："是个好题材，这个区分管社保局的是我老婆的哥哥，我们可以采访他。民生问题比天大，这才是我们新闻人应该做的事情。对了，你怎么会想起拉上我啊，一般来说，遇到一个好题材，记者都是要吃独食的。"

王琳笑着说："你是想说我傻吧，傻就傻吧，正好你也不聪明，刚好做搭档。"见马林旭还在傻笑，王琳敲着菜盘说："单位里的人都是后背都长了心眼的，和他们一起工作，时时刻刻都要多个心眼，太累了，就你比较简单，没啥心眼，所以就拉上你啦。再说了，做这种采访，我一个女的也不好应付，万一遇到麻烦，你还可以英雄救美啊。"

马林旭放下筷子，他是个没城府的人，很容易就会高兴，一高兴就会上头，他说："喝点啤酒吧，吃湘菜怎么能不喝啤酒呢。"

"我不喝酒，中午更不会喝，你可以自己喝，你是男的，下午一身酒气地回办公室，别人也不会说你。我是女人，不能一身酒气地回去上班。"见马林旭迟疑，王琳就喊来服务员，让她拿一瓶啤酒来，王琳不喝，马林旭也没了喝酒的情趣，连忙摆手示意服务员不要拿了，他说："等我们做完这个稿子，再喝吧。"

王琳也没有坚持，吃完饭买单时，她也没有坚持自己付账，就像马林旭说的那样，不要为了不到一百块的饭钱争着买单了，她拍拍马林旭的胳膊，走出了饭馆。

那次采访最后演变成了闹剧。王琳开着她的车拉着马林旭去了关外，她们先找到爆料人，按照爆料人提供的线索，找到当地的社保所核实情况，社保所回应说关于这个事情他们没有权利接受记者采访，让他们去找区里的社保局，社保所的人很善意地说他们镇挪用社保基金的数目是区里几个镇最少的，才几百万，有的镇挪用的数目是他们的好多倍，镇里财政紧张，上面已经开过会抓这件事了，镇里也正在想办法解决，他还拿出一份红头文件，上面清楚地记录着各个镇挪用社保基金的数目，很多镇都是几千万的挪用。

王琳说："这个文件能不能给我一份？"社保所的人犹豫了一下，说："按理你们是支持我们的工作，我们应该积极配合才是，社保基金被挪用，我们的工作很难做，但是呢，这个我们就这一份，你可以去社保局要，你们要采访这件事，也需要社保局的配合，这个文件就是区里以区政府和社保局的名誉联合下发的，上面也很重视。"

到了社保局，文秘科的人一边招呼他们喝茶，一边向上边做了汇报，不一会儿，一个副局长过来，和他们闲聊了几句，然后说："吃饭时间到了，我们边吃边谈吧。"见马林旭犹豫，副局长拍拍他的肩膀说："你是我们区长的小舅子吧，区长上午给我打过电话了，他说你昨晚给他通过电话，要过来采访社保基金被挪用这件事，他很关心这件事，老百姓交了一辈子的社保，退休了，要领社保了，钱却被挪用了，谁都会骂娘。但是，这件事也要一分为二地看，下面的镇经费紧张，一时半会儿解决不了，挪用了社保基金救急，现在呢，认识到了问题的严重性，也在竭力挽救这个过失，相信问题很快就会解决。区长刚刚来电话，和你们老总说过了，这件事就先放一放，等事情解决了，再请你们过来报道。这次呢，我们社保局先在你们报纸上做两个专版，区长说了专版的稿件由你们两个负责，每个版十万块，你们老总也说了，要你们抓紧完成这次专版任务。"

王琳和马林旭面面相觑，不知道如何是好，电话响了，是总编辑打过来的，他告诉王琳，要保质保量地完成好这次专版工作，不要有别的想法。就这样，这次采访又变成了一次歌功颂德的宣传活动，和以往不同的是，这次歌功颂德给报社挣回来二十万宣传费。

专版的稿件基本不用采写，都是社保局现成的，几张各级领导检查工作的照片，加上社保局领导视察下边社保所的照片，就占去一个多版，剩下的文字差不多就是社保局上个年度的工作总结，配合他们工作的文秘科长很热情地提出要突出领导的意见。火车跑得快，全凭车头带，这个常识他们还是有的，再说了，人家的热情也是真诚的，区里最好的酒店让你住着，好酒好菜地招呼着你，你还想什么深度报道呢。

忙完了专版的稿子，送走喝得醉醺醺的领导，王琳忽然大笑起来，她说："我还想着能挖出一些黑幕来，给那些苦苦盼着养老金养老的人一个交代，结果却是这样。总编给我说一切都要以传递正能量为前提，负面报道只会给社会带来不安定因素，上面不喜欢读者也骂娘。"

马林旭苦笑着说："想当一个好记者也不容易啊，不是谁都有那份勇气、那份担当的。我们这种报纸，算了，不说这些了，我们下去走走吧。"

"还是算了吧，你觉着这个时候走在街上，看着那些把辛辛苦苦挣来的血汗钱交给社保局的人，你会心安吗？我就想洗澡睡觉，明天起来带着他们签字的稿子赶紧离开这里。"王琳站在窗口，看着窗外灯火辉煌的城市夜景，马林旭过去和她一并站在窗前，王琳拍拍马林旭的胳膊，说："这里的人真够坏的，特别是那个副局长，不停地怂恿，让我们开一间房，他就不怕你当区长的大舅哥收拾他。"

马林旭尴尬地笑笑："他是开玩笑的，最后不是开了两间房吗？社保局有的是钱，不在乎多开一间房的。你不要在意啊。"

"要是真的开一间房，那我们两个可就真的成报社的内部新闻了。好了，不和你聊了，我来好事了，要早点休息，要是再聊下去，我怕我会忍不住心里的委屈，把气都撒在你身上。"王琳又拍了拍马林旭的胳膊，"我要是睡不着，就过来找你聊天，你要是睡不着，可不要打扰我啊，你可以找你老婆聊天，骚扰骚扰她，让她也睡不好。"

从那以后，两个人走得很近，经常一起吃饭、散步，但也就停留在吃饭、散步、说说笑话上，谁也没有打破这种默契。

五

儿子上高中了，家里经常就马林旭和梁惠莲两个人。在店里忙活一天，回家了梁惠莲会在洗澡后看一会儿电视再睡，马林旭做记者时养成了晚睡的习惯，他会玩游戏，有球赛的时候看看球，两个人分房睡已经好几年，各自在房间里干啥，也彼此不管不问。马林旭倒是很喜欢这样的生活方式，他可以在房间抽烟，玩到有了睡意就上床睡觉，要是和梁惠莲睡一个房间，烟不能抽，十二点前就必须睡觉，还要听她没完没了的啰唆，为了躲避她的啰唆，他得起来好几次，去阳台上抽烟。

最近生意比较冷清，他们晚上十点就关门回家了，回家早了，梁惠莲忽然来了兴致，她催促马林旭去洗澡，马林旭明白她的心思，洗完澡出来，梁惠莲已在床上躺好。"你不是说一年两次就行了吗？怎么，今天忽然发骚啊？"马林旭有些不情愿地上了老婆的床。"一年两次不少了，我和小区里年纪差不多大的女人聊天，她们很多四十以后就不做这事了，嫌麻烦。"很长时间不做这事了，马林旭很快就交完公粮，他自己也不明白，以前特别热衷于此的梁惠莲怎么就像变了一个人似的，对这事没了心情。一开始，马林旭还很主动地去她的房间，她总是半推半就地应付一下，时间久了，马林旭也没了兴致，他感觉和老婆梁惠莲做这事，就像偷情似的，于是，每次在一起的时间也是越来越短，刀不磨就钝，常常是梁惠莲还没进入状态，他就匆匆结束了，后来，索性就一年一两次，有时一年一次也没有了。夫妻之间，一旦没有了身体的欢愉，矛盾就会增多，原本很小的事也会发酵，走到不可收拾的地步。

洗完澡，马林旭刚打开游戏，梁惠莲也洗好跟了进来。"你怎么不去睡觉，我可是没有力气再来一次了。"梁惠莲哈哈大笑着说："就你那本事，还第二次，你以为你还是年轻的时候啊，我们说会话吧。"

"说啥呢，你素质这么低，又那么庸俗，一开口就惹我生气，你要是想让我能多活几天，就赶紧睡觉去吧。"

"你素质高，高到哪里了？素质高的人，会像你这样说话吗？还中文系毕业的，语言就这么贫乏，难怪混得这么差，连个工作都没了。"

马林旭直指门口："赶紧从我眼前消失，大半夜的我不想和你吵。"

"要消失的应该是你吧，别忘了，这房子可是我家里出钱买的。"

"那就离婚，我回老家去，你再找个年轻的。"

梁惠莲摸摸马林旭的头，说："你把老娘摧残成枯枝败叶了，你想拔腿走人了，你早干啥去了。哎，你说，要是没有儿子，我们会不会早就离婚了？"

"我看这个不是可能，应该是肯定，离婚了我们都还能多活几年。"

"你要是有本事找到年轻漂亮的，你早跑了，没本事就老老实实地待着吧,常言道少年夫妻老来伴,老了也就有个说话的人,别的我也没指望你。"

马林旭还没开口,梁惠莲敲敲他的头:"不要做梦了,早点睡,明早还要去农批市场买菜,心思多用在这里,比什么都有用。"

梁惠莲说完自己先去睡了,马林旭玩了一会儿游戏,忽然感觉没意思,就关了电脑,睡了。

一天下午,饭馆里没有客人,离饭点还有段时间,马林旭斜躺在椅子上看朋友圈,这时,他接到了王琳的电话,王琳问他说话方便吗,马林旭说他就没有不方便的时候,王琳说他就长个鸭子嘴,嘴上功夫厉害,完了,她说:"那你出来吧,我在钱柜唱歌。"那个地方以前他们部门的人总去,白天很便宜,音响效果也不错,心情好或者不好的时候,就去吼上几嗓子,放松一下。

马林旭走过去给梁惠莲说他有同学从外地来深圳出差,他得去陪一下,梁惠莲正在和服务员玩扑克,她说:"不用给我请假,你想去哪里都行,只是有一点,你要是喝多了,就自己去住宾馆,不要回家了。"旁边的人打趣说:"你让他住宾馆,他还不高兴死啊。"梁惠莲说:"只要他高兴就行,就怕他高兴不了。"几个已婚的女服务员吐吐舌头,不再说话,梁惠莲依然埋头打牌,马林旭兴冲冲地去了钱柜。

进了房间,只见王琳一个人坐在那里喝啤酒,马林旭说:"啊,就你一个人啊?"王琳拍了拍她身边的位置,示意马林旭过来坐下:"你希望几个人啊?"她给马林旭倒上啤酒,"又编了个什么谎话,让老婆放你出来的?"马林旭笑了笑:"出来见你,还编什么谎话,又不是偷情。"

"今天心情比较郁闷,就想出来坐坐,想了半天,也没一个适合约的人,就叫你了,你要好好表现啊。"

"怎么就心情郁闷了,你老公给你找了个小妹妹吗?来吧,你要唱什么歌,我给你点。"

王琳在马林旭胳膊上轻轻地拍了几下:"他要是找了就好了,我就能解脱了。就他那样的,哪个漂亮女孩子会跟他,那不是害人家姑娘吗?"

"人到中年,孩子是自己的好,老婆老公都是别人的好,家家如此啊。"两个人大笑着喝酒,"你老公还是很爱你的,他出去应酬不也是总带着你吗,出去应酬带自己老婆的男人,有几个啊。"

"那是做给别人看的,给自己脸上贴金,每次吃完饭,我就自己回家了,他说和朋友去喝茶打牌了,后半夜才回家。现在几乎是每天都是后半夜回家,我也懒得管。"

"这样下去,身体还不垮了啊?不过,广东男人的身体好像本来就不好啊,记得我们以前下去采访,宣传部的人给我们讲的笑话吧,那些失足女孩子编的顺口溜:一二三,去买单,就是说广东男人的。你老公是潮州男人,也是广东男人啊。"王琳举起她的小拳头做出要打人的样子,却半天没有挥出,她笑着说:"那你是一二三呢还是四五六啊?"

"这个我不敢乱说,万一你像狮子一样威猛,我就是七八九也不行啊。"

这一次王琳的小拳头结结实实地在马林旭胸口捶了几下:"像狮子一样的应该是你家梁惠莲吧,你看她的胸部,啥时候都像把刀似的,悬在那里,就想杀死你。还有那一身膘,我真怀疑你能不能喂饱她。哈哈,实在不行的话,可以多吃些生蚝,补一补。"

马林旭在王琳往回收手的时候,握住了她的小手,王琳挣了一下,没有挣脱,马林旭握着王琳的手,说:"我们唱歌吧,合唱一个《敖包相会》,咋样?"

"《草原之夜》也行啊，只要你喜欢。"两个人就手牵着手去点歌，点歌时，马林旭的手按在王琳的肩头，王琳顺势靠着马林旭，"点几首刀郎的歌吧，他的歌最好听了。"

点好歌，两个人坐下来喝酒，谁也没有唱歌的心思，就把原音开了，听歌。马林旭一直握着王琳的手，王琳的手汗津津的，他就把王琳的手放在腿上，在他的牛仔裤上擦干净王琳手心的汗："我能抱你一下吗？"马林旭狡黠地看着王琳，还没等王琳开口，他就将王琳拉过来，揽入怀中。

"这一天你等了很久了吧？"王琳用手指摸着马林旭的下巴，"我妈妈在我家里时，你们几个来吃饭，你们走了后，我妈妈问我，那个小马是不是喜欢你啊，你那点贼心，我妈妈都看出来了。"马林旭笑了笑，没有回答王琳，他让王琳靠在他的肩膀上，俯下头，两个人便咬在了一起。

身材娇小玲珑的王琳相当有激情，她微闭着平常水獭般明亮的双眼，胸部隆起，她的一只手紧紧抓住马林旭的胳膊，非常有力，马林旭都被她抓痛了，他还在犹豫要不要抚摸她隆起的胸部时，王琳抓过他的手，将他的手死死地按在上面，马林旭被王琳的大胆吓着了。对于偷情，马林旭不拿手，在他看来，王琳至少比他拿手，他无法全身心地投入其中，像王琳那样沉湎其中，他们就这样搂着、亲着、抚摸着，当激情渐渐退去，他们整理好衣服的时候，王琳说："你就不能放松一下吗？我都不紧张，你紧张啥。"

"不是紧张，是幸福来得太突然了。"以前在单位，他们都尽力扮演着有教养的、让人信服的角色，就算有些想象的邪念，他们也要赶紧将这股火苗掐灭，以免它像野火一样蔓延，可是，这一刻，欲望之火烧了起来，你不仅无法扑灭，反而烧得更旺。

王琳躺在马林旭腿上，她忽然说："你有没有在KTV里做过？"马林旭愣了一下，连忙说："怎么会，这种地方，怎么敢，要是忽然有服务员进来，那就惨了。你呢，你有过吗？"

"我啊，我想一下，好像有过吧。"说完，王琳将头埋在马林旭怀里，哈哈大笑起来。

马林旭用手指在王琳的嘴巴上来回游动，王琳娇羞地说："你没有洗澡，不给。"马林旭羞红了脸："我不是这个意思，不是这个意思。"他有些语无伦次，王琳抬手摸摸他的脸："是这个意思也没啥，傻瓜，逗你的，你要是想，怎么都行。"

马林旭被王琳的优雅、放荡弄得不知所措，这个平日里一本正经的女人，着实让他吃惊，她娇小的熟透了的身体里蕴藏着惊人的能量，能带给男人无穷的快乐。她内心的野火越烧越旺，要是再烧下去，人到中年的他是无论如何也扑不灭的。

马林旭想唱歌，转移一下话题，这时，王琳坐了起来，喝口啤酒，说："我在KTV里有过一次。"说完，她将头埋在马林旭怀里，"我是不是很坏啊，想不到吧，我老公说我太骚了，欲望猛于虎，哈哈哈，怕了吧？"

"有点。我只是听说，看起来文静的女人要是坏起来阎王爷都挡不住，现实生活中，我没有体验过，不好说。"

"要不要体验一下？我已经火烧火燎了，嗯？"

马林旭说："那我们去开房吧。"

"谁要跟你去开房，在这里就好，你敢吗？"

"这里怎么做，服务员进来咋办？"

"坐着就行啊，笨蛋，服务员你不按服务铃，他们才不会进来。"

见马林旭迟疑，王琳笑得腰都直不起来了，她说："不逗你了，你真以为我有那么风骚啊,你太老实了,不会是个好情人,我们还是做朋友的好,那样也能更长久。"

两个人都有些尴尬,王琳说:"我们走吧,找个地方吃饭,我饿了。"

在大厅结账时,意外地遇到了他们的副总,副总怀里搂着一个女孩子,看到他们,连忙松开女孩子,走了过来。

"我来了几个同学,在这里唱歌,马林旭非要凑热闹,他一来,我同学都给喝高了。你好有雅兴啊,也来唱歌。"

副总说:"刚想给你们打电话,我要调走了,明晚我们聚一下,就在马林旭家的店里,肥水不流外人田。"

马林旭连忙说好,他会安排好的,副总就说:"你们先走,我们明晚见。"两个人逃也似的离开钱柜,外面太阳火辣,空气都像着火了一样,他们连忙躲进街对面的一家商场去。

"这个世界真是太小了,本来想出来浪漫一下,浪一次,结果还遇到了熟人。在街上你不要拉我的手啊,要是被熟人看到,真就说不清了。"一出钱柜,王琳马上恢复了她的优雅、理智,"你不要跟袁总学啊,他是见女人就喜欢,见一个喜欢一个,喜欢一个又丢一个,不是好东西,刚才你看见他搂着的那个女孩子了吗,那是才来实习几天的学生,这么快就给他糟蹋了。"

马林旭苦涩地笑笑,说:"我听说他以前还追过你呢,是真的吗?"

"我是谁想追就能追到的吗?哈哈,他以前老叫我去吃饭,我去过一次就再也不去了,他总是有意无意地触碰我的身体,上楼梯时,还把手放在了我的后背上,他想试探我,我就用目光严厉地拒绝了他,我不喜欢他那样脏兮兮的大胖子。还好,自那以后,他没有再纠缠我,这一点倒还不错，说明他也不是一个很坏的男人。"

"我们是先吃饭呢还是开完房再吃饭？"马林旭附在王琳的耳边轻声说。

"谁要跟你去开房，再说了，刚才已经给过你机会了，你没抓住，机会可不是经常会有的，要怪也就怪你自己没用吧。"

"这哪里是机会，明明是火山嘛，要不，我们再回去唱歌，就是火山，我也上了。"马林旭站了下来，呆呆地看着王琳。

"你还是晚上回家跳你家梁惠莲的席梦思吧，她应该比席梦思软和，至于火山，还是算了吧，会烧死你。"说完话，她看看发呆的马林旭，"我们顺其自然，好吗？要是真有那么一天，你不跳，我也会把你拽下去的。好了，今天我们换一下口味，我请你吃潮州牛肉火锅吧。"

马林旭缓和了一下情绪，说："走吧，我请你，你请我唱歌，我请你吃饭。"

"还是我请你吧，就算你家有饭店，你也是一个失业的男人啊，还要自己交社保。你说，我怎么忍心让你请我呢？"

王琳狡黠地看着马林旭，两个人同事多年，马林旭知道她是从来不想欠别人半点人情的人，不管什么时候，你哪怕请她吃一份快餐，她也会回请你的，她从来不会占别人半点便宜。

"我们两个就不要分那么清楚了吧，再说，让美女请我吃饭，别人还以为我是吃软饭的呢，哈哈。"

"渣男才总是请女人吃饭，吃完饭女人摆摆手回家了，暖男是女人请他吃饭，吃完饭说不定还会给他暖被窝，你说吧，你想当渣男还是暖男吧。"

两人相视一笑，也不再争辩，王琳忽然停住脚步："明晚的饭局我就不参加了,你给袁总说我家里有事,实在来不了,下次我回请大家吧。"

"他这个人太好面子,你不来,他会有想法的。他怎么忽然就要调走了,一点迹象都没有。"

王琳叹口气,说:"本来不想给你说单位这些烦心事。今年广告发行都很惨,他们就出台了一个方案,把大家的底薪砍掉了一大半,大家气不过,就在办公室闹,袁总被大家闹得上火了,就在高管会上和他们吵了一架。他们太无耻了,高管工资不动,就变相降下面干事的人的,这几天都没人干活了,他说话也没人听,就一气之下,调到一个民营的中专学校去当办公室副主任,他的战友好像是那个中专学校的副校长。以前看他色眯眯地就想往上爬,关键时候没一个人站出来给下面的人说话,就他站了出来,给老总拍了桌子,也是个男人。"

马林旭没有说话,以前在单位时,他也是敢说敢骂的人,可他已经离开了,这一切和他又有什么关系呢?他关心的人,大多也都离开了,就剩了王琳,她也快退休了,报社从事业单位改制成企业后,没有职务的女性员工都是按工人的五十岁退休,现在看起来,倒是一件好事。

"这个时间聚会,大家坐一起难免会发发牢骚,骂骂娘,只会让自己心情变得更糟,人到中年就要认命。你说我们这群人啊,硬生生地从白领混成了黑领,而有些人呢,人家从黑领活成了金领,你找谁说理去啊。我说我很快就要退休了,我那些同学都说我在开玩笑,他们哪里明白,他们还以为我们都是国家干部呢,哈哈。我现在就是一个黑领阶层。好在,我还有你,你说,你值得我这么上心吗?"

马林旭揽着王琳的肩膀,王琳没有拒绝,两个人相拥着走出商场,走上热得发烫的大街,他们要去吃的那家潮州牛肉火锅在华侨城那边,他们坐地铁过去,中间还要换乘一次,在深圳众多的潮州牛肉火锅里,就那家比较地道,就像在深圳众多的女人当中,就王琳能给他带来无尽的烦扰和快乐一样。

(原载《延河》2020年第10期,刊载时篇名为《火与烬》 责任编辑:马小盐)

我欲乘风归去

上　路

　　汽车在川道里走走停停，川道两边是伸入云霄的旱塬，抬头望去，云层就在塬上游走，那是怎样的一番景象呢？马文不知道，他也想象不出，他曾经几次站在镇子后面的山头上眺望过旱塬，可他什么也没眺见，旱塬在他视野所及处总是岿然不动。

　　在汽车上，马文意外地碰到了马高的父亲马长脸。马高以前是马文的美术老师，后来因在玉米地里给镇长的女儿梁莲桂画裸体，成了地震台的送水员。马家父子在香泉镇的情色话题中是永不褪色的主角，他们太像一对父子了。长着一张驴脸的马长脸从他是个男人起就喜欢钻女人裤裆，干偷鸡摸狗的勾当。他似乎就是为了女人才来到这个世上，除此而外，他对一切都漠然视之。马文和香泉镇上所有的有些血性的男人一样，对马家父子向来嗤之以鼻。

　　然而，在这趟开往宝鸡的汽车上，马文见到马长脸却是从未有过地惊喜，马长脸是他离开香泉镇后唯一认识的人。按说，马家父子除了好色以外还是有许多优点的，或许是他们也深知自己是镇上最臭名昭著的人，因而对人也就有了让你意想不到的谦卑和热情，他们看见镇里的人，你就是想躲闪，他们也不会让你如愿，总是千方百计地要问候你一下，恭维你一下，直到让你彻底感到他们的热情和恭敬为止。

马长脸叫马文到他身边的空座位来坐，他还在马文的名字前加上了"大嘴"两个字，那是马文的外号，是镇里人嫌他话多送给他的，就是这个外号，在镇里，也只有几个他看得起的人才敢叫，否则，叫了他外号的人肯定会在不知不觉中遭到他的报复。而今天，这个平时在镇里头远远地看见他就要向他打招呼的马长脸，竟敢这样理直气壮地直呼他的外号，一定是知道了他离家出走的事，要不，再给他一个胆他也不敢，除非他不怕家里少一件最紧要的东西。想到这里，马文收敛了怒火，乖乖地坐在了马长脸的边上。

马长脸说："全镇的人都在找你，你要去哪里啊？"

"我要到天尽头去。"马文说完，望着窗外的旱塬发呆，他忽然感到他应该就此下车，爬上旱塬去看个究竟。

马长脸说："天尽头在哪里啊？就怕你娃的腿走没了也走不到呢。我活了大半辈子，还没听说过有人要去天尽头，也没听说过天尽头到底在哪里。"

马文说："你就知道钻女人裤裆，你能知道个啥。"

马长脸哈哈大笑起来，马文感觉马长脸出了香泉镇就变得大胆而且放肆，似乎成了另一个人。

"我看你也没个地方好去，就跟我走吧，去玩几天，想通了再回家吧。"马长脸这回小心翼翼地说。

马文想了想，说："那你不要给我家里人说我和你在一起，我怕我爸爸知道了打你。"

马长脸笑了笑，说："随你吧，只要你不跑到天尽头去，总有一天你爸会找到你的。你要真跑到天尽头去了，作为最后一个见到你的人，我怎么也脱不了干系。"

两个人都不再说话，谁也不看谁，整个车厢也一下子静死了。

开　眼

车厢里一阵骚动，惊醒了睡梦中的马文，他一下子站了起来，以为是他爸爸马昆找来了。他的惊慌失措让睡梦中的马长脸也大吃一惊，他大叫了一声："警察又来了？"车厢里的人都漠视着他们，沉重的生活负担使人变得冷漠而且没了热情，甚至连笑一下的心思都没有了。马文对刚见面时马长脸的放肆一直耿耿于怀，看到马长脸惊慌失措的样子，他哈哈大笑着说："怎么，你做梦都在干坏事啊？这么怕警察。警察有什么好怕的，只有你这样的坏人才会怕警察。"马长脸在马文头上拍了一巴掌，说："就你嘴臭，都到站了，下不下车啊，不下你就坐着，反正这车也开不到天尽头去。"

站在宝鸡的大街上，马文感到有些晃眼，一眼望去，不是车就是人，连空气都沉闷得毫无生气，他忽然有些反感这城市。

马长脸将马文带到一个叫"天上人间"的夜总会，马文说："你发烧了？这地方也是我们这种人来的？"马长脸笑着说："我就在这里上班啊，不带你来这里难道把你送劳教所去？"马文说："看，你又吹上了，你们父子俩怎么就改不了吹牛的毛病呢？"马长脸无奈地说："怎么是吹牛呢？我就在这里上班嘛，这是以前镇上的知青王大炮开的啊。"

马文听说过知青王大炮，那是一个长得牛高马大的女知青，有好事者就给她起了这么个外号，时间一长就叫开来了。

马长脸领着马文从后门进了"天上人间"，他说正门是给客人走的，他们这些伺候客人的人都要走后门，要是坏了这个规矩会被老板扣工钱的。马文进城后一直处在极其压抑的状态中，听马长脸这么一说，更加重了他对城市的厌恶感，也使他要去天尽头的想法更加坚定。

所谓"天上人间"，也就是一条荒凉小街上一栋老掉牙的二层小楼改装的，它集桑拿、小歌厅于一体，在这条灰暗的小街上特别显眼，而门口衣着裸露的迎宾小姐使这条荒凉小街又多了一层暧昧的气息。

马长脸在这里的桑拿部干些杂活，他的主要工作就是给客人拿下拖鞋、浴巾，客人更衣穿衣时按规定他也应该在一边伺候着，受了几次冷落后，他就很知趣地站在一边，只有在客人有需要时，他才会过去显示他的存在。马长脸在这里干了三年，见识过形形色色的人，他一眼就能看出来哪些人是来按摩放松的，哪些人是来找乐子的，他们对他的态度也截然不同。那些想找乐子的人会对他表现出一种虚妄的热忱，甚至留下十块、二十块的小费，为的是让他给介绍一个漂亮、开放的小姐。而那些专门来按摩的人，连看他一眼都懒洋洋的，这时，他就躲到一边去，安心地抽上一支烟，反正这些人是不会拿正眼瞧一下他们这种伺候人的人的。

马文没事可做，就跟着马长脸去上班，他在"天上人间"四处走了走，然后回到马长脸那里，一言不发，他实在想象不出马长脸会在这样的地方工作，而且这个地方还是从他们镇里出来的知青开的，他有种上当受骗的耻辱感——马长脸竟敢把他带进妓院！他粗略地数了数，这里至少有五十多个小姐，她们个个衣着裸露，举止轻佻，说话放肆而且粗俗，比起电视里的妓女有过之而无不及，马文想，这世界真是变了。

马长脸见马文一言不发，有些诧异，这个一睁开眼就上蹿下跳的主，怎么一下子就蔫巴了呢？"马文，你怎么啦？想你妈啦？"马长脸哈哈大笑着，他在马文身边坐了下来。

"你才在这里想你妈呢。"马文头也不回地说。马长脸是看着马文长大的,他太了解马文了,他从小就是一个想做什么就做什么,想骂谁就骂谁的主,他从来就不用看谁的脸色说话行事,反而是被他伤害的人要看他的脸色说话行事,谁让他是马昆的儿子呢?他马长脸的儿子马高就从来不敢说一句不经过大脑再三雕琢的话,即便这样地低三下四、连走路都怕踩死一只蚂蚁地活着,他马长脸一家依旧没活出个人样来,他马长脸也永远都不是马昆,人和人就是这样的不同。

马长脸试探着摸了一下马文的头,见马文没反感,他说:"外面的世界就这样子,你不就是想出来看看吗?你要是不喜欢,那就玩两天再回去,咱们镇子虽说偏僻了些,穷了些,可人实在啊,怎么活心里都踏实,不像到了外面,你的心整天都提在嗓子眼,人要这样活着,这外面的世界再好,也没啥意思的。"

马文说:"我不是说这里不好,只是没我想象的那么好。"

两个人相视一笑,马文忽然感觉马长脸这个人其实还是不错的,他没必要对他这样好,再说,他现在是投靠在人家这里,凭什么还要给人家脸色看呢?他站起来走了两圈,又恢复了他以往的天真烂漫,说:"干脆我就帮你干活吧,反正闲着也是闲着。"

马长脸说:"好啊,那一会儿客人来了,你就和我一起伺候客人,让你也尝一尝伺候人的滋味,这样,你就会长得快一些。"

"好啊,伺候人谁不会啊,这又不难。现在我伺候他们,等我长大了,再让人伺候我。"马文低着头,他心里有些苦涩,他感到前所未有地无助。

一老一少,两个人,相视一笑,又都沉默了。对马文来说,跟着马长脸上班只是一个借口,他也用不着上班,老板王大炮也不会给他发工资,他能做的就是上蹿下跳地玩,只是马长脸将他的活动空间局限在桑拿房和他租住的宿舍里，他的玩性始终得不到舒展。

马文在一个午后意外地发现了镇长的女儿梁莲桂，她穿着暴露、风骚的工装领着一个老头进了按摩房，马文没有想到镇长的女儿也会到这种地方来挣钱，看来这世界真是变了。

马文在走廊里玩了一会儿，午后的客人不多，许多按摩房都空着，就梁莲桂领了一个客人进去，走廊里异常安静。按摩房都是单间，只是每个房间的门上面有个很小的玻璃窗口，马长脸说那是为防备检查而设的，只是个摆设，他来了一年多，从没见有人来检查过，王大炮早把他们买通了。马文偷偷地趴到玻璃窗口往里看，他看见那个老头正趴在梁莲桂怀里吃奶呢，梁莲桂闭着眼睛，很风骚地搂着那老头的头，两条雪白粗壮的腿将老头紧紧地夹在怀里，生怕他跑了。

对于梁莲桂的风骚，马文和他的小伙伴在香泉镇的玉米地里早就见识过，但是在这里，在远离香泉镇的城里的桑拿房里，梁莲桂的风骚还是吓了马文一跳，难道她真像香泉镇人说的那样，天生就是个荡妇吗？梁莲桂淫荡的身体和她风骚的气质早已根植在马文的心里，他恨不得一夜就长大。他想，他要是长大了，梁莲桂会像霜打的茄子似的蔫巴了，她硕大坚挺的胸脯也会耷拉下去，那时，她还会这么风骚吗？

马文在窗口又趴了一阵，他们躺倒了，他只看见他们的腿纠缠在一起，他感觉没意思，就走开了。

回到马长脸那里，马文一直在想，要不要将他看见梁莲桂的事说给马长脸听，他知道马长脸是个喜欢搬弄是非的人，这事要是传回镇里去，那可是镇里的耻辱，到时，镇长会把马长脸的老脸都打烂的。

马长脸早已看穿了马文的心事，他说："你还小，很多事你还不明白，总有一天你会明白的。"

马文惊愕地看着马长脸，他的脸憋得通红。

"你刚才在按摩房外偷看梁莲桂了吧,我都看见了。"马长脸摸了摸马文的头,无奈地长叹了一声。

马文说:"那可是你的儿媳妇,你就忍心看着她这样吗?"

马长脸说:"啥儿媳妇,我们家能容得下人家?马高要真有那能耐,那是祖宗有灵了。"

"你就不嫌她在这里弄的那些事,脏了你家祖坟?"马文站了起来,他这时已彻底地看不起马家父子,他感到镇里人说得一点没错,马家父子是没有一点尊严的人,他不想和一个活得没有尊严的人说话。

"你要知道镇里的学校半年没给她发工资,她还是踏踏实实地给孩子们上课,你就不会看不起她了。要不是镇长为了再升一级,要她嫁给县长的傻儿子,她也不会离开镇子,跑到这里来。"

马长脸点上一支烟,狠狠地抽了几口,他的眼泪都快出来了。

桑拿房的空气都凝固了,马文索性走了出来,径直上到楼顶,他感到一点力气都没有了,他都要崩溃了。

他忽然有些想家,想香泉镇,他想,无论他怎么活,这一辈子,他都会活在香泉镇的阴影里,那是他的根,是他的魂魄,他别想逃出香泉镇的心。

大旱现实

就在不久前,香泉镇人的腰杆子还挺得笔直,他们的一举一动,无不透出富裕起来的香泉镇人特有的做派。这种做派在香泉镇人身上持续了大约五年之久,那是怎样风光、心高气傲的五年啊?现在想来,就像上辈人身上发生的事,已经很遥远。镇里上了年纪的人提起那段美好的时光,总是喜欢说,那日子过得就像在天堂里一样。香泉镇人没有一下子被打回地狱,现在,他们又开始过上以前的那种日子,他们的一举一动是畏缩而羞怯的，他们不得不尝试过对他们已显陌生的贫穷生活，这是迫在眉睫的现实。

让香泉镇人的生活发生转变的是一场持续了三年之久的大旱。在这三年里，香泉镇所有的苹果园无一幸免，干旱使原本就不肥沃的土地更加贫瘠，他们辛苦一年，从苹果园里拿回的收成还不够他们花费在苹果园的农药、化肥、人工及要上缴的农业税，他们的生活热情无情地受到嘲弄，曾经使他们满怀了无数愿望的苹果园忽然像不下蛋，也不打鸣但食欲旺盛的老母鸡，他们怎么也接受不了这严酷的现实。加上农产品的大幅度降价、城里的工人一茬一茬地下岗，吃苹果的人就越来越少，他们的希望也是越来越暗淡。

苹果园带给香泉镇人的美好记忆已随风而去，他们只有在需要的时候，才无奈地展示曾经的辉煌。人们又回到过去稔熟的生活中，农忙时节，吃力地在收获甚少的麦田里劳作。

贫穷的生活首先摧毁的是人的意志，紧接着是香泉镇人最引以为自豪的道德观念。没有了苹果园的依靠，人们就削尖了脑袋寻找来钱的路数，镇里最没竞争力的张寡妇想在镇政府对面办一个小饭馆，她的想法立刻得到镇长的支持，镇长还亲自带她到那里的铺面实地考察了一番，这让张寡妇好感动。考察完毕，镇长说："大妹子，你就要成老板了，你该怎样感谢我啊？"张寡妇说："你看我孤儿寡母的，你要看上什么你就随便拿。"镇长说："真的？"张寡妇说："你是镇长，你没有听人说过吗，镇长就是镇里最大的老板，你是老板，你想吃什么就吃什么，你想操谁就操谁。"镇长说："大白天的我也不想操你，你就做顿饭给我吃吧。"

就这样，镇长跟着张寡妇回了家。伴随着镇里人的贫穷，镇长的威风也是一天不如一天，越来越多的人将镇里的贫穷归结于他的无能，这让他颜面扫地，要不他也没有精力关注张寡妇的饭馆，镇里有的是让人眼前一亮的大姑娘、小媳妇。坐在张寡妇的炕头上，镇长似乎第一次发现了张寡妇的动人之处，以前，有人在他跟前提起张寡妇，他都是很轻蔑地笑笑，一个寡妇人家能有什么动人之处呢？为此，他差点和派出所的贾所长翻脸，贾所长成天围着张寡妇的屁股转，就像张寡妇的屁股上挂了一个油葫芦。可今天，这么近距离地看着张寡妇，他忽然有种强烈的冲动。他毕竟是个镇长，不能像镇里的年轻一代，看见漂亮女人就马上贴到人家的后背上去，好像人家没有过男人似的。镇长镇静自若地说："大妹子，随便弄两个凉菜，开瓶酒，咱俩乐乐乎乎地喝几杯。"张寡妇去街上要了几个凉菜，又将过年时剩下的一瓶西凤酒打开，坐下来和镇长一起喝了起来。

镇长说："大妹子，你就放开喝吧，别只见你不停地挺胸脯，那酒半天也不见下去。"

张寡妇说："我真的不能喝酒。"

镇长说："那你能干啥？"

张寡妇说："除了喝酒，别的你都不是我对手。"

镇长说："有可能，你是正当年，而我已在走下坡路啦。"

张寡妇说："知道就好。"镇长的酒喝得有些急，不一会儿，他有点上头，说："我躺一会儿再跟你慢慢喝。"他躺了下去，张寡妇说："我给你盖上被子。"在她给镇长盖被子时，镇长拉了她一把，她没站稳，一下子靠在了镇长身上，镇长翻身压住张寡妇说："让我试试你的力气，也让你看看一个走下坡路的人跟别人有什么不同。"

张寡妇说："我只想看看镇长的爹和别人的爹有什么不同。"

过了一会儿，镇长说："你爹怎么样？"张寡妇失望地说："镇长的爹真是又老又丑啊，还那么矮小。"

镇长说："它再没有用也是镇长的，是镇里的支柱，有多少人想着它你知道吗？"

张寡妇说："是想着你手里的权力吧？"

镇长说："都一样，操你也是工作嘛。"

张寡妇穿好衣服说："你操人的水平和你的工作能力一样不得人心，我这样说你不会生气吧？"

镇长的脸憋得通红，他说："你这娘们的要求还挺高。"

第二天，张寡妇去找镇长谈饭馆的事，镇长说："那边的房子镇里要全部收回，开饭馆的事要往后拖一拖。"张寡妇说："你昨日脱裤子时咋不往后拖一拖？"镇长说："我昨日喝醉了，什么都记不得了。"张寡妇指着镇长说："我告你强奸！"镇长一点都不在乎地说："一个喝醉的人怎么强奸？再说，谁会去强奸一个寡妇呢？"张寡妇从镇政府出来就去了镇派出所，她一把鼻涕一把泪地向派出所的贾所长贾三成诉说她的遭遇，贾所长一拍桌子站起来说："反了他了，镇长竟敢强暴良家妇女！"过了一会儿，他又慢慢地坐好，说："你的事我很同情，但捉贼捉赃，捉奸捉双，你一个人说的不算，要不，你再让他强奸你一次，我去捉个现场怎么样？"张寡妇一口唾沫直接吐在贾所长脸上，她头也不回地走了。

张寡妇的饭馆没开成，她看上的地方后来成了镇长外甥女的发廊，她咽了这口气，在自家院里开了一个小卖部。

马文的出走

就在这时，马文离家出走了。消息一经走漏，香泉镇就炸了锅。

这是一个河谷里的小镇，河谷两边是无穷无尽的黄土高原。小镇就两条街道，一条是长不过百米的市街，一条是从此经过的国道，一直通往甘肃。小镇屁股后面是巍峨的关山，镇里人常常站在镇子后面的山坡上遥望关山，那是深不可测的海，他们没有一个人见过海，凡是不知道如何形容的事物就全比作海，来显示它的广阔。

马文走了。镇里不多的几家店铺全关门停业，连派出所也关了门，两个上了年纪的警察，他们和马文的父亲、现在的会计马昆是同事，也匆匆忙忙地赶来了，整个镇上的人都赶来了。

马文家在镇子西头，他家隔壁是菜市场，有一块空地，两棵已有年头的大槐树紧紧地相拥而卧，镇里人说它们是情侣树，这对情侣树冬天挡风、夏日遮阳，是镇里的宝贝。现在，全镇的人都聚集在这里，人们谈论的话题只有马文。

镇派出所所长贾三成将镇里的青年人叫到菜场上，让他们围成一个圆圈，他一边大声喊叫，一边挥舞他的警帽，快一点快一点，咋都像大肚皮的婆娘，看着叉着腿就是走不动。你们都好好听着，马文肯定走不了多远，一个十二岁的娃娃，他撒开腿跑，又能跑到哪里去？

"你别忘了，马文可不是省油的灯，他像土匪一样，他一撒开腿，早不知飞到哪里去了，你想追他，比到河里捞月亮还难。"

"就是，那小子可不是个平地卧的主，上次我跟他开了一个玩笑，说等他再长大一点，我就去跟'银瓶商店'的张寡妇讲，让他倒插门算了，你看那张寡妇多大的屁股多大的奶，他娃娃还不幸福死？你猜那小子干了啥？他上我家的房顶去揭我家的瓦。"

"马文还看到你正骑在你老婆身上吃奶呢！"

"这有啥？我吃我老婆的奶，又没吃你老婆的奶，你多什么嘴？再说了我老婆的奶儿子也吃不完，瞎了不是白瞎了？""你老婆还有个奶？胸比你还平，你天天在河边放羊，挤羊奶，连卖菜的都知道，你就不要胡说了。""不要跑题，现在说的是咋样找到马文，而不是你老婆的奶大奶小,有没有奶,这问题也好解决,你把你老婆叫到菜场上来让大伙一看不就知道了,一点也不费劲。你要管好你的嘴,要不马文回来了,下次把你家房子点着,我可不管,谁让你去惹你惹不下的人。"

贾所长的话引起一片骚乱,他马上又挥舞起他的警帽,静一静,静一静,咋一说起张寡妇有奶的没奶的都叫?现在将心都给我收回来,把马文给我找回来,谁想吃奶谁就去吃一口。

十二岁的少年马文的出走,是香泉镇的一件大事,这个几百人的小镇已经很久没有发生过这样受人关切的事,大伙的心里都有些发痒,而马文这个被镇里人视为恶少的少年,一次又一次地将人们的心揪紧,给镇里人制造说话的机会。贾所长将镇里通往外部的路线逐次作了交代,他将人马分为几拨,大部分人在镇子周围去找,只让两路人马骑车去追。追赶马文的两路人马已经出发。

他们认定马文会走两条路:一条是先到县功镇,坐汽车到宝鸡;另一条是从镇里向西走,直走到关山、赤沙去,没有人会相信马文会走这样一条自我毁灭的路,因为,往西走不了多远,就是人烟稀少的关山。他们很快就否决了这条路线,只派了两个人沿这条路线去追赶马文,其余的人都往县功镇而去。

张　寡　妇

对于香泉镇,马文不仅仅是怨恨,在这怨恨后面,他还有着一些温暖的记忆。比如,那个让镇里的男人天天挂在嘴上的张寡妇。临离开香泉镇时,他在张寡妇门前还站了一会儿,要说起来,这镇里他最舍不得的人里头,张寡妇还真要算一个。张寡妇和马文的妈关系密切,常到马文家里来,马文特别喜欢冬天的时候张寡妇在他家的炕头上和他妈一边做针线活、一边说话的情景。马文从有了心事开始,一直对张寡妇怀有一种无比温暖的情结,每次张寡妇到他家里来,他都会非常安静,从张寡妇进门,一直到她离开,马文会一直坐在张寡妇身边,他感到张寡妇身上有着一种华贵气质,她的一举一动,常常让马文浮想联翩。马文妈都说马文像张寡妇养的,他只和张寡妇亲近。有个冬天,张寡妇和马文妈在马文家的炕头说话,马文坐在她们中间,马文特别想坐到张寡妇跟前去,因为有了这样的想法,他特别地不自在,身上像长了刺似的,不停地折腾,他妈一下火了,操起鸡毛掸子就要打他,张寡妇将马文拉到她的怀里护着,马文激动得眼泪都要下来了。那一天,马文一直坐在张寡妇怀里,安静得让人吃惊。

最让马文温暖的是他用玩具气枪打了派出所贾所长那次。晚上,马文不敢回家,他妈和他爸满镇子找他,说是要扒了他的皮,马文吓得躲在张寡妇家不敢出门,张寡妇说你就睡在我家,你回去会被打死的。张寡妇有一个和马文差不多大的女儿,睡觉时,张寡妇睡在中间,一左一右搂着他们,马文高兴得怎么都睡不着。张寡妇一觉醒来,看见马文还睁着眼睛,她以为他是让白天的事吓的,就劝他快点睡觉,说到了明天,他妈的气就消了。马文说他不为这个睡不着,张寡妇说,那你为啥?马文说睡在你怀里高兴的。张寡妇摸着马文的头说你才多大一点,她说:"放心睡吧,我和你妈都说好了,等你和丫丫长大了,就让你们成亲。"马文说我不要丫丫。张寡妇说:"我家丫丫长得不好看?"马文摇摇头,说:"不是的。"张寡妇说:"那你想要谁?"马文将头埋进张寡妇怀里去,说:"我就要你。"张寡妇将马文抱得紧紧的,她摸着马文瘦小的身体说你太小了,什么都太小了。马文不服气地说很快就会长大的。张寡妇将马文抱在怀里,一连说了几句:这孩子,这孩子。

那一夜是马文最幸福的时光,他第一次感到做一个男人有多么美好。自从第一次看见女人知道害羞起,他身体里强烈的反叛意识在张寡妇温暖如春的怀抱中完全瓦解，他感到他的过去完全多余，一些冷酷而坚决的小男人气概也是那么经不起敲打，他已经明白无误地感到他是到了一个危险的年龄，这是一个漫长而又缺乏创造力的年龄，他已经等不及，他迫切地需要一下子就长大，长到他需要的那个年纪。

张寡妇也睡不着了，她侧身躺着和马文说话，她已很久没有半夜里和男人说话的欲望，而眼下，这个尚未发育成熟的小男人使她沉睡多年的热情复发，这不是那种完全出自身体的情欲，她已经很久没有男人，但这个时候，她无论如何都不会将马文和那种事联系起来，他才多大啊，再说，那种事他也干不了。张寡妇说："马文，你怎么就喜欢像你妈这么大年纪的女人？看来你真是缺乏母爱。"马文说："我也不知道，但我从来就不喜欢我妈，也不喜欢像她那样的女人，我说不好，反正喜欢就是喜欢，不喜欢就是不喜欢，这是没办法的事。"张寡妇说："男人都喜欢好看、丰满的女人，这是没办法改变的，但你记住，长大了，不要找太好看的女人，那样，你不仅什么事都干不好，还会短命。"马文说："王伟叔叔就是这样的吗？"王伟是张寡妇死去多年的男人，他以前在广西的一个部队当营长，三天两头往家跑，后来就给开除了，再后来就埋到了镇子后面的山坡上。张寡妇说："他这个人啊，什么都好，有一点不好，就是太好色，也是这要了他的命，要不，他现在至少当了团长，我和丫丫也随了军，他就是等不了那几年，这下好了，整个人都埋在镇子后面的坡上啦。"马文说："是你家的房子风水不好吗？我听人说，你家这地方，过去打过仗，死了好多人呢。"张寡妇说："那是那些烂舌头的瞎讲的，只有我知道他是怎么死的，一个人的精力就像口袋里的票子，用完了也就完了，别人一辈子用的东西他几天就用完了，没黑没夜的，你说，他能活多久？给你说这个，你还不懂，说尿个啥？"

马文忽然想起了镇里派出所的贾所长，他常看见贾所长像条狗似的跟在张寡妇的脚后跟上，他女人不在镇里，在他老家的一个什么地方。贾所长很少回家，镇里的人对他印象最深的是他常常腰里挎一破枪跟在张寡妇脚后跟上的画面，马文从未见他开过枪，镇里的风气一直很好，除了偶然来几个阉猪的、收破烂的和最近这几年才冒出来的二道贩子外，镇里很少有外人来，来了也是虚晃一枪就走。镇里人说贾所长的枪是专门给张寡妇配的，再说，张寡妇的男人死了，她或多或少也需要个枪。

马文说："我看派出所的贾所长对你有意思，你有没有动过心呢？"

张寡妇说："那个没有用的货，也值得深更半夜地说他？他和他的枪一样，是个样子货。"张寡妇本想给马文说说她和贾所长的事，但不知怎么说，话到嘴边又咽了回去。有一段时间，她真的对贾所长动了恻隐之心，你说有一个人常年跟在你的屁股后头，专挑你喜欢的话说，专拣你欢喜的事做，你会不动一点心思？有一次，家里没人时，贾所长从后面抱住了张寡妇，张寡妇已太久没给男人抱过，她有些来劲，也紧紧地抱住了贾所长，他们在张寡妇家的炕头上燃烧起来，最后，张寡妇发现，燃烧的只是她张寡妇，平日里威风八面、腰里挎一破枪满镇子招摇的贾所长和他的破枪一样是个样子货。从此，张寡妇不再用正眼看他。尽管贾所长一再强调千里马也有失蹄的时候，张寡妇也不再给他机会，还给他丢下一句话：喜欢女人得有力气喜欢才行。

张寡妇没有给马文说力气，即使说了，马文也不懂，再说，她怎么好意思深更半夜的和一个孩子说力气？女人在心里是喜欢别人喜欢她的，她嘴上没说，其实早已心花怒放，她摸着马文的头说："马文啊，你快点长大吧，要不，我会老得不成样子。"马文说："你老了也会很好看。"张寡妇在马文的额头亲了一口，说："睡觉吧，你说得我心花怒放，又不能有什么实际行动，火烧火燎的，还让人活不活？"马文说："你把我也当成贾所长啦？"张寡妇说："这是两回事，你就别多想啦，你说，我能和你干我和贾所长干的事吗？这孩子。"

马文搂着张寡妇粗壮的腰说："你说孩子是女人从哪儿生出来的？我和镇里的孩子们在一起争论了一下午，有的说是从嘴巴生的，有的说是从屁股像拉屎似的出来的，有的干脆说是从鼻孔出来的，你说，这孩子到底是怎么生出来的？"

张寡妇笑得都快岔气了，她摸着马文的头说："那你说是从哪儿生出来的？"

马文摇摇头，说："人身上就那么几个洞，不是嘴巴就是屁股，反正我不相信孩子是从鼻孔里生出来的。"

张寡妇说："你想不想知道？"

马文说："做梦都想。"

张寡妇说："那你知道了，可不许告诉别人，就是亲娘老子也不能说。"

马文说："你放一百个心，打死都不说。"

张寡妇脱得赤条条的，她将马文拉过来，说："你看吧，一次看个够，你看了以后就知道女人到底是个啥，反正，你迟早都会知道的。"

马文趴在那里仔仔细细地琢磨，生怕漏掉什么，他太兴奋了，手心出了汗，他吐了口唾沫，说："女人这里都长头发吗？"

张寡妇将马文拉过来，说："你的话怎么这么多，来，吃口奶堵上你的嘴。"

马文的嘴巴一挨上张寡妇的胸脯，就浑身哆嗦，张寡妇在马文那里摸了摸，说："一个男人有了女人很快就长大了，老天爷都挡不住的。你千万不能说出去，说出去咱俩谁都活不成了。"

两人都不说话了，张寡妇拉了电灯，黑暗中，马文能清楚地感受到张寡妇充满哀怨的叹息，他蜷缩在张寡妇怀里，大气不敢出，手忙脚乱，而张寡妇此时此刻就像一个熟睡中做着美梦的人，她完全忘记了马文的存在。

　　就在那天上午，张寡妇和马文妈一起到河里洗衣服，马文斜挎他爸刚刚从宝鸡给他买回来的玩具气枪在一边玩，他回头时，看见张寡妇撩起汗衫擦洗身子，他的眼一下直了，张寡妇见马文发愣，说："看啥呢，是不是还想吃奶哩？"马文的妈说马文像个猪一样，懂个啥。要让贾所长看见，他非要扑上来吃几口不可。张寡妇说："除了咱马文，谁也不让吃。"两个人又说又笑，闹得不成样子。马文远远地坐在河边，若无其事地往河里扔石子玩，他的心思全在张寡妇身上。张寡妇伸进河里的腿白里透红，她高大秀美的身躯山一样压得马文喘不过气来。马文不时地跑到她身边去，蹲在她的旁边看河里的小鱼，他感到河里的小鱼都比他幸福，小鱼可以自得其乐地在张寡妇美丽的大脚周围游乐，而他却不能。

　　就在这时，张寡妇的跟屁虫贾所长来了，他一来，张寡妇急不可待地将丢在河堤上的外衣穿上，她穿衣服的样子尤其迷人，她硕大的胸脯此起彼伏，看得马文和贾所长眼花缭乱。马文妈说贾所长嗅觉灵敏，丫丫她妈走到哪他都能闻风而至。马文妈问贾所长："你也饿了，想吃奶吗？"贾所长说："你家马文才正是吃奶的时候，他不也整天跟在张寡妇屁股后头嗷嗷直叫吗？男人的心思是相通的，你不要看他小，他心眼不小，我像他这么大时，都和村子里的小媳妇钻了好几次玉米地啦。"

　　张寡妇说："你跟着人家小媳妇钻进玉米地是吃奶呢还是给人家舔屁股？"

　　贾所长红着脸说："那时候可不是现在这样的，你没有听人说吗，到了我们这个年纪，浑身是越来越硬，只有一个地方越来越软，也活该女人不喜欢。"

贾所长走到马文身边时，伸手摸了一下马文的头，他不知道，马文的气枪已经对准了他的大腿，马文还喊了一声不许动，要不枪毙你。贾所长拍拍腰间的手枪，说："知道不，这才是真家伙，一枪能打到关山上去，你那玩意最多也就打到张寡妇的怀里去，惊动一下张寡妇的奶。"就在贾所长说到张寡妇的奶时，马文扣动了扳机，玩具气枪的威力本来就不小，加上又是近距离射击，贾所长一声惨叫，跪在了河堤上。马文妈一见马文惹了祸，追着马文满河堤打，张寡妇说："你看全是你惹的祸，你说你没事也不去锻炼一下身体，瞎跟着跑啥啊？"贾所长说："你都看到了，不管是老男人还是小男人，都是受不得委屈的，受了委屈他就要找地方出气，你让我在你身上找个地方也出出气，这样，我就舒坦啦。"

张寡妇说："那里有一个蜗牛窝，你趴上去舒坦啊，你也只配趴在那里。"

贾所长说："我只想趴在你那里。"

张寡妇说："我那里是给马文留着的，谁也不给。"

贾所长说："你也不能说气话啊，给你马文，你又能怎么样？还不跟我上次一样，让你一挺胸脯，挺到炕头底下去。"

张寡妇说："你快去卫生所看看，要不，你身上的三条腿，一下就折了两条，看你以后还怎么活？"贾所长说："不要紧的，就是折了，我还可以金鸡独立。"

河水哗哗地流着，抬头处，群山苍翠，风平浪静，万物在暖阳下都失去了脾气。张寡妇和贾所长是河堤上的唯一风景。

马　高

　　作为最后一个见到马文的香泉镇人，地震台送水员马高的名气骤然上升，一时间盖过了镇长、张寡妇的跟屁虫贾所长。他也一扫往日的颓败气息，又恢复了早先在镇小学教书时的神气。一个人长时间地处在可有可无的状态中，猛然一下子被重视，被抬到桌面上来，他的情绪是无法控制的。谁让他是香泉镇最后一个见到马文的人呢？谁让马文给香泉镇制造了这样一个前所未有的大新闻呢？而香泉镇又是一个很久也出不了新闻的穷乡僻壤，活该他马高走运。马高这几天走到哪里，哪里就成了集市，他总是用充满激情的姿势、至少也是他当年在镇小学给孩子们上美术课的神采，将马文对他说要去天尽头的神秘感描绘得惟妙惟肖。一个要到天尽头去的十二岁少年，让安分守己的香泉镇人长了多大的见识？

　　其实，马高很早就领教过马文的厉害，他和镇长的女儿钻进镇子后面的苹果地里，也是马文首先发现并带领镇里的孩子起哄，还将镇长女儿的身体编成儿歌唱起来的。尽管事后他一再强辩他是让镇长的女儿给他做模特，他也只是画了镇长女儿的裸体，但从此，镇小学的美术教员马高也就变成了地震台的送水员马高。

　　美术教员马高和他的学生马文的第一次较量，就以马高的失败而告终。当时，马高从宝鸡给学生购买教科书回来时，买了一罐可乐，镇里的孩子只在电视上见过那东西，他们平常最多也就喝喝两毛钱一瓶的汽水，谁也没喝过可乐，马高深知这一点，他为了在学生面前显露他的见识，那罐可乐一直舍不得喝。给马文他们班上美术课时，马高一边喝着可乐一边走进教室，马文见老师喝着和镇里人不同的汽水，就说："老师，把你喝的汽水也让我们尝尝，让我们也长长见识。"马高说:"那可不行,这一罐好几块钱呢。"马文说:"我给你钱,你让我尝尝你的汽水。"马高说:"这是可乐,不是汽水,你连它是啥都搞不明白,还想喝,别做梦了。"马文就不再说什么。上课时,马高不时地要喝一小口可乐,马文看着憋气,就举手说:"报告老师,老师上课喝汽水是不文明的。"马高一时不知说什么,就将可乐放到了教室外边的窗台上。马文安静了一会儿后又举起了手,他说报告老师,我要上厕所。马高说:"你的事咋这么多?"马文说:"早上喝稀饭喝多了,我快尿裤子了。"马高说:"快去快回,下课后罚你擦黑板。"马文一阵风跑出教室,他躲在门后看了看马高,马高正一心一意地在黑板上画画。马文就端着马高的可乐跑向厕所,他一边跑一边喝马高的可乐,跑到厕所时,马高的可乐差不多让他全喝了,情急之下,马文在马高的可乐罐里拉了些尿,摇了摇,又一阵风跑回来,按原来的样子将马高的可乐放在窗台上。下课了,马高不紧不慢地走出教室,端起他的可乐又喝了起来,马文清楚地看见他的老师马高喝下他制造的可乐,就在马高喝第二口时,他才感到可乐的异常,他平常和镇里人一样,最多也就喝喝两毛钱一瓶的汽水,他还未清楚地记住可乐的味道,但马高能分辨出尿骚味和可乐的不同,他在扔掉可乐的同时,大步流星地冲进教室,随手就给了马文一巴掌。这一巴掌使他和马文结下了永久的疙瘩。

从此,马文有事没事都将精力集中在了马高身上。他留意到马高和教语文的梁莲桂总是眉来眼去的。梁莲桂是镇长的女儿,在学校和镇里就有些霸气,镇里想打她主意,又慑于她爹的权势而不敢下手的人,在背地里称她为一只骄傲的小母鸡。这小母鸡见了镇里别的人都要将她的鸡胸脯使劲地往上挺,唯独在马高面前,她的鸡胸脯会塌下来。

有几次,马文在学校的篮球场上看见小母鸡进了马高的房间,他跟在后面偷偷摸摸地侦察过几次，总是一无所获。这时候，平日门窗大开的马高会将门窗关得严严实实，甚至于连窗帘缝都不留下。马文趴在马高的窗户下听了好几次，他什么都没有听到，他真是奇怪：你说这平常喜欢招摇过市的马高，怎么和小母鸡在一起就忽然间变得文雅了呢？他就是蜷缩在小母鸡怀里吃奶，也得咂几下嘴吧？可是，什么都没有，他们连屁都不放一个。

一场好戏

　　暑假的时候，马文正在张寡妇家玩，他看见小母鸡打着一把花阳伞匆匆忙忙地向镇子外边走去。他远远地跟了上去，在小母鸡穿过镇子后面的国道、走进苹果园里时，他看见马高背着一个画夹也出现在苹果园里，马文不由一阵惊喜，他想，一场好戏终于要开演了。他远远地跟着，一直跟进了果园深处，眼前的场景是他做梦都梦不到的：只见平日里骄傲无比的小母鸡一丝不挂地坐在马高面前，而马高却装模作样地在他的画夹上作画。马文悄悄地溜出来，一出苹果园，他撒开腿就跑回了镇里。当时正是中午时分，很多人在睡午觉，只有和他一般大的孩子在炎热的镇子里乱跑，他叫上几个孩子，又沿着刚才的路线返回苹果园。孩子们被眼前的情景惊呆了。他们看了一会儿，小母鸡赤裸裸的身体晃得他们睁不开眼，而马高的做派又是那样的不可理喻，画夹早被扔在一边，他们像两只斗殴的真正的鸡死死地纠缠在一起。

　　马文和他的伙伴退出了苹果园，他们没有急于离开，他们坐在苹果园后面的坡上，由马文领着，唱起歌来，不久，镇里人都听到了这首歌，也知道它是马文带头唱起来的，他们只不过是微微一笑，只有镇长和他的一家人笑不起来，只能躲在屋子里哭。

审　讯

　　那天下午，先是马高和梁莲桂一起被带到了镇派出所，镇长不久也来了，他一进门，扬手就给了马高一巴掌，他指着马高说："你他妈的也不撒泡尿照照，你是什么东西，你竟敢强暴我的女儿！"一向骄傲无比的小母鸡这时已将头深深地埋进裤裆里，她从苹果园里出来后，平日里一直挺着的胸就理智地收了回去。镇长领着女儿回家了，贾所长从镇长的一巴掌看到了事情的实质，他不敢怠慢，连忙审讯马高。

　　贾所长说："马高，抬起头来，说说，你为什么要强暴梁莲桂？"

　　马高说："我没有强暴梁莲桂。"

　　贾所长的嗓门大了起来，说："那你和梁莲桂在苹果园里做广播体操吗？"

　　马高说："我在给她画画。"

　　贾所长说："画哪儿呢？"

　　马高犹豫了一下，说："能画的地方都画了。"

　　贾所长有些不知所措，他想去问问梁莲桂，但这时候，他不敢去镇长家。

　　"说说你们是怎么勾搭在一起的？"

　　马高说："都在一个学校，又从小同学，就在一起了。"

　　贾所长的目光一下严厉起来。

　　马高说："我没有强暴梁莲桂。"

　　"那是梁莲桂将你强暴啦？"

　　"也不是。"

　　马高的声音堵在了嗓子眼。贾所长猛地一拍桌子，说："你竟敢在铁证面前狡辩。你是不是让我们将你移交上级公安机关，你才交代？"

马高都快哭了，他说："我真的没有强暴梁莲桂，我们是在谈恋爱，不信你去问梁莲桂，我们都好了大半年啦，她常去我的宿舍，我们也常干那事，你说我为什么要强暴梁莲桂？"

贾所长说："你们第一次在一起，是谁主动的？"

马高说："我胆小，是梁莲桂主动的，你不知她的胆有多大，今天的事，也是她主动提出的。"

贾所长说："说说梁莲桂是怎么主动的，她的胆子又大在哪里？"

马高张了张嘴，他平时就有些看不起这个贾所长，现在他越发地对他反感，他抬头看着贾所长，不说话。

贾所长说："你只有争取主动这一条路可走，要是将你移交上级公安机关，你就死定啦。"

马高有些害怕，男女之间的事，你就是长了一百张嘴也说不清楚，何况他就一张嘴，而梁莲桂又是镇长的女儿。

马高说："以前，吃过晚饭，我常和梁莲桂去河边散步。有一次，我们走到了苹果园，梁莲桂说，我们在这里坐一会儿吧，就坐下了，坐了一会儿，梁莲桂说她有些冷，我说那我们回去吧，她说，不着急回去，再坐坐。又过了一会儿，梁莲桂抓住我的手说，我给你看看手相，看着看着，她就抱住了我，你不知道她的力气有多大，你更不知道她的胆子有多大，我们就在苹果园里有了第一次。往后，她一没课就来找我，一来就要做那事，有几次差点就给人发现，可是她不管，你说她的胆子大不大？"

贾所长咽了口唾沫，说："说说你们第一次是怎么做的？"

马高说："什么怎么做的？"

贾所长说："还能有什么？"

马高笑了，这是他进派出所后第一次笑，就有些放肆，贾所长的脸阴沉下来，马高马上收敛了，他说："梁莲桂抓住我的手后，握了一小会儿，她解开上衣，将我的手放在了她的奶子上，我当时吓了一跳，可接下来快感就来了，我就忘了害怕。你不知她的奶子有多好，有多大，要是你知道，你也会紧紧抓住不放的，接着，她就脱光了衣服，她脱光了，就来脱我的，我都紧张得发抖，半天也解不开扣子，是梁桂莲给我脱的。苹果园里的地真硬，整个过程，都是她在忙，我就躺在地上，她骑在我的身上嗷嗷直叫，跟杀猪似的，完了，我们就到河里洗了洗，然后就回家了。你想知道的和我能说的就这些，是把我移交上级公安机关还是放我回家，你看着办吧。"

马高没有被移交上级公安机关，他只是由一个小学教员变成了地震台的送水员，镇里人再也看不到从前那个招摇过市的马高，能看见的只是现在这个蔫头耷脑的马高。这也就是马高和马文较量的结果。

贾所长的怒吼

审讯完马高，贾所长心里憋得慌，他想：在他审讯的仅有的两起"强暴"案情中，镇长父女都是主角，他们一个强暴别人，一个被人强暴，到后来还不是什么事都没有吗？可见，被人强暴和强暴别人都不是什么大不了的事。想到这里，贾所长便大踏步地向张寡妇家走去。

贾所长过来时，张寡妇正在掸柜台上的灰尘，看见贾所长进来，张寡妇有些兴奋，她心里正惦记着刚刚发生的事，贾所长一来，结果不就明了吗？她兴冲冲地说："怎么，这么快就审完啦，小母鸡没有让你也尝尝鲜？"贾所长说："本来让尝的，可我一想，就那么点东西，给了小母鸡，你怎么办？我就立马来找你啦。"张寡妇说："就怕你没那胆。"

说话时贾所长已进了屋子，张寡妇的商店开在屋子里面，留了窗口卖货，这样，没有生意时她还可以做家务，有人来买东西，在外边喊一声就是。贾所长进来，径直坐到张寡妇的炕头上，他知道张寡妇心里惦记着刚刚发生的事，一定会过来问他。果然，张寡妇过来了，她一过来，贾所长就将她压在了炕头上。

张寡妇看着满头大汗的贾所长说："你还是省省吧，这可是力气活。"

贾所长无心和她废话，他按部就班地进行着他的计划，当张寡妇回过神来时，贾所长已将她的裤子褪到脚面，张寡妇拍了拍贾所长的头，说："去，厨房里有水，你先洗一洗，这样卫生些。"

贾所长怕张寡妇骗他，还是没有放手，张寡妇一边脱衣服一边说："你以为只有你们男人想干这种事？"

马文和张寡妇的女儿回来时，他们正干得起劲，他们听见张寡妇声嘶力竭地喊着：就这样，就这样，千万别停下来，我就要来了，你再坚持一下，实在是美死了。

贾所长在下边看着马文和张寡妇的女儿一时不知该怎么办，他一走神下面便不听使唤，张寡妇不高兴了，她说："叫你不要停下来，你咋回事嘛？你真是太自私，自己舒服了就不管别人了。快用劲，把你吃奶的劲都拿出来吧。"

贾所长说："还用个屁劲，有人进来啦。"

张寡妇这时倒前所未有地镇静，她以为是来买东西的人进来了，就做出无所畏惧的样子从贾所长身上抬起屁股，当她回过头看见是自己的女儿和马文时，她一时愣在那里。她女儿大声说："你们在干什么？"

马文说："贾所长在强奸你妈。"

张寡妇的女儿不知道什么是强奸，她有些赌气地冲她妈叫："我要喝水。"

张寡妇光着屁股给她女儿舀了碗水，她问马文喝不喝水，马文说："就是喝你的奶我也不稀罕了。"说完，就拉着张寡妇的女儿冲出了屋子。

贾所长见他们出去了，才想起穿衣服，张寡妇说："都是你惹的事，你说你要干这事也不看看是啥时候！"她叹口气，说："算啦，看见就看见了，没啥大不了的，作为惩罚，你让我咬一口。"贾所长伸出手去，但张寡妇没咬他的手而是在他的后背狠狠地咬了一口，贾所长疼得眼泪都快下来了，咬完贾所长，张寡妇说："现在好受多了。"她躺在贾所长怀里，摸着贾所长稀疏的胸毛说："你今天咋这么长的时间？"贾所长说："是药酒泡枸杞子的功劳。"张寡妇说："那你就每天喝一点，喝得雄姿英发地来找我。"

贾所长想起来却让张寡妇按了下去，她说："等我撒泡尿再来一次。"贾所长也想再来一次，就欢欢喜喜地在炕头等着。

马文和张寡妇的女儿在院门外等了半天都不见贾所长出来，他有些恼火，他想等贾所长出来了他要在他背上狠狠地吐几口唾沫，但贾所长就是不出来。

他想起刚才张寡妇披头散发地骑在贾所长身上的样子和那天夜里他在她那里的样子是那么不同，他就心里难过。这时，镇长过来了，镇长说："臭嘴马文，你在这里做什么？"马文说："我在这里把风。"镇长有些奇怪，他说："你给谁把风？"马文说："贾所长在里边强奸张寡妇，我给他把风。"镇长说："有这事？我得去看看。"就这样，张寡妇和贾所长给镇长捉了个现场。镇长不喜欢张寡妇的嘴是张寡妇乱咬，但他还是喜欢张寡妇身子的。那次和张寡妇有了一次之后，他怎么都忘不了张寡妇的身子。有次他喝醉了，就给人说，镇里别的女人都长着一个死×，只有张寡妇的是活的，她那里边有一只手，死死地抓住你把你往里拖，直到你浑身没有一点力气，他说张寡妇是神灵附体，要不只有她长这么一个宝贝？很快，镇里人都知道了张寡妇长着一个活×、有神灵附体的事，就连镇里的女人都说，怪不得呢，张寡妇走路时两腿夹得紧紧的，哪里像生过孩子的女人？原来她那里多长了一只手。

镇长没有把贾所长和张寡妇怎么样，他也不能把他们怎么样，他进去时他们还在炕头上，他在屋子里转了一圈，说："你看，你们弄这事也不把门关上？"镇长说完就走了，这让张寡妇很是奇怪。

从此，张寡妇见了马文再也没了好脸色。

传　　统

苹果园是有灵性的，你给它一分热忱它就会返还你十分真诚，相反，你慢待它就等于和你自己的幸福开玩笑，香泉镇的人对此有着切实体会。土地刚分到户时，香泉镇人干瘪了多年的粮仓一下子就胀满了，他们围着胀满的粮仓几天几夜地睡不着。庄户人家，粮食是他们生命中的头等大事，只有在吃饱喝足了的时候，他们才有力气、一门心思想别的事情。后来，县农业局向全镇推广苹果种植时，镇里人都对此不屑一顾，他们说，种什么苹果，谁会一天到晚吃苹果，那不吃得拉稀才怪。他们祖宗传下来的唯一的生存之道就是种地，除此而外的一切都被视为不务正业。镇里的马林，也就是马长脸，也就是马高的父亲，他一辈子都不遵循祖宗传下来的生存之道，走南闯北地讨生活，是镇里人茶余饭后的笑柄。他破坏了香泉镇人的生活传统，他破坏了，生活并没有因此而发生改变，他就成了另类，成了反面教材，他们一家就在镇里直不起腰杆子，他唯一的儿子马高也事事不顺，人们总是以看待马林的眼光看待他，认定他也是迟早要破坏传统的人。

分　　地

　　土地要分到各家各户去，镇里人聚集在会堂里，大家的神色紧张且欢喜，内心充满希望又有点儿迷惘。镇长一连喊了几次，嘈杂声还是停不下来，他有些急，狠狠地将手里的茶杯摔在台上，这时，会场才平息下来："叫什么叫，该叫的时候不叫，不该叫的时候乱叫，你们这样一叫，你们想要的地就会到你们手里？都想要河岸上的平地，那坡上的地就让它荒着？我知道你们的心思，那么些个坡地都不想要，何况，地里还种着苹果树，可以前分苹果时，你们怎么不少要几个？"

　　镇长的怒气还未散尽，他在台上转了几圈，说："我有个提议，坡上的地一亩就算八分，按人头摊到各家各户，该是多少就多少，不能再让步啦。"

　　这时，镇派出所的马昆站起来说："坡上的地没有人要，我要，我家四口人，我吃的是商品粮，没资格分地，那三个人的地，我只要一个人的平地，其余的就要栽苹果树的地，省得以后吃苹果还要掏钱买。"

　　马昆的一席话，在会堂又引发了一阵骚乱，不过，这一次持续的时间很短。原本就没有多少种苹果树的地，马昆一家分完，也就剩不了多少，分摊到他们头上，也就是十几棵树的事，占不了多少吃粮的事。

　　地就这样分到了各家各户。回到家，马昆的老婆李玉枝首先和马昆干了一架，她说："你要的那些破地，以后我和孩子吃啥？"马昆指着他老婆说："女人啊，也就做个饭，生个娃，要不要你们有什么用？你想想，这地分到各家各户了，人们的干劲就会起来，那地里的收成就会一天比一天好，人们吃饱了饭，就会想着吃点别的东西，你说，咱们这地方，除了吃几个苹果，那还能有什么吃的？他们要吃苹果，自己又没有，那不要花钱来买，买谁的，还不是得买咱家的？"

李玉枝想了想，感觉马昆说得也有理，就去做饭了。

苹　果　园

马昆家分的坡地有四亩是苹果园，都是些老品种的果树，像黄元帅、大国光，都是要淘汰的品种。

分地是在春季时分，万物葱茏，满坡的苹果花让人的心也格外地亮晶晶。苹果树是要摘花的，要在花蕾还未完全绽放之前将每一个枝头多余的花蕾摘掉，摘时要十分地小心、专业，力量不能大，也不能小，力量大了会破坏树枝，影响明年的花蕾，没有花蕾，苹果树就结不了苹果，苹果树不结苹果，李玉枝就不会让马昆安生；力量小了，花蕾摘不掉，原本只能保证五六个苹果养分的枝头一下子长出十几二十个果子来，到秋季收苹果时，它们会长成核桃的模样，将你噎死。

过去，地没有分到户时，下班了，或是节假日，马昆都会到温泉下边的水库去钓鱼，温泉的水碱性大，温度高，养的鱼不能吃，马昆坐在那里钓鱼，一度被当成笑话在镇里传播。但事后，人们冷静下来一想，下了班的马昆不去钓鱼，就只有将他老婆李玉枝抱在怀里解闷，可是，他去钓鱼的时分李玉枝要和镇里的男女老少在田间地头劳动，他抱不着，就只有去水库钓鱼。自从地分到户后，马昆再也没有去水库钓过鱼，他一门心思扑在他家的果园，他每次进果园，手里都拿着一本教你种苹果的书，照着书上的说法摘花、锄草、施肥、打药，苹果园在他手里竟然有模有样。先是麦收过后成熟的黄元帅，苹果收回家一连几天竟无人问津，马昆着急了，他亲自到宝鸡去找了他的姐夫，他姐夫是宝鸡一家银行的主任，他姐夫当天就让下面的一个办事处跟着马昆来拉苹果，说是给银行职工的福利。他们开着一辆白色的面包车进了镇子，他们的言谈举止都是一色的外地人的做派，特别是那个风姿绰约的女会计给镇里人留下了不可磨灭的印象,她的风度和做事的利索使镇里人目瞪口呆。到最后给马昆付钱时,几百块钱她哗哗哗几下子就干净利落地数完交给了马昆,马昆数钱的时间和他一心一意的做派让镇里人特别没面子,他们感到马昆就像一辈子没见过钱似的,看着马昆数完钱累得气喘吁吁的样子,女会计笑着说:"没错吧?"马昆有些不好意思地说:"错,没错,咋会呢。"和女会计一起来的人这时说:"她是市里业务比赛的冠军,数这点钱要有错,那真是天大的笑话。"白色面包车在人们的笑声中离开了,香泉镇人要在这个时候多一点进取心和冒险精神,那他们的生存现实会早早改变,或者在这个时候,他们当中的一个人到外边的世界去看一看,他们的心灵便不会不被触动。可惜他们没有人愿意花钱到外边的世界去,除非是患了连宝鸡的大医院都没办法医治的病,他们才会被迫远走西安。

香泉镇又恢复了往日的宁静祥和,一切都在等待着,等待一个时机降临。

温　泉

香泉镇的温泉自古就有,温泉的水温常年保持在三十二摄氏度左右,没有人知道温泉是怎么来的,从老辈人那里流传下来一个说法,说是有一个仙人骑着一头喝咸水的牛从香泉镇经过时,在这里休息了一会儿,仙人的坐骑咸牛就在这里撒了泡尿,从此,香泉镇就有了这个温泉。镇里人都相信这个传说,除了找不到更确切的说法以外,凡是说不清道不明的事,人们都喜欢拿一个无从考究的传说来解答,这已经形成惯例,是毋庸置疑的。

温泉给香泉镇人带来了极大的生活上的便利。在严寒的冬天,镇里的女人洗衣服,都会去温泉洗,一些不怕冷的人,还会在温泉边点一堆火以便在温泉洗澡。

市地震局不知怎么也知道了香泉镇的温泉，开来一班人马，在镇里住了两天，取了些泉水后就走了。为首的一个肥头大耳的家伙走时给镇长说，苹果园最初的收成和马昆的付出是不成正比的。马昆算了算，他四亩苹果园的收成比坡上其余六亩种了麦子、油菜、玉米、大豆的收成还要少，而他花费在苹果园里的精力却要大得多，这使马昆的热情受到打击，也使他往苹果园跑的次数大大地减少。人们又看见马昆在水库钓鱼的情景。马昆的心情镇里人特别理解，在他迷途知返时，镇里人更是以前所未有的大度包容了他，他毕竟没有像马高的父亲，一辈子都站在镇里人传统的对立面。

不久，镇里办起了农业技术学校，去上课的人屈指可数，马昆的经历就是教材。

过了一个月，地震局的水文观测站就在镇子后面的坡上动工了，他们把它叫作地震台。作为给香泉镇人的回报，他们给镇里人通了自来水，镇里人从古至今，吃的都是河里的长流水。

马昆在水库钓鱼时，总是在嘴里含根烟，望着在温泉洗衣服的女人，镇里的女人在他看来，也就张寡妇还拿得出手，这一点，他和儿子马文的看法相似，只是他从未和儿子交换过意见，两人之间也不知道彼此的感受。自从张寡妇的男人埋在后面的坡上后，张寡妇母女的生活得到过他们一家人的鼎力相助，但他从未对张寡妇动过那种念头，他只是看看，就已经很满足。每次张寡妇来温泉洗衣服，他都会感到温暖，有一次，张寡妇洗完衣服后对马昆说："马昆，你快回家去吧，我要洗个澡。"马昆说："你洗你的澡，我钓我的鱼，我又不让我的鱼给你搓背，再说，鱼又不吃奶，你怕啥？"张寡妇说："你要吃奶我都不怕，还怕鱼吃奶，我是怕我一脱衣服把你吓得掉到水库去。"马昆说："我要真掉到水库去，你会下来救我吗？"张寡妇说："我会用你的鱼竿将你钓上来。"马昆笑了笑，没有再作声，等他再次往温泉张望时，张寡妇已脱掉衣服下到了温泉，他只看到张寡妇扔在泉边的衣服。

去过地震台的人，都会对它嗤之以鼻。那是几间平房围成的一个小院，在其中的一间里，是他们用来化验温泉水的仪器，它的简陋使人很难将它和对人来说简直不可思议的地震相提并论。尽管地震台的人吹嘘说他们曾经准确地测出了甘肃那边的一次6.2级的地震，镇里人也只是笑笑，谁也没有当回事。

马昆也从心里讨厌地震台，特别是他们建的那个破房子。自从小房子建起，马昆很少去钓鱼，他总是感到在小房子里有一双眼睛紧紧地盯着他。

工 作 队

几年后，县里的工作队来到香泉镇。县农村工作会议开过之后，县委、县政府的各部委、各局都要结对子扶贫，和香泉镇结对子的是县农业局。工作队在镇里明察暗访了几天后，将镇里有头有脸的人列了一个名单，然后挨个找他们谈话。第一个被找去谈话的就是马昆，他当年主动要了坡上种苹果的地，又一门心思地服务苹果园，这一点给了工作队扶贫的思路。

工作队的负责人是农业局的赵副局长，他和马昆在地震台谈的话。

香泉镇人没有对地震台产生任何的亲切感。首先，它在原本就不大的温泉边建了一个小房子，小房子将温泉的泉眼紧紧地包裹起来，镇里人洗衣服、洗澡就只能在小房子外边的狭小空间进行，一度，镇里人和地震台的关系十分紧张，一些胆大的人，常常将小房子门上的铁锁砸掉，进入小房子，这使地震台的人十分恼火。地震台就三个人，全是镇里现招，经过简单的培训就上班的年轻人，有几次差点打起来。小房子里其实什么仪器都没有，只有一张破得不能再破的桌子和水泥砌的出水口，他们之所以将它和外边隔开，只是出于卫生的考虑，镇里洗衣的女人经常将一些破衣烂袜随手扔在温泉边，很少有人去打扫。在镇里的调解下，地震台在外边用水泥砌了两个大池子，并将温泉周围的场地做了平整，事情才得以缓和。

赵局长说："老马啊，一到镇里，你的事我就听说了很多，你在镇里是个能文能武的人，这次，能不能发挥党员干部的带头作用，再带一个头，让镇里人过上富裕的生活？"马昆说："赵局长有话就说，我一个粗人，喜欢开门见山。"

赵局长拍拍马昆的肩膀，说："你带头将种苹果的风气在镇里刮起，要不了几年，让你当局长你看都不看一眼。"

马昆说："有这么厉害吗？"

赵局长说："不瞒你说，我是礼泉人，我家兄弟四个，就我一个人在外边吃公家饭，听起来大小也是个局长，可兄弟四个里边，就我日子过得最苦。你说吧，手里也管着成百上千万的款子，你敢动一个子吗，等着挨枪子？"

马昆说："我在电视上也看过那个地方的报道，你说，那是真的吗？"

赵局长说："我们准备组队去实地考察一下，费用由农业局出，你带个头，怎么样？"

马昆说："那是好事啊。我们说好了，要真像电视上说的那么好，我就把这工作辞了，一门心思地种苹果。上班有什么意思，一个月就百八十块钱，还没黑没夜的，不安分。"

赵局长高兴地说："有你这话，我这次没白来，你准备一下，我们这几天就出发。"

谈完正事，两个人在水库边转了转，赵局长说："要是带着游泳裤就好了，我们可以在水库里游游泳。"

马昆说："都老尿了，还怕人看？就是拿出来，也没有人看了。"

两个人又讲了几句笑话，就各自回去了。香泉镇人还是没有抵御得了外部世界的冲击，镇里几个有声望的人被拉到临近的礼泉县转了一圈，他们马上就哑口无言。马昆从礼泉一回来，说什么也不再吃公家饭了，他又一次让香泉镇人跌了眼镜。他上班每月少说也有几十元的收入，这是旱涝保收的事，再说了，就是县长也不就比他多拿几个子吗？但马昆的决心是下定了，他为此还和老婆李玉枝干了几架。

从礼泉县回来的人都理解马昆的冲动。在社会上的人还在津津乐道地谈论万元户的时候，那里的人已习以为常，他们家家盖起了楼房，家家都有一台21英寸的彩电，而在香泉镇，只有镇派出所有一台14英寸的黑白电视，每当夜里"万水千山总是情"的歌声响起，派出所的门窗上都趴满了人。礼泉人的生活深深地刺激了马昆。

苹果园不是从天上掉下来的，它要先育苗，育好苗再将苗栽培到事先翻盘好的地里去，要浇水、施肥、喷洒农药，还要请专家剪枝。在早先的三年里，苹果园是没有收入的，你只能在果树的苗垄间有限种植，这正是大多数人所担心的。三年时间，要像伺候老爹一样地伺候苹果园，镇里人无论如何都想不通。

冬天的苹果园是最让人伤感的，万物萧瑟，眼里是一色的苍黄，然而，冬天里果园的活计又多又累人，最累、最枯燥的当数翻树盘。你要一镐一镐地在每一垄果树间挖开一条齐腰深的壕沟，将肥料、干草填进去，再一锨一锨地填平它，这项艰苦而且要投入一笔不小资金的活计是必不可少的，它会给苹果园春天开花、秋天结出丰硕的果实打下坚实的基础。

在最初的几年，镇里只有马昆和几个去过礼泉县的人种植了苹果，而他们中大多的人也只是象征性地种植了一二亩，庄户人一贯的求稳心理使他们还不敢将所有的本钱压在他们不得而知的事情上，但礼泉人的现身说法又常常使他们无法说服自己，他们就在马昆家的地界周围预备性地种植，要是马昆也像礼泉人一样成功了，他们就可以大面积种植，马昆要是失败，他们收手也容易，他们深知就是同一块菜地里也长不出相同的茄子、土豆，就是同一个爹妈生养的还有个高矮胖瘦。他们都密切关注着马昆的一举一动，他一进苹果园，他们就尾随其后，嘴里说是帮马昆干点活，其实是自己偷着学点本事。马昆自己花钱去礼泉学了一个冬季的技术，在苹果园快要挂果的那一年，他从礼泉请了几个人来，给他家的果树翻树盘、剪枝，声势大得吓人。马昆家的十亩责任田他只留了两亩河滩上的平地吃饭，其他都种了苹果，他的一举一动牵动着镇里人的神经。

丰收的季节是最撩人心弦的。

收苹果时，镇里的男女老少都来帮忙，在那差不多五天的日子里，镇里人白天是又说又笑，到了晚上，回家了，他们个个是眉头紧锁，马昆家一筐一筐的苹果堆成了山，他们能乐得起来吗？也就从那个冬季开始，镇里差不多的地里都栽种上了苹果苗。

变　化

在苹果园给香泉镇带来革命性变化的最初几年，香泉镇人一贯勤勉、踏实、淳朴的作风仍然保留，他们日出而作、日落而息，忽然降临的富裕生活并没有让他们手足无措，他们和用低廉的工钱从关山里请来的雇工一起下地干活，吃的是一样的饭菜，睡的是同一铺火炕，随着时间的推移，他们的口袋胀满了，原本朴实的情感也就开始发生变化。

首先，镇里消失了几十年的麻将声铺天盖地而来，这股风是一个四川的苹果贩子带来的。他在香泉镇从苹果成熟的秋季一直待到年关，他所要做的就是挨门逐户地收购他看上眼的苹果，然后，将苹果装上车，在四川那边有接应的人，他轻松的赚钱方式在香泉镇的年轻人中间产生了强烈反响，这也给他们刚刚开始的美好生活蒙上了一层不安定因素。果然，来年镇里一下子就冒出了许多当地的苹果贩子，他们一上来就牛气冲天，这一年，从镇信用社贷出去的款子就高达五十多万，他们从汽车到火车皮，所能用到的交通工具全用上了。在开始赚了点钱后，人们的胃口越来越大，外面五光十色的世界也更值得留恋，苹果园便留给了女人和请来的雇工。而苹果园的活计生来是属于男人的，它还像孩子一样娇气，受不了半点委屈，女人们在果园里的忙碌都是表面活，而请来的雇工也是按照主人的吩咐干活，你指到哪儿他干到哪儿，他不可能干出你指不到的活。在女人和雇工的经营下，香泉镇的苹果个头越来越小，颜色越来越暗，虫害也是越来越厉害，先是一家，接下来全镇的果园都受到了传染，而男人的心已让外部世界搅乱，香泉镇唯独还有活力的就是不绝于耳的麻将声。

紧跟着，大旱又来了，苹果园没有水，树叶大片大片地脱落，虫害也是越来越厉害，到了收获的季节，许多人家连吃的苹果都没有收回来。大旱严重破坏了果园，加上看不到利益而疏于管理，许多人家的果树已没结果的可能，那些将资金投放到贩运上的人恨不得投河。由于苹果质量太差，收购的苹果大量积压，加上农产品的大幅度降价，贩子们无一例外地赔了血本，香泉镇一下子陷入灾难境地。

和富裕生活的降临一样，贫穷的生活也是一步一步地有序而来，没有暴风骤雨，也没有先知先觉，一切都是无声无息，只是贫穷的生活来得太彻底，这是香泉镇人始料未及的。

马昆一家在这场灾难性的变故中，也是损失惨重。他没有像苹果贩子那样将老本都赔进去，他的钱虽说还在银行户头上，他却无权使用，在亲戚们的死缠烂打下，他给人家做担保，银行的钱只有在亲戚们还完贷款后才能用。这要命的变故使他们家一直处在紧急状态中，他们的弦绷得比向他们借贷的亲戚还要紧，亲戚们早已摆出死猪不怕开水烫的样子，他们也只有无奈等待，这也是唯一的生机。

大人们在经受了灾年的变故后，胸中的怨气全撒在了孩子身上，到这时，他们忽然发现，他们还能惹得起的也就是孩子了。一些从小乖巧的孩子也未能幸免，像马文这样总是制造事端的孩子，自然会成为大人的出气筒，而在父母看来，这是天经地义的事，何况，小孩子是没有记性的，只有让他痛在身上才会少给大人添乱。

在日子过得舒坦的时候，人的心胸也是宽广而博大的。对生活在穷乡僻壤的人来说，没有什么事能比生活上的突然变故更加折磨人的了，那种捉襟见肘的生活，为一分钱反目成仇的日子实实在在地摆在面前，人心也一下子变得比针尖还小。马文挨打也正是从这个时候开始变成了家常便饭。在他看来，从亲戚家拿一本书什么的不过是一件小得不能再小的事，而亲戚们因欠着他家的钱已多次和他的父母反目，他们积压在心头的怒火正愁没有地方发泄，他随手拿走的一本书马上就成了一次发泄的借口。孩子是没有记性的，在从舅舅家拿了一本他长年都不会去翻动一下的一本书并因此挨了顿打后，到了姑姑家，看见一本早已撕得七零八落的书，他的手又发痒了，他时时告诫自己，不过是一本破得不能再破的书，何况他们也不会去看，甚至会用来做手纸的，他拿回家看看，又有什么关系？这种完全孩子气的想法一步一步地将马文推到了大人世界的对立面，使他完全孤立在一边。

没有人关心孩子们的内心世界，即便是他们的父母。从祖辈那里传下来的规矩就是给孩子们吃饱穿暖，在粮食紧张的年份，大人们都会无可非议地从自己嘴里省下粮给孩子们，他们宁可自己穿得破烂，也会让孩子们体面地在人前走动，这也是大多数人对待孩子的态度。在镇里人看来，一个人只有在成了家、有了儿女之后，才能真正地算个人，在此之前，所有的苦果都要自己承担。

读书也只不过是为了不做睁眼瞎，只要能认识自己的名字，会个加减乘除，就已足够，一个人降生在这里，一切都是上天注定的，你能翻几个跟斗？马文的一举一动使镇里人暗地里为马昆伤感，你说马昆没黑没夜地干，就这么一个儿子，从小看大，他将来还能好到哪里去？

胡一大夫妇

马文也有佩服的人，胡一大夫妇是他是佩服的人。胡一大是镇里最早通过读书吃上公家饭的人，过去，从镇里走出去的人，基本上是走当兵这一条路，胡一大考上了师范学校，毕业后就回到镇里，回来时，还带回来一个说普通话的城里人，他们就是在镇里结的婚，他们回来了，回来了就再也没有离开。

在胡一大家，马文的心情是极为敞亮的，他无拘无束，胡一大家所有的书都可以随便看，即使不小心弄脏了，也不会受到半点的责备，这使马文更加地对胡一大一家人产生敬慕。胡一大说："马文，你家有那么多钱，你何必要为读书而挨打？你爹不是也给你买书吗？"马文说："我要看的书，我爹一本都不会给我买，他说是浪费钱，浪费那钱还不如让他抽几包好烟实际。"胡一大说："你爹说的也有道理，你现在上学，应该先将书本上的东西学好，等你将来大了，考上大学的时候，你想看什么书就能看什么书。"马文说："那要等多久啊，我实在等不了那么久。"胡一大就不再劝导马文，男孩子在这个年纪，已有了独立判断的能力，他认定的事你用五头牛都拉不回来。

马文在背开人群时，常常想，要是能够选择，他会毫不迟疑地选择胡一大夫妇做他的父母，选择张寡妇做他的女人，有了这两样，就是天塌下来，他也不在乎。他知道这只是他一厢情愿的事，这一辈子都不会改变，想到这里，他就有些心灰意冷。

找不到出路的马文，只能选择他有能力完成的事，对马文来说，他唯一的选择就是离家出走。

这一路，马文的内心激昂而空落，他看不到出路，不管是转身回家还是到天尽头去，他都心中没底，但他认定，一直走下去，总是有出路的，而回家就意味着妥协，意味着失败。

马文在父母的打骂中一点一点地长大，在父母无数次的打骂中，他从不流泪。有一次，他妈李玉枝打他，他一动不动，他的凛然气概激怒了他妈李玉枝，李玉枝狠狠地用鸡毛掸子抽他，他还是面无惧色，李玉枝一边打他，一边问：你为什么不哭？嗯，为什么不哭？马文连头都不抬一下，他从心里蔑视自己的父母，他敬慕的父母是镇小学的胡一大夫妇，他们的儿子是马文的同班同学，还和马文同桌。有一次上课，老师进来，学习委员喊起立，同学们喊完老师好坐下时，马文将凳子悄悄地移开，胡一大的儿子坐了空，脑袋撞在后面的桌子上，疼得嗷嗷直叫，下课后和马文打架，被马文打掉一颗门牙，胡一大夫妇将他们的儿子和马文一起领回家，给他们擦洗脸上的血迹，还给他们做了好吃的饭菜。胡一大夫妇没有骂马文，也没有打他们的儿子，这给马文留下了深刻印象。

胡一大夫妇对马文的影响是深远的，他们家庭中一贯的温暖情感，使一个孩子开始有了他的人生判断。在胡一大夫妇狭窄而简陋的宿舍，马文能处处感受到他们巨大的生活热情，他们从不抱怨什么，对待镇里人始终保持满腔热忱，无论是镇里人春风满面的时候，还是现在的灰心丧气之时，他们都一视同仁。

我心随风

天色渐渐暗了下来。在楼顶坐了一下午的马文摇摇晃晃地站起来，他感到浑身一点力气都没有，他饿了。这一阵子在马长脸这里，吃得实在是差，他都没吃饱过，饭菜难以下咽，而且没一点油水，他几次想偷偷地溜到街上去吃些小吃，可他怕拿出一百元的钞票叫人怀疑，怕遇见镇里来找他的人，他们一定仍然在四处找他，要是被他们找到，那他的梦想就会破灭，他的反抗也就徒劳，他又要回到以往的没有希望，更看不到出路的生活轨迹上去，那时再想跑出来，可就没这么容易了。

一个人离开家，最先不适应的就是饮食，只有肚子不饿，你才有力气去实现梦想，这样想着，马文就挺直了腰杆，他要请马长脸出去吃砂锅豆腐，他上次跟他爸爸马昆来宝鸡玩时吃过，那时他就想，要是每天都能吃一个砂锅豆腐，就是让他天天挨打，他也乐意。

马文离家时，从他爸爸马昆的钱包里随手拿了一沓钱，他一直放在贴胸的口袋里，晚上睡觉都趴着睡，那是他的活命钱，他要靠它走到天尽头去呢，他几次想把它拿出来数数，但都忍住了，他要留下一个念想在心里，不到最后关头，就不去揭开。

回到桑拿房，马文远远地就冲着马长脸喊："走，我请你去吃砂锅豆腐，改善一下。"

马长脸头也不抬一下，说："一个砂锅豆腐要三块钱，两个人就要六块，我知道你家有的是钱，可那钱干些啥不好啊？你一下午坐在楼顶想啥呢，抽风了？"

"你才抽风呢！给你说你也不明白的。"马文见马长脸不买他的账，一时也不知该怎么办了。

马长脸说："马文啊，你家是咱们镇上数得上的富裕人家，你家就你这么个儿子，就养得你一身的娇气，娃啊，你也看到了，镇里人的好日子已经过去了，现在苦日子来了，你不能像从前那样生活了，要好好读书，考个好大学，那你就真的能到天尽头去了。"

马文哈哈大笑起来，他说："当初梁莲桂考上宝鸡的民办大学时，镇里人还欢天喜地地庆贺了一番呢，毕业了，不照旧回到镇里教书，现在和镇里那些没怎么读书的女孩子一样，到知青王大炮的地盘上来当婊子吗？考大学，谁稀罕，我就是要到天尽头，这是我的理想，是不可改变的。"

马长脸说："你不要看她现在这样，那女娃心里亮堂着哩，你看着，她在这里干不了多久，就会飞的，她是个胳肢窝里长翅膀的人，总有一天，她会给镇里人惊喜的。"

马文沉默了，他也是一个时时想着给人惊喜的人，这一点，他和梁莲桂倒是意气相投。

马长脸叹口气，说："人挪活，树挪死，你看，镇里的两个副镇长都放着官不做，跑到南方去打工了，他们情愿这样啊？他们的孩子要读书，要吃饭呢。你现在还小，身上没这么多负担，受了些委屈，那也不是过不去的坎，你出来玩了几天，也看到了在外面的不容易，就收了心，回家去，好好读书吧。"

马文气冲冲地说："打死我我也不回去，我要到天尽头去。"

"哪里有啥天尽头，你尽说胡话。"马长脸说完，转过身去，把后背留给马文。

马文说:"我在书上看过,天尽头就在大海的心里,只要看到大海,就能看到天尽头,一定能的。"屋子里一下子没了声息,空气都凝固了,马文转了几圈,见马长脸没有再说话的意思,就走了出来。

傍晚时分,街上人流如潮,马文快步向火车站方向走去,他要先美美地吃上一个砂锅豆腐,不,吃上三个,将肚子吃得饱饱的,然后爬上往东去的火车,也许一觉醒来,他就到了天尽头,到了他梦中的天堂。他走得执着而坚定,他想,就是八匹马,也别想把他拉回来了。

(原载《上海文学》2007年第2期 责任编辑:金宇澄)

与女人对弈

下　棋

　　刘茂林是傍晚时分来到纸坊的。整整一个下午，他都跟着太阳走，这时，太阳已隐进平原尽头的山凹里。刘茂林站在街边的一家商店门口要了瓶汽水，喝汽水时，老板说："你是外地人吧。"刘茂林点点头，老板说："一看就知道你是个外地人，纸坊人才不会这样穿戴自己。"刘茂林朝街上望了望，没说什么，老板又说："你跑到这儿来干什么？"刘茂林说："来看看。"付钱时，他听老板在嘴里嘀咕了一句：是个吃饱了饭撑得慌的人。

　　夜幕就要降临，在田里干活的农人已开始往家赶，经过街道时，都不约而同地向刘茂林投来深情的一瞥。他已经习惯了被人这样注视，这几天，他一直在平原上行走，他的装束和外地口音，成了平原上的笑料，无论男女老幼，都在对他品头论足，他们从未见过一个人在平原上走来走去，就是听也没有听说过。

　　刘茂林在百米长的街上闲逛了一阵，坐下来吃了点东西，然后走进街西的一家小旅馆。小旅馆异常地寂静，他进去时，只有一个姑娘坐在沙发上看书，刘茂林的出现吓了她一跳，见刘茂林进来，姑娘忙放下手里的书，递过旅客登记簿。填写登记簿时，姑娘一直在边上看着，刘茂林写一个字，姑娘就在一边念一个字，刘茂林有些别扭，却没有发火的念头，填完登记簿，姑娘拿出一串钥匙说："刘茂林，刘记者，你就住走廊尽头那间房吧。"姑娘将刘茂林领进房间里，告诉他旅馆里就他一个客人，房间里的三张床，他可以随意睡，刘茂林笑了笑，没有说话，事实上是他不知道说什么好，姑娘便带上门出去了。

刘茂林在房间里转了几圈，有些索然寡味，包里的几本书，一个字也看不进去，去水房洗了洗，回来后索性取出那副旅行象棋一个人下了起来。一连几盘，刘茂林都输给了对手，这让他多少有些心灰意冷。又下了几盘，刘茂林侥幸胜了一回，还是自己给对方设计的圈套，这样的胜利让他有些不好意思，他将棋盘放下，走了出来。

"喂，小姐，你下象棋吗？"

刘茂林冲坐在沙发上的姑娘喊了一声。姑娘站起来，说："我只会下一点点，你要不嫌我下得臭，就跟你下。"刘茂林回房去拿了棋盘，坐在沙发上开始和姑娘下棋。

一开局，姑娘连着攻了五个卒，刘茂林从未见过人这样走棋，有些新鲜，他的攻势一刻也没减缓，姑娘似乎并不在乎他的攻势，在他吃掉她的棋子时，也没表露什么神色，不多一会儿，姑娘就剩了一只单卒和孤零零的老帅，她也没有半点不安，只是在刘茂林的凌厉攻势下她的老帅无路可逃时，她才一而再再而三地悔棋，他最不喜欢对手悔棋，但在这样的夜晚还有人和他下棋，他又能怨恨什么呢？

接下来的几盘，姑娘在刘茂林吃子时也开始悔棋，几乎走不了三步她就要退回去重来一次，这样的局面一直持续到他有了睡意为止。

刘茂林说："你怎么这么喜欢悔棋啊？"

姑娘疑惑地看着刘茂林，她说："因为我是女孩子啊，女孩子有这个权利。"

刘茂林笑了，是啊，女孩子走错了是可以重来，男人就不行了，男人是不能走错的，就是错了，也要一直错下去。

姑娘有些累了，她帮着刘茂林收好棋子，小心翼翼地问了一句："你在这儿住到什么时候？"

"我明天早上就走。"说着，刘茂林点上一支烟，他有在临睡前吸烟的习惯。

"以后还来吗？"

刘茂林笑了笑，没有回答。离开时，他将象棋送给了姑娘，她有点不好意思接受，推辞了一下，还是收下了。

喝　　酒

这次纸坊之行，是短暂而无奈的。刘茂林原本是想在休假之际，找一个清静的地方放松一下心情，生活、工作的压力使他身心疲惫，最初，他打算回老家，可父母总是唠叨，像他这个年纪，大多数人都已成家立业，可他至今还孤零零的一个人在外闯荡，这多让人揪心啊！刘茂林的耳朵都磨出茧子来了，就选择了纸坊这个地方，再说他心仪的女孩子如花就是在纸坊出生的，看一看心爱的女孩子成长的地方是许多男人在将她娶进家门之前的愿望，要是哪天真的和如花上门来拜见岳父母大人时再来，那又是别样的心情了。

如花是刘茂林大学时期的女朋友，在他临离开深圳时，如花给他来了一个电话，说是要到深圳去看他。她毕业后分到甘肃的一个军工企业子弟中学教书，她在电话里强调只要能在深圳找到工作，就是在门房收发报纸，她也会坚决离开，她实在忍受不了在那种没有明天的生活里徒劳的日子。

要不是如花突然来电话,刘茂林已经决定放弃和她的爱情纠缠,确切地说是男女间的纠缠。在别人看来,他们是一对恋人,但他们自己却无法对眼下这种不明不白的关系有一个真实可信的说法。他们各自也常常在心底发问:这是在恋爱吗?他们经常约会,以恋人的身份参加各自朋友的聚会,但他们的内心是空落的,因为他们没有一次热恋中的男女必备的亲热举动,就是手也从来没有亲密地拉过一次。他们两个人都有着莫名其妙的心理负荷,开始时,刘茂林是想给如花留下一个老实、沉稳的印象,而如花一直保持着她的淑女风范,两人亲密无间地相处着,在这样的相处中,也存储着巨大的缺憾,一对青春期的男女长期相守,心中有爱但情欲得不到舒展就很容易结成疙瘩,他们的关系就这样时而亲密时而紧张地发展着,成了他们心中的结。

但他们为什么不放弃呢?刘茂林自己也不止一次地这样问,也试过和别人交往,因为没有更好的人或者说还有这个尚未解开的结一直存在着,有些取舍不下,就僵持下来。

如花的父母是中学教师,纸坊就这么一所中学,刘茂林很容易就找上门来。刘茂林和如花在一起时,如花给刘茂林说起过她的父母,她父亲是这个学校的校长,刘茂林本不想打搅如花的家人,再说他们之间的关系也远远没有达到要去她家的程度,可刘茂林已经来了纸坊,来了不去看看如花的家人从情感上也说不过去,他就在镇里买了些水果、一条当地产的烟、酒去了如花父亲教书的学校。刘茂林先在学校的操场转了转,又到校长办公室门前晃荡了一下,里边有两个老头正为什么事争论,敲门后,那两个老头马上停止争吵,疑惑地看着刘茂林。刘茂林说明来意后,刚刚还嗓门很高的老头说:"我来了客人,这事以后再谈,就这样吧。"另一个老头摇摇头、叹口气,极不情愿地走了。

如花的父亲搬来一把椅子示意刘茂林坐下，他仔细地打量了一下刘茂林，说："你来找我有什么事吗？是我女儿让你来的？"刘茂林解释说是出差路过这里顺便来看看，他甚至没提如花给他打电话的事。老头这下放心了，他也拉过一把椅子，在刘茂林对面坐下，说："你叫什么来着？我刚才正和副校长争论没听清楚。"刘茂林老老实实地报了姓名，老头说："以前在家里我女儿常唠叨这个名字呢，原来刘茂林就是你，你就是刘茂林啊，这下对上号了。"刘茂林不好意思地笑了笑，心里却是非常欣喜的，如花在家里人跟前说起他，说明她心里一直是装着他的，要不，有事没事地在家里人跟前谈论一个和他们不沾边的人有什么意思呢？

老头沉默了一会儿，说："家里就我一个人，那口子去市里儿子那里啦，你大老远来，中午，我就招呼你去镇上的小饭馆对付一下吧，以后也好给我女儿一个交代。"

刘茂林连忙站起来，说："不麻烦啦，我来看一眼您老就走，怎么还敢打搅呢？"

老头说："反正我也要吃饭的，既然来了，就吃完饭再走，镇里条件差，比不上大城市，你就入乡随俗吧。"

刘茂林不好再推辞，就说："那我请您老吧。"

老头摆摆手，说："我先洗洗手，一手的粉笔末，弄得到处都是。"

他们走上腰带宽的街市，寻了一个干净的饭馆坐下。刘茂林从见到老头起就一直紧张，老头说："喝点酒吗？"刘茂林点点头，老头就说："适度地喝点酒，对身体有好处。"刘茂林尴尬地笑了笑，他不明白老头是想说他的身体看上去瘦弱了些还是别的什么，就拿过菜单点菜。

一喝起酒，老头顿时活跃起来，他说："我不清楚你和我女儿之间的事，但我看得出来，你是喜欢我女儿的，要不，你也不会这么远地跑到纸坊来。"

刘茂林猛灌一杯酒，说："您老看出来了？"

老头拍拍刘茂林的手："喝酒不要太猛，伤胃。"

小饭馆没几个人吃饭，倒也清静。进来的人都和老头认识，毕恭毕敬地打招呼，他们看到刘茂林时都会问一句："新来的大学生？"老头就诡秘地一笑，说："远房的亲戚。"刘茂林看上去就是一个在校大学生，他的行为举止在小镇上还不多见，就有些醒目。

刘茂林说："您老在镇里德高望重啊。"

老头说："他们都是我的学生。"

饭吃得有些沉闷，两个人喝了不少的酒，老头说："男女间的事不好说，我当年和孩子他妈也是这样。她出身不好，才嫁了我，她是在上海的洋房里长大的，全家下放下来，她就扎下了根，有了一双儿女；我曾经许愿说要让她在有生之年也住上洋房，看来成了泡影。你不要给女人承诺，这会使她们当真的，但也不能像你这样：看上去什么都不在乎，这会让她们没有安全感。"

刘茂林一下愣住了，他没想到老头会这样说，刚想开口，老头说："我的女儿我了解，她不是贪图富贵的人，她说要什么真感情，年轻人的事我也搞不懂，她就是太固执，毕业时我坚持让她回来，这倒好，她跑得更远了。这一点，像她妈，你让她做什么她偏不，你不让她做她就做了，八匹马也拉不回来的。"

老头说："对了，听我女儿说你以前是记者，怎么忍心扔掉这么好的工作跑到南方去呢？"

刘茂林说："在那里干得不太顺当，老让人挤压，心里不顺畅，就走了。"

老头说:"哪里都一样的,年轻人不受几年气顺当不了,你想想看,你到单位受了那么些气,你有一天得意了,你能不给另一茬的人气受吗?你要将心里的怨气发泄出来,找谁啊?也只能找新来的,不就是你们这样的年轻人吗?"

刘茂林埋头喝酒,他喝得急,有些上头,老头有些酒量,只是一喝酒话就多。两个人喝了很长时间,说了许多题外话,直到上学的学生一浪一浪地在街上涌过。

两人在饭馆门前告别,临别时老头有些激动地拉了拉刘茂林的手,他坚持要送刘茂林去长途汽车站,在刘茂林的再三劝阻下,才恋恋不舍地离去。

刘茂林早已买好回去的车票,在街上转了转,没什么意思,就早早地去了候车室。

如　花

刘茂林和如花是在一次打乒乓球时认识的。那时,如花还扎着马尾辫,她打球时,马尾辫晃来晃去的样子一下就击穿了刘茂林的心,从那一天起刘茂林满脑子都是如花打球的身影,怎么赶都赶不走。刘茂林下定决心要将这根马尾辫握在手中,就买了两张电影票,大方地去了如花的宿舍。如花显然没有料到刘茂林会出现在她们宿舍,当她确信这是事实时,一扬眉毛说:"看电影?这好不好啊?还有没有别人啊?"刘茂林说:"不就看一场电影吗?"如花说:"那你在外面等一下,我换件衣服。"

刘茂林在院子里至少等了三支烟的工夫,才见如花轻描淡写地走了出来,她说:"没找到合身的衣服,就这样吧,我们去看电影。"

那天的电影是《布拉格之恋》，如花看得很投入，刘茂林却怎么也看不进去，他一直在想一个问题：要不要拉如花的手。最后，刘茂林还是决定不要冒险，这很容易给如花留下轻薄的印象。这样的念头使他如坐针毡，如花似乎看出了刘茂林的心思，她说："你要不舒服，那我们走吧。"刘茂林急忙说没事的没事的，电影太压抑了。如花轻蔑地笑了笑，一味沉浸在《布拉格之恋》里，直到电影结束，再也没理刘茂林。

回学校的路上，刘茂林说："电影好看吗？"

"当然好看，谢谢你请我看电影。"如花有些不情愿地说。

刘茂林说："那我们下次再来看。"

如花说："和你看电影一点都不好玩，你就像根木头。"

刘茂林说："我内心都着了火，你却说我像根木头。"

如花不再说话，只顾走路，两人的第一次约会就这样结束了。

过了一段时间，刘茂林在校外的食街和如花不期而遇，如花主动和刘茂林打招呼，两人没话找话地说了半天，如花说："你怎么再也不来找我看电影啊？"刘茂林说："你不是说和我看电影一点意思都没有吗？我哪里还敢再请你看电影。"

"你怎么这么小心眼啊？男人应该心胸开阔才是。"

那一天，如花的心情特别好。

看电影时，刘茂林抓住了如花的手，让他措手不及的是他刚刚抓住如花的手，如花便猛烈地摔开了他的手："看电影就好好地看电影，别做小动作，心思要用在正道上。"如花真的生气了。

刘茂林像被扇了一巴掌似的难堪，他盼着电影早早结束，尽快逃离，可是那天的电影死长死长的，他就不停地往厕所跑。从电影院出来，如花说："你怎么一点都不懂女孩子的心思呢？你怎么能在看这种电影的时候拉我的手？"

刘茂林一下给问住了，他苦涩地笑了笑，两人便互道晚安。

那天的电影是《禁宫情妓》。

她像一道闪电，划进深圳的夜空

出站的人群蜂一般拥出来，刘茂林远远地站在一边，他选择的位置能清楚地看见出站口出来的每一个人。一直等到最后的几个客人出来，刘茂林才看见如花拎着个牛仔包，穿着一双夸张的高跟鞋，傲慢但又有些胆怯地走了出来。这一刻，刘茂林的心情糟透了。

刘茂林过去，从她手里接过包，他在前面带路，她跟在后面，两个人一前一后走出广场，谁也没有开口说话。到了去深圳的候车室，刘茂林才想起来问她："你办边防证了吗？"如花点点头，她有些勉强地笑了笑，两个人又开始沉默。

坐上开往深圳的旅游车，两个人还是没有说话。半路，忽然下起了大雨，刘茂林看看如花，她依在车窗上，深情款款地望着窗外的大雨。刘茂林忽然有种交谈的欲望，就将如花的手握住了，如花很紧张，慌忙抽出手去，将整个脊背留给刘茂林。刘茂林有些后悔，毕竟三年过去了，而三年前，两个人的关系也没有什么值得大书特书的地方。

直到看见深圳一幢接一幢的高楼，如花的心情才开始好转，她甚至有些兴奋，不时"哇哇"地叫出声来，这是她的一贯作风，刘茂林已经习惯了。

到了刘茂林的住处，如花才恢复了过去的神情。刘茂林住一房一厅，就让如花住在房间里，他自己在客厅铺了张凉席。对刘茂林的安排，如花没有发表意见，她急着去冲了一个凉水澡，出来时，又完全回复到三年前的状态中去，这让刘茂林很欣喜。

两个人下楼，在楼下的食街里坐下来，刘茂林给如花接风。两个人心里都很清楚，如花这次深圳之行，对他们的关系是个挑战。

刘茂林住在比较偏僻的莲花山下，这个小区是临时建筑的，也叫临建区，小区里的居民来自五湖四海，但一色都是年轻人。他们到食街时，正是吃饭时间，路两边灯火辉煌，人头攒动，他们选了半天，才在一家客家酒楼里找了张桌子。

如花是宿舍里的女生给她起的，她们宿舍里六个女生，有蚊子、苍蝇、臭虫、跳蚤、皇后，到了她，就叫如花，没有别的意义，全凭每个人的性格决定。如花叫张艳，原本也不算是个有特色的名字，满大街到处能碰到叫张艳的人。叫她如花，是她的眉毛连在一起，而相书上说这种女人命里是水性杨花的，她也不介意，并且有几分欢喜。如花天生伶牙俐齿，得理不饶人，有次和臭虫吵架，气不过，竟端了一盆水泼到了臭虫床上。那时，在校园里，你何时碰到如花，她都是一副拒人于千里之外的冷傲，其实，她心里虚得很，她并没有花一样的容貌，追求她的男生也只是本系几个没什么名堂的研究生，还读的是现当代文学，如花小嘴一撇："现当代文学有什么可研究的？"到她毕业，也没有见她和谁处过朋友。

刘茂林忽然想起如花曾经对系上的一个教师赞赏有加，那人是个博士，已经结婚，那天他和如花坐在街边喝啤酒，如花向他谈起了那个人。她说那个人很懂女人的心，他始终能将你掌握在他所设计的陷阱中，并且还会一点木匠活。刘茂林当时没有发表意见，他的朋友中，有不少的博士、教授，还有博导，但这些人大多是些混混，不见得有什么真才实学，他那时对如花很有些好感，和她在一起，很少谈自己的看法，他总将他最好的一面留给她，却恰恰将自己的弱点给了她。像如花这样的女学生，应该先让这些混混调教调教，再和他这样的人坐下来谈心会好一点，但到那时，刘茂林已经没有兴趣了。

如花对客家菜没有胃口，不得已，刘茂林去对面一家陕西面馆给她要了碗扯面。她只喝了一小杯啤酒，刘茂林看得出来，如花从一下车到现在，一直保持着对他的戒心，那一切都像当初昂首挺胸走在校院里一样，是伪装的。

两个人闲聊了一会儿，如花却意外地说起了那人，她说他离婚了，在离婚前他装修了房子，装了电话，是个很有责任感的人。刘茂林苦笑了一下，没有说什么。但刘茂林有一点悲哀，现在他是如花在深圳唯一的依靠，而他所期盼的原本就是一个假设的如花——张艳。她现在，实实在在地坐在刘茂林的对面，她已经辞去了学校的工作，她想在这里发挥她的特长——伶牙俐齿，做个记者。

为了打破这样的沉闷，刘茂林给如花谈了他的过去。这几年，刘茂林经历了太多的事，他是一开始就在路上的人，是个喜欢走来走去的人，他谈了几个女朋友，其中有他的初恋。如花一言不发，听到最后，她竟有些不耐烦，她说：男人都这样，脚踩两只船，不说这些啦，没什么意思。现在好多的报刊上，充满了一看就知道是编出来的爱情故事，实在是没什么意思。刘茂林便不再说什么，两个人坐了一会儿，就起身离开了。

路上，如花一边走，一边哼着齐秦的歌：不要对我说生命中无聊的事……对于我经过的事你又了解多少……

回到家，如花的心情还是没有好转，为了打破沉闷，刘茂林说："我们下盘棋吧。"如花沉默了一下，说："好吧，反正也没什么事好做，下盘棋打发时间也好。"

两个人便坐在地板上下棋。如花不太会下，她的炮没有架子就乱打一气，刘茂林说："炮没有架子是不能打的。"如花说："那就用你做架子吧，一炮将深圳打下来。"刘茂林说："我能做架子吗？"如花停顿了一下，说："实在不行，就死马当活马医吧。"

刘茂林一下竟不知该怎么说话，如花说："你来深圳这么长时间，对深圳却不如我一个初来乍到的了解，在这个现实的地方，我们就不要再遮遮掩掩的啦，多累啊，我们的关系就是在你这样的遮遮掩掩中被复杂化了，男女关系其实也是彼此的利益关系，需要相互利用的，没有相互利用的关系是不可能长久的。"

刘茂林说："那我们之间有没有利益可言？"

如花说："当然有，要不我也不会辞掉工作来找你啊。你在深圳帮我找到工作，而我在深圳陪你，给你想要的，这不就是相互的利益吗？现实些吧，再说，这也没什么错啊。"

刘茂林说："那我们不就会被这种相互利用的利益关系纠缠下去吗？要真这样，有什么意思呢？"

如花一把掀翻棋盘，气冲冲地说："你不会是还想着你的初恋情人吧？看来，你在深圳这几年是白活了。"

这天晚上，睡觉时，如花从里面将门拉上了，房门没有插销，是以前住的人弄坏了，刘茂林修了一次，没修好。

被抛弃的人

每个初到深圳的人，都会被这个城市光洁、繁荣的外表打动。将金贴在脸上，是这里的一贯做法。只要沿着横贯深圳东西的深南路走一遭，你马上会对这个城市产生敬意，这是深圳的门面，它不仅向你展示了深圳作为一个新兴大都市的资本，它同时也在向你炫耀着这个城市的华贵。然而，当你置身于某种高度再次亲近它时，你会发现：破败的城中村、终年发臭的布吉河被挡在光洁和繁荣后面，这些别样的风景才是深圳最真实的气质，也只有它才会让你感到质朴、感到一丝生活的气息。

　　这才仅仅是个开始,当你安顿下来,要在这里生活、创业时,你会彻底地觉悟,这是一个极端现实而严酷的城市,你再也找不出比它更现实、更世俗的城市了。在它从一个小渔村长成大都市的过程中,它一直是功利的,被利益包裹,就像一个少女,在灯红酒绿中长成女人。随着它的成长,越来越多的淘金者汇聚在建设者的行列中款款而来,他们形成了这个城市的脉搏,也是这个城市的基调。可以想见,在这些淘金者中,有多少是郁郁不得志,或者想以此逃离对他而言行将窒息的生存空间,才不得不背起行囊远走他乡,有谁会在如意的时候、看得见明天的时候在异乡漂流呢?这也使这个城市一开始就有了争斗的严酷现实。刘茂林的激情、理想就在这严酷的生存现实中一点一点被磨灭。如花的到来又唤起了他的激情,身边有一个知心朋友对身处异乡的人是多大的安慰啊,他心里特别希望如花能够留下来,这样他就有了一个说话的人。来深圳几年,刘茂林没有一个知心朋友,倒不是他做人太势利或者说不善交际,而是他对别人而言实在是可有可无,没有人会因任何事而求刘茂林,就连他所编的杂志都是要求人写稿的,你说他能够在深圳交到什么知心的朋友?

　　为了如花刘茂林还是去求了次人,刘茂林的同学王永在一家保健品报纸当主任,以前刘茂林在省报时帮他发过几次无偿新闻,他们上学时住一个宿舍,关系还不错,只是,王永没毕业就退了学,一直在社会上混,刘茂林来深圳后,在一次同学聚会上和他不期而遇,以后也聚过几次,却怎么也找不回当年的感觉,就走动得比较少。为了如花,刘茂林还是买了条还能拿出手的烟找上门去。王永倒是很热情,听说要介绍人进来,口齿便含糊起来,刘茂林说:"这女孩子挺能干,人也长得漂亮,不会给你丢脸的。"王永听说是女孩子还长得不错,态度马上就好了，说："你现在就让她来吧，我这正缺人呢。"刘茂林打电话到楼下的小店，让他们帮忙喊了如花，告诉她这里的情况，如花也挺高兴，问了地方就过来了。王永一见如花，眼前一亮，话也多了起来，他从深圳的历史说起，又捎带着介绍了他们报纸的发展过程，刘茂林听得昏昏欲睡，就推脱有事先走了。

出了门，刘茂林满脑子都是王永学生时代的身影，把如花交给这样一个人，他能放心吗？

一个真实的深圳

到了晚上，如花打电话说单位有应酬，就不回来吃饭了，刘茂林也为如花高兴，她刚刚去一个单位，这种交往也是应该的，就自己去外边吃了些东西，回家看电视了。

如花晚上九点多回来了，一进门就将鞋子朝刘茂林摔了过来，刘茂林一下子被摔得不知所措，如花大声喊着："你交的什么狗屁朋友？他这是让我去当三陪！"刘茂林也愤怒了，他转身去厨房操起菜刀说，我去砍死这小狗操的。如花倒先平静下来，她说："你去砍人，你别忘了你是个知识分子，再说砍人是犯法的。"刘茂林拿着菜刀在空中比画了几下，又乖乖地放下了。

两人坐在客厅里，有些无所适从，如花说："算了，我也没吃亏，我还给了那家伙一巴掌呢，还政府官员呢，狗屁！说是招编辑记者，其实是拉广告，你要一切听他们的，什么都好说，你不愿意，就会立马被解雇……"

刘茂林想安慰如花，就伸手将如花揽了过来，如花一抖肩膀躲开了，说："我就是被他们强奸了，我也不感觉自己脏，是这社会变了，人心不古。"

如花说完了，就起身洗澡去了，刘茂林心里不是滋味，可他又能做些什么呢？

通过这件事，两人的心态总算平静下来。他们对自己也算有了一个真实的了解，不再像以前那样感觉没有征服不了的世界，而是彻底地感到了自己的渺小和无力。有天吃过晚饭出去散步时，看见一些来深圳找工作无着在街头而憩的人，如花说："和他们相比，我还是幸运的，至少我还有你啊，不然的话，我也要像他们那样露宿街头。"如花的话使刘茂林很感动，要知道，从如花嘴里能说出这样的话是不容易的，她是不会轻易低头，更不会说软话的。

刘茂林适时地握住了如花的手，如花没有摔开，她让刘茂林握了三分钟，随后又抽了出来。

"又不开心了？"

如花说："男人对轻易得到的东西是不会珍惜的。"

刘茂林说："可能是吧，但你看我天天吃五块钱一碗的扯面，我也没厌倦啊。"

如花放声笑了，她说："我就是这样，原本你要花十分力气才能得到的东西，你花三分力气想得到就不行。"

刘茂林说："看来我们真是共同点很多，我做人的原则是本来花三分力气就能得到的，要我花十分力气，我就放弃了，用那七分力气做什么不好啊？"

两人都不再说话，一味地向前走。夜凉如水，可他们的心是热的，都被对方的话烤热了。

单　　位

单位刚实行坐班制，刘茂林有些不大适应，早上总是起不来。编辑部的工作，说起坐班，真有点好笑，编辑们一上班，泡杯茶，去资料室拿份报纸，一直看到中午十一点半，下去买份盒饭，中午打两小时扑克，下午再聊一两个小时，无非这样。偶尔，那个外行的主任还会装腔作势地谈谈稿子，谁都知道，他只是总编身上的跳蚤。刘茂林从不管这些，他不太喜欢编这种女性杂志，也不喜欢和这些娘娘腔交往，每天上班都很迟。

如花早就醒来了，她去洗手间时吵醒了刘茂林，刘茂林看看表，才六点多，他九点上班，有班车在楼下来接。翻个身，刘茂林又睡了过去，直睡到九点半。刘茂林醒来时，如花已经洗好了她的衣服，花花绿绿的晾在卫生间。刘茂林见如花开着门，躺在地板上看书，就坐了过去，刘茂林刚坐下，如花便神经质地坐了起来，她冷冷地看着刘茂林，使他很尴尬。两个人又没了话说，刘茂林洗漱完了，叮嘱如花中午到楼下小店里吃饭，就心情灰暗地上班去了。

刘茂林对如花的变化已有了心理准备。如花也不年轻了，这个年龄还没有结婚，甚至没有男人的女人，多少都有点孤傲。如花的心理早在大学时期就不那么健康，她总采取逆反的态度来抗衡。从如花的表现看，她对刘茂林的印象还停留在她读书期间的状态中，她忽略了刘茂林比她早工作三年，而且很小就出外闯荡这个现实。和她刚认识时，刘茂林年纪也不大，他那时留给如花的印象可能太好，如花才会有决心到深圳来找他，和如花相处的那一年，他还是个不谙世事的少年，而后来发生的事，刘茂林想给如花说，他一说如花就认为是假的，就哼齐秦的歌，他不想将自己的感受强加在如花身上，她没有那种经历，不会感动，反而会在心里笑他迂腐。

刘茂林到单位时，已是吃饭时间，办公室就一个大龄的女编辑，刘茂林平日和她谈得比较投机。她还没有吃饭，楼下的盒饭实在倒胃口，她吃不下去，刘茂林就和她结伴去吃饺子。

饺子馆是一个矮胖的陕西人开的，卫生很差，来吃饭的人不多，但距单位近，刘茂林就常来。

两个人坐下，女编辑先谈了些单位里鸡毛蒜皮的事，刘茂林心里惦记着如花，心不在焉的，女编辑一问，他就将心思说给她听。女编辑给逗笑了，她没有想到刘茂林骨子里还有这样柔软的部分。

"你喜欢她吗？"女编辑笑着说。

刘茂林点点头，他要不喜欢如花就好了，但通过和如花的交谈，他觉得，她喜欢的实在不是他这类懦弱的男人，或许，她是在伪装。有次谈起了美国影星史泰龙，如花说："你不觉着他的一张脸太扁了吗？"她说另一个美国影星施瓦辛格的形象倒还可以，而刘茂林对这两个人都没啥兴趣。两个人就总也聊不到一块去。

女编辑说："凡事都听天由命，不要刻意去计较得失，这个年代，感情是最靠不住，而人人又都会努力追求的东西。我看上次来看你的那个女孩就不错。"

刘茂林不想在这种时候谈论另一个女人，他原本不想将他的感情生活弄得像油画一样，他更喜欢淡泊、简单的东西，如花对他来说，是过于沉重了些。

"在她看来，我似乎什么都没经历过，是一个没有爱过、恨过的人。"刘茂林说。

"这不更好吗？女人有时候倒更喜欢单纯的男人，这种男人的情感质地好。"

刘茂林说："她可不是。她是个被道家故弄玄虚的做派武装彻底了的女人。"

"那你更应该冷静，让她玩得开心一点，玩够了，让她回去就是了。"

女编辑的话说得很轻巧，但要让刘茂林按她的话去做，除非将他杀了再造一个。

如花整天坐在家里看书，她不会做饭，也不帮刘茂林做家务，没完没了地看书。刘茂林下班回来，在菜场里买好菜，做好饭，收拾好了桌子，喊她过来吃饭她才会放下书。吃饭时，如花也是紧绷着脸，只有刘茂林主动开口，她才会说话。有几次，刘茂林实在不想做饭，两个人又到食街里去吃，外面的饭菜贵而且不卫生，两个星期下来，刘茂林的精神都快崩溃了。这两个星期，他陪着如花待在房里，哪里也没去，如花吃完饭，要么看书，要么倒头就睡，从不主动和刘茂林搭讪。有天，单位的领导路过时上来看刘茂林，如花一见来了人，躲到房间里不出来，让刘茂林非常难堪。第二天，刘茂林到单位去，全单位的人都笑话他，他是有苦难言，刚好，有个女孩约他去吃饭，他就答应了。刘茂林和女孩子一直玩到晚上十点多才分手，回去时，如花依旧躺在地板上看书，刘茂林怎么问都不理，他就冲了个凉，睡下了。第二天早上，如花早早起来，收拾了东西，刘茂林洗脸时，如花说："我回家了。"刘茂林愣了一下，说："今天星期三，要走星期五再走吧，我好送你。"如花说："不要你送，我自己走。"刘茂林没说话，刷完牙出来时，如花还站在门口。

"我知道你心里烦我，我去上班，你一个人在家待着会好受一点。"

刘茂林去上班了，心里一点底都没有，要是如花果真走了，他会非常地内疚。

这一天，刘茂林像吃了只苍蝇，在单位里坐立不安，偏是这天编辑部要开会，外行主任为一个小标题，和一个刚从学校出来的编辑争了两个小时，刘茂林耐住性子等他们争吵完，散了会，下楼去打了的士赶回来。

依如花的性格……刘茂林不敢往下想，这是他多么不想看到的结局,尽管他对他们的结局从未乐观过,这样一来,两个人连朋友都不能做了,这让人多么悲伤。

刘茂林上到四楼,看见房间的窗户开着,心里踏实下来。打开房门,这次,如花很热情地放下书,主动过来和刘茂林说话,让刘茂林有些感动。

如花说:"你洗一洗,休息一下,我们出去吃饭吧。"

刘茂林点点头,去冲了个澡,换了身衣服,两个人下楼,如花的话意外地多了起来,还不时地开个玩笑,但刘茂林怎么也笑不出来。

刘茂林带如花到了一个比较起眼的酒楼,找了一个带卡拉OK的房间,这是如花到深圳后刘茂林第一次带她来这种地方,他忽然想起如花的歌唱得不错。

这一次,如花不再一小口一小口地喝酒了,他们先干了一杯。

如花说:"我想通了,准备考研究生,我一直有个理想,当一个《东方时空》那样节目的主持人。好笑吗?"

刘茂林说:"我一直没好意思对你讲,我问了好多朋友,现在一个大学中文系的毕业生,若没相关的作品和工作经验,要想在这儿找一份工作是很困难的。"

如花说:"其实,我这次来,也是为了逃婚,我们校长非要我做他的儿媳妇,但我喜欢一个同学的哥哥,他在北京,我去看过他一次,他妈妈不喜欢我。"

如花点的歌出来了,她去唱了一曲,刘茂林喜欢她唱歌的样子,这是他至今还能在她身上找到的最后一点清纯。

晚上,刘茂林忽然说:"如花,我们下一盘象棋吧。"如花夸张地说:"你好可爱啊,这时候竟然提出来要和我下棋。好吧,我就陪你下几盘。"两个人坐在地板上,一来一往杀了起来。

"你下次来，我会让你过得好一些。"

如花头也不抬，说："还会有下次吗？"

刘茂林说："当然，永远都会有的。"

如花叹口气，说："下次？我还有什么理由来呢，投靠男朋友？"

刘茂林说："理由是人找的。"

如花说："我们浪费了太多的时间，一对男女，该上床时没有上，没有赤裸相对，以后就难了，这中间就有了障碍，有了心理负担，心理负担过重，精神创伤也随之而来，在深圳都没有医好它，看来是没治了。"

刘茂林说："我们会有明天吗？"

如花停顿了一下，说："你说呢？"

"希望你下次来时，我能在深圳有一套自己的房。"

如花这次倒很干脆，说："那我就为这套房子也会嫁给你的。"

刘茂林有些苦涩地说："看来，这才是你我之间的病根啊！"

如花说："明白就好，你要早点明白，我们还用在这里斗嘴吗？你说你在深圳这些年，你都做了些什么呢？钱没挣多少，事业上吧，你不能总做一个小记者吧？"

两人不再说话，一心一意下棋，如花有点基础，她的棋路是完全防守型，开局半天，一兵一卒都未过河，刘茂林过来的人马全被死死缠住不能脱身，他不喜欢这种下法，就和如花换子，一来二去，两个人都没了什么人，只有各自门前的五个卒子在阵前遥遥相望，两人相视一笑，又陷入了沉默中的厮杀。

老 友 记

和如花在一起时，刘茂林的心一直绷得紧紧的，现在一下子放松下来，刘茂林却无所适从，总感觉如花还在小屋里，她只是又生气了，不愿出来见他，是故意躲着他。刘茂林在客厅里转来转去，却怎么也没有勇气推开小屋的门，他忽然不愿面对如花是他刚刚送上火车这个现实。刘茂林想，要是真和如花上床了，他的心理就会平衡许多，毕竟，他还短时间地占有过她，使自己的欲望得到舒展，得以发泄，他知道这是自欺欺人，他也永远不会和她上床——一个在床上都心怀理性的女人有什么意思，可除此之外，他又能有什么办法呢？

刘茂林被这种强烈的哀怨和自责折磨了很长时间，他也在这种折磨中忽然清醒过来，他是多么需要一个女人。自从来到深圳，刘茂林总是焦躁，总是感到身体的欲望无比强烈。刘茂林也试着交往过几个女孩，可对方一听他是个编辑，马上对他毫无兴趣，编辑、记者这个在其他城市还能拿出来蒙混过关的职业，在深圳，在那些崇尚享乐的女孩眼里，还不如一个的士司机，是彻头彻尾的"无产阶级"。受了几次冷落之后，刘茂林便不再自讨没趣了，他虽然贫穷，却受过良好的教育，自尊心也未完全泯灭，再说，也不一定能碰到他想要的女孩，一不小心还会碰到在夜总会混的小姐，这样的例子不胜枚举。

如花带给刘茂林的悲观情绪，也影响了他的工作，首先是他编辑的版面上，错别字明显增多，最不能饶恕的是他竟然将一位国务院副总理校成了国务院副总经理，这是一个非常严重的错误，在每周一次的例会上，主编大发雷霆，当即宣布要扣除刘茂林的当月奖金，并让他写出深刻检查，在全社大会上宣读。

刘茂林在写检讨时，接到了王永的电话，他叫刘茂林出去喝酒。他开着单位的破面包车出来，还说要给刘茂林介绍一个朋友。他们的关系再也回不到天真烂漫的学生时代，可坐下来喝酒，和什么样的人在一起是无所谓的。他拉着刘茂林一路狂奔，甚至出了关，在深圳几年，刘茂林从未出过关，只是在各种媒体上屡屡看见关外的血腥场面——暴力事件和脏乱差的集结地，现在出来了，心情反而好了许多，只是随意横穿马路的行人和无孔不入的摩托车、脏而乱的街道多少有些影响人的情绪。

车子又沿着海岸线行驶了一段时间，便进入一个小镇。正是饭点，沿街的各式小饭馆都挤满了人，用过的快餐盒扔得满街都是，成群的苍蝇满街飞舞，来往的人却对此熟视无睹，吃得津津有味，人在什么样的环境下都是要吃饭的。这时，王永说："我刚来深圳时和他们一样，天天在这种小饭馆里吃五块钱的盒饭，吃了一年，现在，一看见这种小饭馆，我就想吐。"刘茂林不知说什么好，他从来不吃快餐，就是口袋里只有五块钱，他也不会吃快餐，他闻不惯那味，那怎么办呢？他会走很远的路，找一个川菜馆，去吃担担面，就吃两小碗，加一包纸巾刚好五块钱。刘茂林没有给王永说这些，他是个特别好面子的人，他觉得，混迹在一群吃快餐的人当中，和下馆子的感觉完全不同。

车子开到一家酒店门前才停了下来，王永说："到了，每次来这鬼地方都要累个半死，下午让丫的带我们去放松放松。"进了酒店，迎宾小姐过来问是住宿还是吃饭，王永说："是朱镇长的朋友。"迎宾小姐说："哦，朱镇长都来好一会儿啦，你们这边请吧。"

进了包房，里面坐了两个肥头大耳的中年男子，王永一声吆喝，激烈而夸张地和他们分头拥抱，他们很客气地和刘茂林握了握手，坐下后，王永说："郁局长呢？"正说着，一个大嗓门的女人推门而入，她在刘茂林的肩头擂了一拳："还认识我吗？"刘茂林这才回过神来，这不是郁子吗？是郁子，只是比以前健硕了许多，但更漂亮了。

"有七八年不见了吧？你看，我都快成老太婆啦，而你，越活越年轻。结婚了没有啊？"

郁子坐在刘茂林和王永中间，她问刘茂林时，很灵巧地摸出一支烟来，刘茂林给她点上火，在他收手时，她礼节性地拍了拍刘茂林的手，她的手冰凉冰凉的。

王永不失时机地说:"他和当年一样,一杆老枪走天涯,连女朋友都没处过,还结婚呢,发昏。"

郁子把烟灰缸往王永身边推了推,说:"烟灰都快掉裤子上了。"她同时又将头转向刘茂林,"听说你现在编一本女性杂志,怎么样,还好吧?"

刘茂林苦涩地摇摇头,不知该说什么好。

王永说:"整天编那不是小姨子跟姐夫偷情,就是十五岁的小姑娘忽然不见了的破杂志,有什么意思啊,你干脆过来给郁子做秘书吧。"

王永的话惹得大家哈哈大笑,刘茂林说:"要是郁子愿意,我没意见。"

郁子说:"我哪儿有资格配秘书啊,你要愿意到我们这乡下来,我给你找个单位还是可以的。"

旁边的朱镇长说:"这方面找郁局长比找组织部部长还管用。"

郁子笑了笑,说:"出门在外,大家都该互相照应的,没朋友什么事也办不成。咱们之间也就不要讲客套话了,在外边,能靠得住的朋友,你别说,还就是同学啊什么的。"

说话间,菜已经上来了,龙虾、鲍鱼、海胆炒饭,应有尽有,酒是刘茂林爱喝的五粮液,郁子说:"借朱镇长的酒,我敬两位老同学和两位领导一杯,第一杯就干了吧。"

朱镇长说:"那咱就恭敬不如从命,听郁局长的,这杯酒一定要干。"

几年不见,郁子有了些酒量,她说:"整天陪领导,喝出来的。"除了能喝些酒外,更让刘茂林吃惊的是她的沉稳和练达,朱镇长喝酒时,几次想从她嘴里套些话出来,她都轻而易举地化解了,朱镇长也不再问,只一个劲地轮流敬酒,两瓶五粮液很快就空了。

朱镇长刚想招呼服务员上酒,郁子的手机响了,她看了一下号码,说:"我去接个电话,你们慢慢吃,别只顾喝酒。"

王永说:"酒就别喝啦,一桌子大补的菜,大家多吃点,别喝多了出问题。"

朱镇长说:"出了问题我解决,不出问题我也解决,我知道你想干什么,你是市领导,就发号施令吧。"

王永被朱镇长架到了脖子上,立马就来了劲,他一边吆喝着上酒,一边说:"那就再喝点啊,朱镇长!"

朱镇长小声说:"郁局那边你来打发?"

王永说:"她下午肯定要回局里的,中午她本来也是来不了,是我硬拉过来的,你看着吧,她正接电话呢。"

正说着,郁子回来了,她说:"我要赶紧走,下午领导要去慰问,你们接着吃,不要走,让朱镇长安排先住下来,晚上我再请你们,我们好好说说话。"

朱镇长说:"你放心走吧,有我招呼你还有什么不放心的?"

郁子说:"你们吃饭吧,不用送我,酒别喝多了,喝醉可不好。"

王永说:"没人想送你啊,要晚上去接你倒都争着去呢。"大伙笑着闹着,郁子急匆匆地走了。

郁子一走,气氛一下子就活跃起来,又喝了一瓶酒,王永说:"还是去老地方吧,你说呢,朱镇长?"

朱镇长拍着王永的肩膀,说:"你小子啊,看我什么时候不告诉郁局才怪呢。"

王永一摔手,喷着酒气说:"她才管不了呢。"

朱镇长说:"好吧,酒也喝得差不多了,我们撤吧,就坐你的车,我们的车目标太大，小心不为过。"

王永说："只要你不嫌我这破车，我愿意天天拉你。"

朱镇长说："我可享用不起啊。我们走吧。"

王永说："走吧，去放松放松，这么热的天，又吃这么补的菜，会憋出毛病来的。"

刘茂林不知道他们要去干什么，但从他们谈话的腔调上，他知道他们要去什么地方，要做什么，这也是这个城市一个心照不宣的秘密。

车子驶出酒店，一会儿便上了去往惠州的公路。大家有些昏昏欲睡，王永说："你们都不能睡，你们要是睡了，车就开到路边的工厂里去了，到时，咱们就和打工妹一起玩完啦。"

朱镇长说："你倒想得美，只怕是你的车开到电线杆上去，你就抱着电线杆子睡吧。"

王永说："你朱镇长有着远大的前程，你都不怕，我一个没有明天的人还怕什么？"

朱镇长叹口气，说："有个屁前程，咱一不是书记区长的同学、光屁股玩大的伙伴，二没有万贯家私，一把老枪还太软，你说能有什么前程？以后别再朱镇长、朱镇长地叫，是朱副镇长，连个委员都不是呢。"

坐在朱镇长旁边的财政所所长说："很快不就是了吗？李镇长调走了，这个位置理所当然是你朱镇长的。"

朱镇长挠挠头，苦涩地说："这世上哪儿有理所当然的事？有多少人盯着这个位置呢，大家可一个比一个后台硬啊！"

王永说："找郁局啊，她上次能帮你，这次肯定也会帮你的。"

朱镇长说："她在争区府办主任的位置，已够她受的了，听说，有的人关系都找到中办去了。"

王永说："就是找到玉皇大帝，最后还不是书记说了算？这天高皇帝远的，下边的事，上面不可能咬住不放的。"

说话间，就到地方了，王永说："很快就会再给你一个惊喜的，让你一下子认清生活的真实面目。"说着，他又回头对朱镇长说："要不要将汪队长叫来保驾护航啊？他是我们的保险公司啊。"

朱镇长说："今天就算了吧，是招待你的同学，又不是区领导，没有人捣乱的。"

车子在一家装潢考究的洗浴中心门前停下，立即有保安迎上来，点头哈腰地向王永打招呼，王永将车子交给保安，说："老板在吗？"

保安忙不迭地说："在里边喝茶呢。"

进了洗浴中心，王永就像回到自己家一样，他径直走到一个房间去，大喝一声："看我给你带谁来啦？"

刘茂林抬起头，不免惊诧，这不是石头吗？这小妖精现在是这儿的老板了。

石头叨着烟，正四仰八叉在沙发上，看见刘茂林，她连说了三声操，除了脏话连篇，石头的行为举止更加地粗鲁、放荡，她甚至在朱镇长的裆下抓了一把，喷口烟雾说："你不会还是夜夜唱着枪太软自摸到天亮吧？"

朱镇长说："你这操蛋娘们就喜欢哪壶不开提哪壶。"

石头说："你多带些客人来捧场，我就不说了。"

朱镇长说："我给你的生意还少啊？"

石头哈哈大笑着说："当然是多多益善啦，又不花你的钱，再说肥水不流外人田嘛。"说着，石头叫来领班，吩咐了几句，她说："你们还是先进去快活吧，别尽在这瞎扯啦。"她又笑着对刘茂林说："放松点，随便玩，这里不是大学校园，不要太斯文啊。"

财政所所长给每个人发了五百元现钞，说："其实三百就够了，怕你们一次吃不饱。"

领班在前边带路,刘茂林以为有石头在,王永不会跟他们进来的,可他领导似的走在前面,还一边喊着:"八〇年以前出生的不要啊。"

领班诡秘地笑笑,说:"放心吧。"

到了后堂,领班喊了声,让女孩子们排队分头出来给客人挑。

不一会儿,十几个女孩子像模特在台上走猫步似的列队出来了,领班见大伙无动于衷,就喊着:"下一拨。"

大伙在笑声中,像在菜场买菜那样,终于挑到了适合自己口味的菜品,各自进了自己的房间。

刘茂林点了一个留短发的女孩子,她说自己是四川的,可她一开口,刘茂林就知道她是西北人,她那夹杂在普通话里的陕西腔是怎么都掩饰不掉的,她最后承认是甘肃的。她说以前在市里一个事业单位上班,这个单位刘茂林接触过,他有几个老乡在那里,以前常去,她甚至说出了她过去领导的名字——刘茂林的同乡,刘茂林不能确认她是不是在撒谎,或者说她是从哪个客人那里听来的,但她所说的那个单位里的一些事,却是千真万确的。她毕业于西安的一所外语学院,毕业后就只身来深圳创业,和他们中的大多数人一样——怀揣着美好的理想,她也安分而踏实地工作过,只是她的户籍所在地甘肃,是一个穷困地区,按规定是不能调入深圳的,和她类似的许多人,花钱在深圳周边的小城市买了户口而调入深圳,她不愿意这么做,她感觉出国和办这些事要花费同样的代价,那还不如出国呢,就是调进深圳,她最终还是要走的。出国需要钱,她就出来做了。她是穷人家的孩子,她上大学也是靠在外面做家教才得以完成学业,她的许多贫穷的同学都这样。

见刘茂林不说话,她说:"你不是做生意的,那一定在机关里上班。"

刘茂林说:"你看错了,我也是给人打工的。"

她说:"你就别再争辩了,来我们这里的,除了一些小老板就是在机关上班的人,大老板来这里嫌丢面子,打工的根本来不起,来一次房费加上给小姐的小费少说要花六七百,他们哪里敢来啊?"

刘茂林说:"你还挺有眼光的。"

她说:"这点眼光都没有,那四年大学不是白上了?"

刘茂林一时不知说什么好,她说:"带你们来的胖子最坏了,每次都要点两个小姐,你知道我们这里的人怎么说他吗?是一二三,胖子去买单。"

说着,她掩着嘴大笑:"你不会也这么没用吧?"

刘茂林说:"试试你就知道了。"

她说:"我早就知道了,你进来到现在,坐着都没动,他们早已做完了,你是进来找我聊天的吗?就是聊天,也一样要给我一百块小费,我们没底薪,收入全靠小费。"

刘茂林一边和她说话,一边琢磨着该不该跟她做,就是做了,天也塌不下来。房间里灯光比较暗,但设施齐全,卫生条件也不错,还可以桑拿。她说:"我可以陪你洗澡,小费两百,你要做的话,全套收你三百,这是最低的了,不能再少啦。"

刘茂林说:"你不会有病吧?"

她说:"你这么说,我就没办法啦,你可以先检查啊。"

刘茂林说:"我又不是医生,我哪懂这个啊。"

她有些生气地说:"那你会不会害怕一出门就被车撞,而整天待在家里啊?"

她的话有些刻薄,但也合情合理。

就在刘茂林犹豫不决时,王永来了电话,他说:"你要做几次啊?我们在下边都等你半个钟头了。"

刘茂林一看表，骂了声娘，进房间都两个钟头了，刘茂林连忙给了她小费，匆匆忙忙地离开。她在背后说："下次来时，别忘了吃药，又是一个银样镴枪头。"

是酒让王永说了实话

离开洗浴中心，将朱镇长他们送回去后，刘茂林和王永直接去了区里。郁子在那边已经订好酒店，也已交代过了，让刘茂林和王永自己在酒店吃饭，她晚上有事赶不回来，不能陪他们吃饭，她还说刘茂林的工作已经解决，就在区府办的秘书科写材料，哪天上班都行。

王永说："她不回来也好，我们可以说说话，有很多年没有正经地说话了。你看看，我现在自己都恶心自己。"

"为了活下去、活得好一点，谁不是这样啊？"刘茂林的话说得有些勉强。王永说："我们先去吃饭，饭桌上慢慢说吧。"

郁子给他们订的是一个小包间，中午吃的还没有消化，他们点了几个凉菜，要了几瓶啤酒，服务员有些不屑地问："就这些？"

王永说："怎么，嫌我们寒酸啊？那就拿两条中华吧，要软包装的。"

服务员欢蹦乱跳地去了，刘茂林说："太过分了吧？"

王永说："我本来是想要一箱呢，怕他们也没有那么多货，要不，郁子来签单，一看才吃了一百多点，让她的脸往哪儿放？"

菜很快就上来了，是地道的川菜，刘茂林又加了一个够劲的毛血旺，王永也能吃辣，只是不一会儿就满头大汗。

"你怎么就不问问我和郁子的关系呢？我都等了一下午了，你怎么还不问？"王永灌了一杯啤酒，瞪着兔子一样的红眼，看着刘茂林。

"你想说就说吧，装什么逼。"

刘茂林知道王永是个喜欢显摆的人。

"操！你还用老眼光看我，告诉你吧，我们现在是互相利用。你知道她一年从我这儿拿多少钱吗？你不知道，我也不会告诉你。"

"她会从你这儿拿钱吗？你又装逼了。"

"不懂了吧？她凭什么帮我？就凭那时跟我好过一阵子，她就将朱镇长什么的介绍给我？这个骚货，她有那么大的能量，你知道她靠谁吗？她不就是书记的情妇吗？！"

王永抹把嘴，说："这也不能怪她，谁让我们穷呢？"

他又猛灌了一杯，刘茂林怎么劝也劝不住，就陪他喝。

"她也不是一个完全没良心的人，刚来深圳时，在一家报社的广告部跑业务，吃了不少苦，后来认识了那个人，一切就变了。我们一直有联系，我不想就这么完了，离了婚跑过来找她，她却从不让我碰她，奶奶的，我只好将石头弄过来，那个洗浴中心就是我和石头的。"女人总是对爱她的羸弱男人充满同情。"我弱吗？"王永拍拍胸脯，"要是在上学时干了她，事情可能会好一点。"

"要是你那时跟她上了床，我敢说，她肯定不会把你弄过来的，你还自诩是什么妇女问题专家呢，歇歇吧。"

王永指了指刘茂林，想骂刘茂林，却自己先笑了起来。

"可能吧！有一次我喝高了，给朱镇长说起我和她的过去，那傻逼在一个饭局上说漏了嘴，郁子当晚就打电话骂了我，还提出了严重的警告，跟真的似的。"

"她现在也是一小领导，要顾及自己的形象的。"

"操！一个破处级，还是副的。"

王永站起来走了两圈，他完全恢复了学生时期的锋芒。

"那郁子现在有男朋友吗？"

话一出口,刘茂林就知道说得多余,她要是处上男朋友,书记能答应吗?再说了,书记的女人,谁敢碰啊?

王永却说:"谁要她啊?你不知道深圳的男人有多现实啊?他们不仅要女人有俊俏的脸蛋,高耸的胸脯和丰满的臀部,还要是处女,你说郁子不就那张脸还能蒙蒙人吗?好在,她还挺能舍得自己。"

刘茂林没想到王永会这样损郁子,刘茂林说:"谁都可以说郁子的坏话,你不能,你吃的不就是郁子的奶吗?"

王永愣了一下,他很快就回过神来,举起杯,说:"我自罚一杯,瞧我这张臭嘴。"

"她对我也算仁至义尽,为把我的户口、档案从我们那破地方弄过来,她喝了不少的酒。其实,深圳也就这样啦,凑合着活吧。"

王永已有了醉意,刘茂林说:"回去吧。"他摇摇头,说:"回去做啥?郁子又不陪你睡觉,她这会儿在陪书记呢。"

为了转移话题,刘茂林主动扯起了石头,王永说:"这小婊子,生来就是为吸男人血的,玩玩而已,说她干什么,没意思。"

"那说什么有意思呢?"

"这倒也是,但你别总拿我说事啊,哦,对了,说说你那个张艳吧。"

刘茂林说:"什么张艳啊?"

"操!你不是还带到我那去了吗?"

他说的是如花,刘茂林总叫如花,倒忘了她的大名。

刘茂林说:"你小子是不是也想吃她的豆腐啊?上次,她从你们那回来,像是受了莫大的委屈啊。"

王永说:"兄弟,听哥哥一句话,离她远点,她比郁子有过之而无不及啊,就说上次吧,她跟那副区长一见面就眉来眼去的,给咱们兄弟丢脸啊,缠着人家给她找单位,最后不知什么原因,一生气自己走了。

那种女人，你一摸她准软，马上会叫床，你不信，就去试试。"

刘茂林一听，肺都快气炸了，刘茂林说："你那些女人还没摸就叫床啦。"

王永哈哈大笑，说："你怎么知道的？试过？"

刘茂林一下便没了脾气。

好在他说起了刘茂林的工作，他说："你过来跟着郁子，有她照应，会比你现在好很多，你别看这里到处都是裸露的黄土，好单位多的是。以后要是调过来，郁子再给你找个实惠的单位，那日子就好过了。你看朱镇长那熊样，他以前就是一掌勺的大师傅，怎能有今天呢？还不是跟对了人。我认识他时，他是财政所所长，在我那里做广告，真是大方，为啥啊？还不是为了讨好郁子。那些人，为了找关系，连领导的司机都是常委级别的待遇，更不要说书记的红人了。"

见刘茂林不语，王永说："我知道你还没想好将来到底落脚在哪里，这也没所谓，走一步看一步吧。"

刘茂林说："这倒是真的。"

"我们回去吧，我实在喝不动了。"王永摇摇晃晃地站起来，刘茂林也喝高了，他们相互搀扶着离开。

机　　关

第二天早上，刘茂林还在睡梦中，电话响了，是郁子。她问刘茂林考虑好了没有，要不要到区府办去做秘书，刘茂林说已经想好了，去。她说，我就知道你会去的。刘茂林说你怎么就知道呢，郁子说，以后再告诉你。

郁子让刘茂林一会儿就去区府办找仇主任，他现在主持工作。她让刘茂林先上班，别的事以后再说。刘茂林看了看表，才七点一刻，从他住的酒店走去区政府，十分钟足够了。刘茂林已睡意全无，这时，王永也被吵醒了，他说："是郁子这老娘们吧，还让人睡不睡觉，她让你今天就去上班吗？"

刘茂林点点头，王永说："她还没当主任，就往里边安排人，说明这个位置已经差不多到手啦。不过，你要多长个心眼，有人会因为她而跟你过不去的，他们都会把你看成郁子安插的人。"

"有这么恐怖吗？"

"没关系的，谁都知道机关里不好混，你也不用担心什么，不是还有郁子吗？再说了，你又不是为了当主任才去的，干得好就干，不好换一个单位就是了。"

王永说出了刘茂林的底牌，这也正是刘茂林的退路。想想这些年混得不怎么如意的根源就在这里，他总是要先给自己找好退路，而那些现在得意的人，就根本不会找退路，一味地向前走。

刘茂林要出门时，王永也起来收拾好了，他不想一个人待在这里，要回去上班，正好送刘茂林到区政府门口。

大院里已是人来人往，刘茂林很容易就找到了区府办，正是上班时间，楼道里乱哄哄的，来往的人都是一色麻木和没有睡醒的样子，刘茂林向迎面而来的一位人高马大的大姐打听仇主任，她指指一间半掩房门的房间，说了句"那就是"，然后扬长而去。敲开仇主任的房门，他不知正在想什么，看见刘茂林这个陌生人，显得很紧张，刘茂林说明来意后，他才慢吞吞地站起来，想说什么又欲言而止，随即，他出了门，在楼道里喊了一声："张科长，到我这里来一下。"进来后仇主任就一言不发，刘茂林不知道他是对他不满意还是因为别的什么，这时，那个在楼道里见过的高头大马的女人进来了，她木然地看了看刘茂林，仇主任指指刘茂林，说："小刘，从现在起，你就跟着张科长，好好干吧。"

说完，他又对张科长说："新来的，小刘，以前是市里的记者。"张科长看了刘茂林一眼，说："刚才在楼道里见过了。"

秘书科就一间大办公室，里边隔出来一小间，是张科长的办公室，刘茂林进去时，大伙正扎在一起说笑，张科长说："新来的同事——小刘，给他找个地方坐吧。"有人指了指门口一张落满灰尘的桌子，说："那儿没人坐。"张科长就说："小刘，你就坐那里吧，找个抹布先擦一下桌子，熟悉一下环境，有什么事就进来找我，或者找他们都行。"

刘茂林环顾四周，见没人有和他说话的意思，就去收拾他的办公桌了。

整整一天，没有人理睬刘茂林，他们从刘茂林面前进进出出，甚至没有人朝他看一眼，他利用去厕所回来的机会，扫了几眼，办公室的人喝茶的喝茶，看报的看报，甚至发呆的，没完没了打电话的，做什么的都有，就是不见有人工作。刘茂林如坐针毡地熬到下午下班，正准备逃跑，电话响了，坐在他后面的那个长了一张苦瓜脸的家伙气冲冲地说："找你的，说快点，一会儿我还有电话进来呢。"要在平时，刘茂林会随手给他一巴掌，让他明白他也只是一个见谁都要摇尾巴的小秘书，可这里是政府机关，自己又初来乍到。通完电话后，刘茂林向苦瓜脸说了声谢谢，可人家压根就没理他。

是郁子的电话，她问刘茂林晚上住哪儿呢，这时刘茂林才想起，他还没有去找住的地方，刘茂林说："回去吧，我市里的房子还没有退。"郁子说："那怎么行，路上要两个钟头呢，明天早上你五点钟就要爬起来往这边赶。"

刘茂林想想也是，过去单位是早上九点上班，晚一点也没人管，这里是机关，八点就上班，刚来就迟到，怎么也说不过去的。见刘茂林半天没说话，郁子就说："这样吧，你一会儿在门口等我，我们先吃饭，完了再说，我今天正好没什么事。"

苦瓜脸早已不耐烦了，刘茂林挂上电话，抽出一支软中华点上，在苦瓜脸惊愕的表情下走出了办公室。为了不那么张扬，整整一天，刘茂林都在抽五块钱一包的破白沙，抽得嘴里发苦。

交　心

郁子开的是一辆三菱吉普，这倒符合她的性格。她说，像她这样的处级干部，在区里边，正职一般都坐的是丰田佳美，也有坐皇冠3.0的，他们这些副职，就桑塔纳什么的，有个车坐就可以了，她有专职司机，可她很少用，司机的嘴巴都比较臭，喜欢乱说，是非多，只要不是出远门，她都是自己开车。

"上了一天班，感觉怎么样啊？"

刘茂林看着郁子，感觉她是在明知故问。

问完，郁子自己先笑了起来，她说："不用问了，肯定是一整天没有一个人理睬你啦。"

见刘茂林惊愕，她说："你这才开始呢，你该干啥干啥，只要不犯大的错误，谁也吃不了你。我那时是书记带来的，又怎么样？机关里就这样，一个个可牛了，其实，都心虚得很，等你哪天忽然有了起色，老远见你就摇尾巴。你现在就得看人家眼色行事，为什么呢？还不是为了以后给他们眼色看吗？"

郁子说着，哈哈大笑起来："不给你多说啦，说多了，你会逃跑的，你就记住一点，从今往后，你要打交道的人，同你以前交往的文化人有着本质的区别。"

车子开到一条沿河的食街，找了半天才找到车位。是一家湘菜馆，郁子说："好久没吃湘菜了，可以吗？"刘茂林说："吃什么都行，但有一点,今晚我请你。"郁子说:"好啊,今天就宰你一顿。"说完,她拍了拍刘茂林的手,说:"下车吧,你想在车上坐到天亮啊?"

湘菜在市里的生意一直很好,而这是客家人的地盘,湘菜是辣了些,生意就一般,他们竟然还要到了一个小包间。

刘茂林问郁子是喝啤酒还是喝白酒,郁子说:"当然是喝白酒啦,吃湘菜喝湘泉酒,那才地道啊,再说,喝啤酒涨肚子。"

服务员给他们介绍了几个店里的招牌菜,开了一瓶湘泉,两个人吃饭,菜最不好点,点多了菜吃不完,少了又怕吃不好,好在是请郁子,她什么场面没见过啊?

两个人干了一杯,郁子说:"你们昨天又去惠州了吧?"

刘茂林愣了一下,郁子说:"没关系的,我去过的,见过石头了吧?"

刘茂林点点头,说:"她还是那么俗不可耐。"

郁子将空酒杯在手里转来转去,刘茂林给她倒上酒,她说:"那时我们多单纯啊,我累了、快支撑不下去的时候就会想起快乐的学生时代,可惜,再也回不去了。"

她端起酒杯,很快又恢复了她一贯的灿烂神情,说:"不说那些不开心的了,为我们再次相逢,喝完啊。"

她脸上泛起了红晕,她的额头甚至若隐若现地有了几道皱纹,她抬头时,和刘茂林的目光对视,刘茂林连忙回避开去。

"怎么,你总是不敢正眼看我?"说着,她又哈哈大笑起来。

"你知道我为什么让你到我这里来吗?"刘茂林摇摇头,郁子说:"我想有一个说话的人。"

她的话让刘茂林大失所望。

"你感到我轻视你了吗?千万别这样想,你别看我平时人前人后那么风光,其实,我比烟花还要寂寞。在机关里,人是没有朋友的,因为有竞争,谁也不会把真实的一面显露出来。"

刘茂林自己喝了一杯,说:"多吃些菜,酒要慢慢喝。"

沉默了一会儿,郁子说:"我今天心情也不太好,你可能已经听说了,我在争区府办主任这个位置,下午书记找我谈话,谈的却是另外一个单位。不说啦,喝酒。"

"像你这个年纪,混到这个地步已经可以啦。我有几个朋友,为上处级这个台阶,快四十岁了还打着光棍,所有的积蓄都拿出来送了礼,没用。"

郁子说:"送礼?他能送多少?人家看都不会看一眼。"

刘茂林知道给人送礼的滋味,去年,他们总编无意间说可以考虑刘茂林的调动,和他一起进单位的是一个刚毕业的学生,关系一直挂在内地一个企业,他们商量了一下,凑了一千块钱买了些东西,大包小包地上门去了,结果一按门铃,保姆说人家出去吃饭了,他们在门口等,那是傍晚,出来散步的人特别多,他们两个人差不多脸都贴在裤裆里去了。那时,刘茂林就暗自发誓,再也不去给人送礼。

郁子笑得都快岔气了,她说:"送到人家手上了吗?"

"送个屁!其实那孙子一直在家,他从阳台上看见了我们,可能是看到我们带的东西不值钱,或者说他当时只是随口说了句,没当真,我们当真了。可是,过了几天,开会时,那孙子竟在会上说我们俩大包小包地去给他送礼,他又如何地高风亮节,气死我了。"

郁子敲了敲刘茂林的手背,说:"你啊,太傻了,哪儿有这样送礼的?是我,我也躲起来了,只不过是你们总编的人品太差,还好意思在会上去讲,你离开那里是对的。"

刘茂林后来领教过他的清廉,过年时,他让单身的去家里玩,刘茂林给包了红包，让都不让一下就收了，奶奶的，想想也是，他一个破杂志的老总，除了他们这些想调进来的人，谁会给他送礼啊？好不容易有人给他送红包，他能不收吗？他们上次要是送一个大红包，他就不会在大会上讲了。

"收了也不会给你办事的。"郁子端着酒杯，示意刘茂林也端起来，她说："为你以后不再受给人送礼的折磨，干了。"

"你没有我这样难堪的经历吧？"

郁子说："每个人遭受折磨的方式、忍受耻辱的程度大同小异，但结果却截然不同。我受的委屈肯定比你多得多，有些能说，有些不能说，你想听哪个啊？"

她端着酒杯，将头伸过来，在刘茂林胸前晃动，有那么一秒钟，刘茂林差一点想亲吻她，可她满嘴的酒气，刘茂林想还是算了吧。

"你胆小如鼠。"

郁子用头顶了顶刘茂林的下巴，又立刻闪开去，端着酒杯大笑起来。她今晚已经不止一次地用放声大笑来掩饰自己了。

"你说，我该找一个什么样的男人呢？"

郁子又拍了拍刘茂林的手背。在刘茂林的经验里，喜欢在男人跟前动手动脚的女人，内心都比较空虚，举止也便轻浮。

刘茂林说："以你现在的情形，至少也该找一个副区长以上的男人，才相配啊。"

"呸！呸！呸！你怎么不说我至少该找副部长以上的呢？还副区长，他们都至少有一个女人了。你看这区府大院里，有多少大龄青年天天在心里吼'我是一只小小鸟'吗？人啊，不管男的女的，到了这个年纪，哎，就没意思了。"

"一个人过，不是挺好吗？"

郁子将头伸过来，对着刘茂林的耳朵说："那你就挺着吧。"

她哈哈大笑着，说："为你一个人挺着，干一个。"

刘茂林一时竟找不到话说，她的直率刘茂林领教过，这样的场面，却是头一次。

她说："你知道我为什么能到这里来吗？就是因为我从不伪装。有次我们到这里来，区里请客吃饭，书记也在场，大家要各讲一个黄段子，到我了，我不知道该讲什么，就将以前王永给我讲的那个车库和老板的小段子讲了，谁都听过这个段子，可从女孩子口里讲出来，就不太一样了，他们不停地问，你到底看没看见车啊？我说，我不仅看到了两个旧轮胎，也看见了车。他们又问，什么车啊？我说是处长坐的桑塔纳。他们都笑岔了气。男人，很多时候也就过过嘴瘾。"

"你心里还是喜欢他的？"

郁子叹口气，说："感情对他来说，只不过是附庸，再说，人家老婆孩子一家人，也挺幸福的。周围围着他转的人，多了去，我算什么啊？"

"说些开心的吧，时间也不早了。"

这回，是刘茂林劝她想开点。

郁子说："没关系的。晚上，你就去我那儿住吧，只是不要有非分之想啊。"

刘茂林说："你现在是我的领导，你什么时候听说过有群众强暴领导的事呢？"

郁子打了刘茂林一拳，说："贫嘴。"停了一下，她说："那要是反过来呢？"

刘茂林说："我从未经历过这种事，等这事发生了，再作结论吧。"

刘茂林他们都笑不出来了，脸上的肌肉已经僵死。

买完单，刘茂林忽然想去趟厕所，就先走了出来，在刘茂林摇摇晃晃地走过大厅时，一个他既熟悉又陌生的身影撞入他的眼球，在他极力分辨时，她也一下惊诧地愣在那里，是如花，她的身边是一个高大而粗俗的、一边走一边剔牙的男人。

刘茂林叫一声："如花。"她正在往外走，有些迟疑地站了下来，她身边的男人回头看了刘茂林一眼，对如花说："你认识他啊？"如花说："不认识，他可能是认错人了。"

男人扔掉牙签，看着刘茂林，说："你想做什么？"

刘茂林说："你身边站的是我的女人，这话应该我来问你。"

男人掏出手机，说："你要么快点走开，要么我就报警。"

刘茂林以为他会过来和他干一架，但他说要报警，刘茂林哈哈大笑，说："你报你妈的警，该报警的是我，你拐走了我的女人，你还要报警。"

男人说："你怎么骂人呢？你知道我是谁吗？"

刘茂林说："你不就是拐我女人的骗子吗？"

男人开始打电话了，如花忙去拉他，这时，郁子也下来了，见了那个男人，她叫了一声："是刘区长啊，你怎么也在这里啊？"

男人收了手机，说："来吃饭的，你也吃饭啊？"

郁子指指刘茂林，说："我的同学，好久不见了，他喝多了酒，别见怪啊。"

男人说："没事了，一场误会。"

说完，他就和如花匆匆忙忙地走了。

到了车上，郁子说："刚才怎么回事啊？你怎么和刘区长咬上了，他可是地头蛇啊。"

刘茂林说："不小心撞了他一下，他就要报警。"

"别骗我了,我都看见了。"

郁子说着,车子已经开动,刘茂林就给她说了他和如花的事,她听完摸了摸刘茂林的头说:"原来是这样啊,要是刘区长报了警,那就热闹了。"

刘茂林没心情跟她开玩笑,就说:"你开快点吧。"刘茂林刚才气急了,都忘了上厕所。

车子飞了起来,刘茂林还留心看了看外边,如花早已消失在无边的夜色之中。

意　外

郁子买的是商品房,因为没有结婚,她不能分福利房,就买了这套三居室的商品房。房子也只是做了简单装修,倒收拾得挺整洁,不像一般的单身女孩子,房间比男孩子的还要乱。

郁子说:"你先冲凉还是我先冲啊?"

刘茂林说:"当然是我先冲,我五分钟就冲完了,你还不要一个钟头?"

"你倒挺了解女人的,你先冲吧。穿我的衣服可以吗?"

郁子拿过来一条中性的沙滩裤和一件大汗衫,又给刘茂林找了条毛巾,就不见了。

痛痛快快地洗个凉水澡,将如花和一天的不愉快都冲到下水道去,也算给自己一个了结。刘茂林出来时,郁子正在往茶几上摆水果,她还开了一个西瓜,手里晃着一把水果刀,看见刘茂林出来,她将刀在刘茂林眼前比画了一下,说:"你现在是不是特别想杀人啊?"

刘茂林说:"我为什么要杀人呢?"

"你的女朋友喂狗了啊?"郁子将刀扎在西瓜上,说:"就将她当西瓜吃了吧。"

"我已将她冲到下水道里去啦，就算长个见识吧。"

郁子把电视遥控器递给刘茂林，就去了卫生间冲凉，刘茂林调了几个台，不是宫廷戏就是黑社会杀人越货，没什么看的，也只好在郁子哗哗的冲凉声浪里吃西瓜。

刘茂林都快睡着时，郁子出来了，她穿了件睡衣，显得比平常还要结实些，但不是健硕，就像一个经常运动的人，刚刚停了下来，而她运动的迹象只是停留在腰部以下，她的上半身，却完全是少女的，窄而溜的肩膀、发育迟缓的胸脯，在她宽而肥大的屁股和略粗壮的大腿映衬下，便有了少许的不平衡感。

见刘茂林发呆，郁子说："没见过女人啊，这样盯着人家看？"

刘茂林说："我是睡着了，被你吓了一跳。"

郁子就冲过来，拿起那把水果刀在刘茂林眼前比画着，说："我就那么没魅力吗？啊？老实说，你是不是也认为我没有一点女人味呢？"

"我啥时候说你没有一点女人味了？"刘茂林连忙坐直了。

郁子说："你还不承认，王永很早就给我说过的，你想抵赖吗？"

她拿着刀抵在刘茂林的胸口，满嘴的酒气喷了刘茂林一脸。

"其实，我早就知道你喜欢我，还记得你请我吃砂锅豆腐吗？那一次，过马路时，你几次都想拉我的手，就是没胆量拉。"

刘茂林连喊冤枉，她又往刘茂林跟前靠了靠，她嘴里的气味越发浓郁，刘茂林深陷在沙发里，动弹不得。

"我们就这样干吧，啊？你不是早就想这样做吗，你这个胆小鬼！"

刘茂林感到她的刀尖已刺进他的肉里，他不由打了个寒战，郁子见刘茂林发抖，忽然放声大笑起来，她的肩膀不时抖动，因为用力而越发下陷的沙发使她打了个趔趄，这时，刘茂林清楚地看到了她的少女般微露峰峦的双乳,羞怯而不安地在她胸前抖动着,他正在考虑要不要抚摸或者亲吻它时,她的刀尖在她尚未停止的抖动中,一下子插入刘茂林的肩膀,她整个身体也在她强烈的惊慌失措中跌入刘茂林的怀中。刘茂林叫了一声,不是因为疼痛,在刀尖刺入肩膀的最初几秒里,他的神经是麻木的,当他的血顺着胸口流到她的头发上时,他叫了一声,那一刻,她已经吓傻了。

刘茂林将刀拔出来,郁子似乎也清醒了些,她翻出许多创可贴,见没有什么用,又找来一瓶云南白药,在刘茂林的伤口上敷了些,然后从他脱下的汗衫上割下来一条布,将他的肩膀扎了个结实。

"快点去医院吧。"

郁子垂着手,连说了几声对不起,刘茂林抓住她的手,让她平静下来,她还不时地说:"怎么会这样子呢?怎么会这样?我真不是故意的。"

刘茂林用另一条还能活动的胳膊,将郁子揽在怀里,她将沾满血的头靠在他另一边完好无损的肩膀上,冰凉的手在他胸口来回抚摸。

刘茂林说:"本来我今晚就想强暴你来着,现在看来,这事得往后拖一拖啦。"

她抬起头,依然是满嘴酒气,只是因为恐惧,嘴巴没有一点血色。

"你怎么就不躲开呢?看看你,多傻啊!要是再往下一点,伤到胸口,可怎么办啊?"

"要是我真死了,你就去报警,你就说是我企图强暴你,你为了自卫,就干掉了我。"

"都这时候了,你还有心情开玩笑,到那时,我跟你一块死。"

"好的,我们家乡就有一句话,叫:该死尿朝天,没什么大不了的。"

"你刚才瞎看啥呢,你不瞎看,能出这么大的事吗?"

"我看见你的车库啦。"

郁子捅了刘茂林一下，说："我哪儿有车库，尽瞎说。"

"你怎么没车库？"刘茂林指了指她的胸口，"这就是你的车库。"

郁子破涕为笑，说："那你看见我的车啦？"

刘茂林说："我没有看到你的车，我只看见了停车场。"

郁子哇哇叫着，双手卡住刘茂林的脖子，说："我要掐死你。"

两人相拥着坐在沙发上，整个小区都沉没在无边黑暗之中。

郁子说："天快亮了吧？"

刘茂林点点头，然后和郁子相拥着睡着了。

平　　静

沉闷、严谨而且暗藏杀机的机关生活，压得刘茂林喘不过气来，他尽心尽力地工作，费尽心机处理同事关系，他想尽可能快地融入机关生活，但三个月后他就绝望了。在斗争激烈的机关，是不可能交到朋友的，这一点，他来之前郁子就已经给他说明，但人际关系的复杂还是远远超出了他的想象。

三个月的试用期满后，办公室主任叫刘茂林去签聘用合同，他阴阳怪气地说："听说你的档案关系在甘肃，是吗？"刘茂林点点头，他有些奇怪，他从没和单位的人说起过这些事，他是怎么知道的呢？在他进单位前交给郁子的简历中，他只写了以前在市里的单位，郁子还反复强调不要在简历中提起甘肃这两个字，因为按照有关规定，人事档案在甘肃等地区的人是不能调入深圳的。办公室主任见刘茂林没有明白他的意思，说："你的关系在甘肃，按规定是不能调进来的，你要想清楚啊，在这里是发不了财的。"刘茂林苦涩地笑了笑，他说："我也没想过来这里发财啊。"办公室主任诡秘地笑了笑，便不再作声。

出了办公室，刘茂林心里有些发冷，但他顾不上想这些不愉快的事，他手里还有更烦心的事，明天是"植树造林日"，他从前天起就负责起草一份分管副区长的讲话稿，他看了去年副区长的讲话稿，甚至找出区报上三年来这个节日里分管副区长的讲话，先后已写了六七份交上去，上面给他的答复就两个字：重写。他实在不知道该怎么样才能写出一份让领导满意的讲话稿，就硬着头皮去问了一下主任，主任说他也不知道，他又不是副区长，他怎么知道呢？这事只能去问副区长。他去了，是那个把如花藏起来的副区长，他根本就没认出他是谁，他说明来意，副区长很不耐烦地说，就写个"植树造林日"的讲话稿啊，很简单的。副区长说完就不再理他，他想，假如有一天他当了领导，让下面人写材料，他也连个题目都不给，就说写个材料，写死丫的。

临下班时，刘茂林将先前写好的讲话稿综合了一下交了上去，在交给主任时撒了个小谎，他说郁子找他有点急事，让他马上过去一下，主任把讲话稿翻了翻，说，这次有进步，先这样吧，再改也来不及了，下次写材料，要多动动脑子啊。刘茂林逃离了主任的办公室，为了避开下班的人流，他从后门出了区政府大院，才长舒了一口气。

到了街上，刘茂林不知道他该往哪里去，他住的是集体宿舍，和一个三口之家合住，现在这个时间，人家正在做饭，他蹭过几次饭，也会知趣地买些水果回去，大多数时间他都是在外面吃过饭再回去，这个远离市区的新区，实在也没有一个好去处，甚至连一个像样的书店都没有，他无论如何努力，都对这个地方产生不了热情。

刘茂林想起下午和办公室主任的谈话，他为什么要给他说这些呢？试用期刚过，调动的事不可能这么快，再说他们办公室的苦瓜脸已经来了五年还没有调进来，他现在成了苦瓜脸的眼中钉、肉中刺。在苦瓜脸看来，他是有后台的人，他的来到使苦瓜脸的调入又变得困难，在机关里待了五年还没有调入，拿的是临时工的工资，没有任何福利，政治权利更无从谈起，苦瓜脸的敌对态度他越来越理解，生怕自己也会陷入他那样的困境，那可是人生最大的悲剧。在机关里混，没有后台基本是死路一条，到你认识到这个悲剧想要撤离时，你已经成了一个废人。

到底是谁给办公室主任说了这件事呢？刘茂林想来想去除了郁子没有人知道这件事，而郁子是不会害他的，她昨天在接待一个客人时还叫他去喝酒呢，那是河南的一个副市长，他在酒桌上还满口答应郁子，可以把刘茂林的关系先放他那里去，调过来时给他一个科长的头衔。副市长特别能喝，刘茂林硬着头皮陪酒，最后两个人都醉了。

刘茂林不再想这些烦心事，也想不透彻，就先找了个地方去吃饭。

和郁子有了那种关系后，他们见面都是郁子找他，郁子的交往多，要应酬领导，空闲时间很少，刘茂林见她的机会也不多，他从不过问她的事，也不去想他们的未来，他倒很喜欢两个人现在的关系，简单相爱，彼此又有很大的自由空间，他也不会一下子就失去判断力，陷入郁子的爱情。他花费了很大的精力才从如花的旋涡里挣脱出来，他还没弄清楚他是需要爱情、婚姻、家庭还是性，而对郁子，他相信感情和理智是均衡的，他学生时代就喜欢她，他也清楚郁子是一个比较理性的女孩子，她是有野心的，他无所畏惧地去爱或许会给他更大的伤害，他每次去郁子家时都在劝自己要保持清醒，不能被一时的冲动冲昏头脑，可一旦郁子约他，他立刻就会兴奋，不能自已。

刘茂林是吃饭时接到郁子电话的，他正在东北饺子馆里喝酒，郁子的电话来了，她显得有些兴奋，一改往日的矜持，她要刘茂林马上去"北海渔村"，说她有很要紧的事和他说，刘茂林刚吃了一半，连忙买单走人。

"北海渔村"是一个高消费酒楼，是区里公款吃喝玩乐比较集中的地方，一般老百姓不会去那里，刘茂林去的几次，都是郁子带去的，他也是在那里认识了形形色色的人，感受到了他以前相对闭塞的文化圈子外的生活,他喜欢这种醉生梦死的生活。

进了包房,刘茂林见只有郁子一个人,有些诧异,郁子已点好菜,桌上的一瓶五粮液已经打开,他刚一坐下,郁子就说:"有一个好消息,一个不太好的消息,说,你想先听哪个?"

刘茂林先喝了一杯酒,说:"当然先听好的了。"

郁子摸摸刘茂林的头,说:"你调动的事我给你办好了,书记签的字,还记得上次一起喝酒的那个河南的副市长吗?我前天给他打了电话,他今天来电话了,你的档案他已弄好,已经快件寄过来了,这两天就能收到,一收到你就去组织部报到,有书记的签字,凡事都一路绿灯,你的事总算尘埃落定,我对你也算有个交代了。"

刘茂林拍拍郁子的胳膊,说:"大恩不言谢,你是我的恩人啊。"

郁子哈哈大笑起来,说:"假的,肯定是假的吧,还恩人呢,说得这么不诚恳。"

"真的,肯定是真的,我一激动就不知说什么好了。"

刘茂林倒上酒,要敬郁子,郁子说:"还有一件事我还没说呢,说完了再喝。"刘茂林就端着酒杯,傻傻地看着郁子。

郁子犹豫了一下,说:"我很快就要调到别的市里去了,书记要到一个市里去当市长,他让我也去,做市政府的副秘书长。这事很多人还不知道,你给谁都不能说,记住没?"

刘茂林忽然明白,他和郁子在一起的时间将定格在这里,这也是一个为了告别的聚会,这个结局他早有预料,只是来得这么迅速,这么彻底,他是完全没有想到的。

刘茂林举起酒杯,说:"恭喜你,郁子,我早就说过,你是能成就大事的人。"

郁子说:"我相信你是真心的,你也好好努力,你以后肯定会比我混得好。"

两个人开始喝酒，酒一下肚，话也多了起来，但谁也没有提起明天，两个人的明天，或许他们心里都清楚，两个人毕业后的相遇是在酒桌上，那么也就同样在酒桌上结束好了，还有比这更好的相遇吗？

（原载《天津文学》2008年第8期　责任编辑：康弘、傅国栋）

兔儿鼻子

一

温亚婷进来时，张立勇正躺在藤椅上晒太阳。他惊愕地看着温亚婷袅袅娜娜地走进院子，绕着他和晒在院子里的棺材、棺盖走了两个来回。"螺蛳壳里做道场，兔儿鼻子，你这是作的什么妖啊？"温亚婷放下背包，坐下来喘口气，她踢了一脚还在发呆的张立勇，说："不欢迎我来吗？给我倒杯水啊，我快渴死了。"

张立勇这才回过神来，小跑着进屋搬出茶具。温亚婷拿过杯子，自己先倒了杯水喝着，默然地看着张立勇烫杯、冲茶，小心翼翼地将冲好的清香铁观音放在她身边的茶几上，她没好气地说："我又不是你老情人找上门，你紧张啥？这套茶具还是老朱退休那年来看你，从深圳带过来的吧，我和他一起去买的。"张立勇憨憨地笑笑，点点头，坐下来点上一支烟："我紧张啥，我只是感到突然，你怎么就找到这里了呢？这天高皇帝远的地方。老朱那次来，在这里住了一个多月，谁能想到，他一回去，就出事了，刚刚退休半年。我看新闻，说他买官卖官，受贿一千多万，他要那么多钱干吗？"

"他这人和你一样认死理，别人揭发他立功减刑，他谁都不揭发，不配合，全揽在自己身上，要不也不会判这么重。我也退休了，和几个朋友来西安旅游，临走时去看老朱，他说让我顺便来看看你。他好像很喜欢你这个院子啊，也难怪，他毕竟在你们这地方下过乡，他也是从这个地方考上大学的，他的青春就留在了这里。他说要是能活着出来，就过来跟你在这里一起了此残生，你这棺材就是给他准备的吧？"

张立勇低下头，将地上还在冒烟的烟头踩灭，说："这棺材是给我自己准备的。他要是需要，我再给他做一口好的。"

"你说你才五十多岁，当了大半辈子的警察，好歹也是个副处级干部，就算提前病退了，也不能自己给自己做口棺材等死啊！党是白培养你那么多年了。到时候肯定是要火化的，你劳'命'伤财地做一口棺材，也用不上。"温亚婷站起来，"兔儿鼻子，让我在你的藤椅上躺会儿，真是老了，坐车也能坐累了。"

张立勇起身靠在他的棺材上，拍着他的棺材板说："你是城市里长大的，不了解北方农村的风俗。我们这里，有给自己做棺材的传统。我小的时候，最喜欢看长辈给自己晒棺材。自己给自己晒棺材，那才是真的活明白了。农闲时节，天气好的时候，长辈们会搬出自己的棺材晒太阳。他们都远远不到要死的年纪，很多还是壮年。他们聚在一起，对各自的棺材评头论足，就像谈论自己的儿女。你们城里人永远都不会明白，一个庄户人，平生最大的愿望就是安顿好了儿女，再给自己做一口上好的棺材，他这一生就圆满了。"

"你又不是庄户人，你是退休干部。再说了，你现在就做一副棺材放家里，多晦气。"温亚婷躺在藤椅上，伸了伸懒腰。

张立勇笑了笑，说："退休后，回到老家，我也没事可做，给自己做一口棺材，没事时看看它，也是一种寄托。以前读书、工作的时候吧，总想着有一个好的前程，这一切都放下了，心里倒空落落的。再说了，我一个人孤身在家，要真是哪天忽然死了，也不会让别人为难。"

躺在藤椅上，温亚婷看着天，天空湛蓝高远，没有一丝云彩："这里的空气真是好啊，也很安静，大白天的都寂静无声，难怪我家老朱会喜欢。"

"现在搞城市化，人都跑城里去了，镇子和附近的村子都快荒芜了，空气能不好吗？老朱还好吗？"

温亚婷叹口气："十四年啊，你也不用给他准备棺材了，我真的不敢去想他还能不能活着走出监狱。以后你每年去看他一次吧，过一阵子，我就去加拿大了，丫丫生孩子了，我过去给她带孩子，一时半会儿也回不来。"

"放心走吧，我会去看他的。要是他能减刑，提前出来，我就接他到这里来住，远离那个是非之地。"

温亚婷拍拍张立勇的肩膀："兔儿鼻子，你给我说老实话，刘丽丽怀孕这事，你是不是替我家老朱顶了下来？我知道你总是装傻，其实鬼精鬼精的。我们都这个年纪了，也不是在单位，你也不用再装了，多累啊。这么多年了，这个结我一直解不开。要是一辈子你就说一句实话，就这一句吧。我这次来，就是想听你说句实话。"

张立勇站起来，靠着他的棺材："你这个人啊，组织上不是早有结论了吗？我也因此脱了警服，婚也离了，也提前病退了，你还提它干啥？"

"我和老朱过了大半辈子，他是啥人，我比你了解。我们是同学，又在一起工作那么多年，我也了解你。你对女人不上心，连你老婆宋阳都不相信这事是你干的，你逞什么能啊！"

张立勇借故上厕所离开了院子，他站在房后的阴凉处，周身的血都往头部涌，他靠着墙喘息了一会儿，渐渐平息下来。这件事是他心口的刺，不拔出来痛，拔出来更痛。既然痛，那就痛他一个人，他要把它带进棺材去。

回到院子时，张立勇又恢复了平静。温亚婷从藤椅上起来，就着院墙下的水龙头洗了把脸，抬头看着头顶的葡萄架，说："兔儿鼻子，你把这院子弄得很有田园风味啊，这是你回来以后建的还是你家的祖业啊？"

"这是我弟弟建的，以前的祖屋在后面的山脚下，早就荒废了。他们都搬到宝鸡市里面去了，这院子一直没人住，我回来后稍微整修了一下，住着挺舒坦。"

"宋阳来看过你吗？她走的时候，钥匙留在了我家，让你回深圳了就回家住，你那套房子卖了给平平读书，她一直过意不去。她们在澳大利亚过得很好，你不去看看吗？你可就平平这一个孩子啊。"

"她们过得好就好。平平经常会来电话，我的英语早都还给老师了，去那里就是文盲，我去那里干啥，不是给别人添乱吗？"

两个人又回到茶几边坐下喝茶，温亚婷从包里拿出一包铁观音一条烟，放在茶几上："兔儿鼻子，去晒一床被褥，我要在你这里住两天。这么好的太阳，不能只晒棺材，也要晒晒被褥。"

张立勇又一次惊愕地看着温亚婷："你不是要去加拿大照顾丫丫吗？"

"对啊，我是要去，那也是我回深圳以后的事。怎么，你不想让我在你这里住吗？"温亚婷面无表情地看着张立勇。

"这个，别人要是问起来，我怎么说？"张立勇为难了。

温亚婷摊开手，笑着说："那是你的事，你爱怎么说就怎么说，你可以说我是你大学同学、师母，也可以说是你老娘，反正我们站一起，我看着也像你老娘。"说完，温亚婷狡黠地笑着，抬头望着天。

"你这张嘴啊，总是那么厉害，我老娘都死八百年了，她要是在天有灵，还不再气死一回。"张立勇进屋去，拿出被褥，晒在院子的晾衣绳上，"这床被褥上次老朱来用过后，我就洗干净晒好收起来了，都是干净的。"

温亚婷看着张立勇在边上忙活，她踢了一脚棺材："这棺材这么晒，你也不怕晒坏了？"

"也不是天天晒，每个月太阳好的时候晒一次就行。今天晒得差不多了，你自己喝茶，我把它搬进去，免得你看着害怕。"

"棺材倒没啥，就是那个棺盖看上去比较恐怖。你怎么把里面漆成红色的？和黑色的外漆搭配在一起，要多难看就有多难看。这么笨重的棺木，看起来很重啊，你一个人搬得动吗？我帮你吧。"

"有啥好怕的，有时候晒太阳晒累了，我会躺在棺盖上睡一会儿，早晚都要睡那里去的。你不用动，看见那块铺在门口的木板了吗？我把棺材顺着那块木板推进去就行，比较省力。这个是桐木的，也不是很重。以前都是用上好的柏木，现在很难买到好的柏木，只好用桐木了，桐木比较轻。"张立勇将棺材顺着铺在门口的木板推进房里去，又将棺盖搬进去盖上，关上门过来坐下。"远离城市唯一的好处就是地方宽敞，连棺材都可以住单间。"两个人都笑了，笑得很放松。

天高云淡、四野无声。门前百米长的街道上，不要说人，连狗也看不到一条，年轻人都远走他乡谋生，孩子们在下街的小学校里上学，是全封闭的住校上学，只有周五放学时才能出来。留在家里照看孩子的老人，也只有周五接孩子的时候才会从街上和周边的村子里泉水一样冒出来。人都进城了，上学的孩子越来越少，以前的初中就改作了小学，小学六个年级的学生也就一百多个，过去这可是一个有一万多人口的镇子。

太阳已经西斜，张立勇将晒透了的被褥收回去，两个人回到屋子里继续喝茶。"兔儿鼻子，你买菜了吗？晚上我来做饭。"温亚婷起身打开冰箱，里面空荡荡的，什么也没有。她懊恼地拍着冰箱门，"你是不是不用吃饭啊，冰箱都是空的，你干脆直接躺进你的棺材里去好了。"

"谁让你不提前打电话说一声，你要是提前说了，我叫辆车去趟宝鸡，冰箱早就满了。我一个人也不常做饭，下街有个西山饭店，是我同学开的，打个电话，他就会送过来。他老婆菜做得不错，比大厨的手艺是半点不差。老朱在这里时，我们天天去他那里吃饭喝酒，一会儿我就打电话。"

"把饭馆开到这个地方，能挣钱吗？人都看不到一个。"温亚婷盘腿坐到炕上去，指着炕中间的方桌说："把茶盘搬过来，坐在炕上喝茶才享受。"

"他的饭馆主要是包餐，镇上有人结婚的都会在他的饭馆包餐，要是老人过世什么的，他的厨子就会上门做席。平日里也就一些散客，学校里那些年轻老师和信用社啊什么的工作人员也经常在那里吃饭，生意还是不错的。他们也在宝鸡买了房子，孩子都在城里，要是不挣钱，他拿啥在城里买房？"

温亚婷笑着说："我可没有笑话你们这地方不好的意思啊，我也就随口一说。"

"笑话也没啥，的确也不怎么好嘛，要是真的好，人怎么都跑光了？靠山吧，山上都是石头；靠水吧，河都快干涸了，就剩下空气和清静了。"张立勇说完，自己先哈哈大笑起来，"我是无牵无挂等死的人了，这里才最适合我。"

"谁让你逞能，替老朱扛事，要不然你现在怎么也不会天天看着一口破棺材发呆等死。兔儿鼻子，你自己说，你是不是自找的？"

温亚婷恶狠狠地盯着张立勇，张立勇没有搭理她的挑衅，他知道她是在激他、让他松口，男人怎么能上一个老娘们的当呢？

"兔儿鼻子，你家宋阳说你那方面不怎么行，是真的吗？"这回，温亚婷自己先笑了。

"我先打电话订餐，让他提前做准备，让你尝尝他们家的六大碗，好堵住你的嘴。"

温亚婷趴在炕上笑着，看着张立勇打电话订餐，她这次来就是想从他口中得到实情，以便验证她这些年的猜测和局里上下多年的流言。在她心里，她早就知道让刘丽丽怀孕的是她家老朱，张立勇不过是替老朱顶雷而已。在张立勇离婚、病退、老朱跑前跑后将张立勇的女儿平平送去澳大利亚留学这种种事情上，她心里跟明镜似的。老朱出事后，所有的事他都承认了，唯独让一个老板给平平出钱留学这件事他是死不认账，他是在还张立勇的人情。

"兔儿鼻子啊，你还真能沉住气，怎么都不松口。读书的时候是这样，工作的时候也是这样，大家都说你是一个很有心计的人，把什么都藏在心里，精得跟猴似的。我看你能扛多久，你再不说实话，我就给你使使美人计，老女人的美人计。"温亚婷说着，站起来在炕上伸了伸腰，"哎哟我的妈哟，你个死兔儿鼻子，你都快气死我了。"

"男人嘴巴要紧，女人裤带要紧，知道吗？"

温亚婷抓起枕头扔在张立勇的怀里："紧紧紧，紧个屁，师娘我今天来就没系裤带。"

张立勇放下枕头："你听我说，能说的我早都说了，不能说的我到死都不会说。你是我师母，系没系裤带都是我师母。"

说完，张立勇傻傻地笑着，看着温亚婷。

"我是你师母，不是你老母，你可以要我。"温亚婷坐起来，做出一副要掀桌子的样子，"你到底说还是不说，我就是想知道。"

"知道了又怎么样，都是过去的事情了。全局的人都知道是我干的事，而且组织上也有了定论，还去想它干啥？"

温亚婷恼怒地坐了下去："我不想听你说了，师母饿了，要吃饭。"

"这就对了嘛，好，吃饭。你先坐着，我出去看看，应该快来了。"

温亚婷又拿起枕头，这次她只是做了一个要扔的动作，然后将枕头抱在怀里，躺在炕上一言不发。

六大碗整齐地摆在一个红木托盘里端了进来，张立勇将托盘直接放在炕头的方桌上，他开了一瓶十二年的西凤酒，盘腿坐回炕上，给温亚婷得意地介绍他的六大碗：粉蒸肉、醪糟条子肉、西府大合盘、黄焖鸡、糯米甜饭、四喜丸子，主食是一盘烤得金黄的豆腐粉条小包子。

"菜品的颜色看上去不错，满屋清香，好吃不过包子，我先吃个包子。"张立勇自己喝酒，看着温亚婷狼吞虎咽地接连吃了两个包子："不要光吃包子啊，一会儿就吃饱了，先吃菜。"

"我是真饿了，喝了一肚子的茶，先吃两个包子垫垫底，兔儿鼻子，给我也倒上酒啊，别只顾自己喝。"温亚婷将六大碗的菜挨个尝了一遍，用筷子敲着四喜丸子和西府大合盘，"这两个菜是我的最爱，那个糯米甜饭也很好吃，有我们江南风味。看来人们常说的要想吃到地道菜就要到偏远地方去吃的这句话是真的。"

"那当然了，你在这里吃的猪肉，是村民辛辛苦苦养了一整年的正经猪，你在深圳吃的猪肉是养殖场三个月就催生的早产猪，能比吗？"张立勇倒上酒，和温亚婷喝酒。

"兔儿鼻子，我看你就在这里再找个女人过日子吧，你的退休金一个月有一万吧？在这个地方绝对是高收入，找个黄花闺女也不难。"温亚婷停下筷子，吃吃笑着，看着张立勇。

张立勇憨憨地笑着，他不是个猥琐的男人，但不知道为什么，在这个女人面前总是不能舒展自如。刚去深圳的时候，他和她们一家住在一起一年多，也许从那个时候开始，他从心里就比较怵她吧，他不知道她忽然会说出什么话做出什么事来，她就像个小女孩似的完全由着自己的性子生活，不理会别人的感受。

"怎么不说话，是不是已经有人了啊？叫过来一起喝酒，让我也认识一下。"温亚婷端着酒杯，看着张立勇。

"镇上三十多岁打光棍的年轻人至少有一个班，很多都是出去读了个二本三本大学找不到工作，不是去宝鸡打个短工，就在家闲待着的，还有学校里那些老师，也是好几个光棍。女孩子都出去打工了，一出去基本就远嫁他乡不回来了。你说，我一个等着进棺材的人，好意思和年轻人去争吗？还黄花闺女，连个寡妇都剩不下，早就跟人跑城里去了。"张立勇这次没有憨笑，他大方地看着温亚婷，温亚婷转身打开电灯，不觉间天已经黑了。

"那还是回深圳吧，宋阳给你留的钥匙我带来了，一会儿给你。对了，我家邻居马丽娟你还记得吧，就是我们楼下街道派出所的那个户籍警。她老公去年车祸走了，儿子今年去武汉上大学，一个人守着一个家，也怪冷清的。她几次让我给她介绍男朋友，都没有合适的。我给你们介绍一下，她有房子，人长得也过得去，还不到五十岁。"温亚婷和张立勇碰碰杯，她没有喝，端着酒杯看着张立勇。

张立勇喝完酒，一边吃菜一边说："算了，局里谁不知道我是犯过作风问题的人啊，不要再自讨没趣了，我一个人过日子还自在些。"

"真是一根筋，窝囊废，局里谁不知道你是替老朱顶的雷！大家对你印象都不错，就是你家宋阳跑到局里去闹，说你那方面根本不行，你不可能干那事，大家也没有笑话你，反而说你仗义，讲义气，是个可交的人。我给你们撮合一下，小马那边应该没问题。"见张立勇不说话，温亚婷试探着说，"兔儿鼻子，要不，我打电话让小马过来玩几天？"

张立勇打了个冷战，他连忙摆手："这怎么行，这怎么行，婚姻岂能儿戏。"

温亚婷哈哈大笑着说："瞧你那点出息，又不是明天就让你们入洞房，就是过来玩玩，两个人也好了解一下。她这个年纪的女人，在深圳也很难找到合适的人，单位很多年轻漂亮的女孩子还单着呢。"

"你啊，应该去妇联工作。"说完这句没头没脑的话，张立勇端起酒杯，"谢谢你这么远来看我，我敬你一个。"

"这还差不多，说明你还有良心，在一起住了一年多，也没有白费力气做饭给你们吃。"温亚婷喝完酒，举着空杯，说，"酒过三巡，兔儿鼻子，你应该说句实话了吧，说，让刘丽丽怀孕的是老朱吧？"

张立勇果断地说："组织上早有定论了，这件事以后不提了。"

"果然是我家老朱教出来的好学生，在政法学院读书时，他也就给我们上了一年的课吧，没想到把你教得这么好。你说是你干的，那你说说，刘丽丽身上有什么让你看了就忘不了的特征？"

张立勇端着酒杯半天没有反应。

"说不出来了吧？早就知道你是替老朱顶雷的，兔儿鼻子，我告诉你，刘丽丽的后背上长满了痣，看上去都吓人。那次三八节单位组织去泡温泉，大家都看到了。再说，她那个麻秆似的胳膊和腿，要胸没胸要屁股没屁股的，会让你那么上心？老朱就不一样了，凡是没有吃过的菜，他都想拱一嘴。"

"过去的事了，我们不提了好吗？你知道了又怎样？我干都干了，不后悔。"张立勇埋头吃菜，他知道温亚婷在盯着他。

"你家宋阳都说你不怎么行的，就嘴巴硬。"温亚婷攻势不减，张立勇就是不上当，她叹口气，"算啦，不逼你了，我这一走，下次再见面还不知道啥时候呢。我回去就给小马说，让她过来看你，你可要好好待人家啊。"

张立勇脸上凝结的表情终于舒展了："一切都随缘吧。你以后要是去澳洲玩，就去看看平平。"

"丫丫她们一家夏天刚刚去澳洲旅游，看过平平了。平平说要读完研究生再工作，你给她买的小洋楼很漂亮。听说平平找了个洋人男朋友，以后，你就是洋人的岳父了。我有时间也会去澳洲看看，老女人能做的也就是旅游了。"温亚婷停顿了一下，又说，"你也应该多出去走走，不要老盯着你那口破棺材，离死还早呢，去看看祖国的大好河山，心情会好很多。至少也要去看看平平，看看你那个洋女婿。"

张立勇嘿嘿笑着，没有说话，女儿平平前几天来电话，温亚婷说的这些他都知道了，她没说的他也知道。平平说她妈妈结婚了，男的是一个在澳洲开餐馆的福建人。

"酒足饭饱，我们睡觉吧。"温亚婷放下酒杯。

张立勇站起来，说："我去给你收拾一下，你就睡隔壁的房间吧。"

"我就睡这里，把炕桌搬走。"温亚婷跪在炕头上，招呼张立勇搬走炕上的方桌。

"那怎么行，那你睡这里，我过去睡。"

温亚婷很坚决地说："不行，我一个人睡害怕，兔儿鼻子，你要陪我。我是你师母，不是你老母，今晚就把我当你的同学看吧。我都不怕，你怕啥？"

两个人争执了半天，最后，没有搬走炕中间的方桌，就在方桌的两边，各自睡了。

第二天起来，温亚婷忽然说要回去了，让张立勇给她叫辆车。张立勇迟疑了一下，说："不是说好住两天的吗，怎么这就要走？"温亚婷在他的背上使劲地捶了几拳："死兔儿鼻子，和你在一起我别扭。老朱进去后，我一直一个人过，看看美剧，和朋友吃吃饭，逛逛街也挺自在，从来没有和男人有过瓜葛，好不容易有一个和男人睡一个炕头的机会吧，你却不冷不热，像条死狗，我要是再待下去，非发疯不可。我要回深圳，回去就找个货真价实的男人睡一觉。"

张立勇不知如何是好，他说："我去给你买早餐，油条豆浆和豆花泡馍，你要吃哪个？"

"不吃，要吃就吃你，让你赔偿我的精神损失。"她挑衅似的抬头盯着张立勇，张立勇避开她火辣的目光，说："我去买早餐，顺便给你叫辆车。"

吃完豆花泡馍，温亚婷收拾好了行李，要走了，她心情也平静下来："兔儿鼻子，别忘了去看看老朱，不要给他说我问你刘丽丽的事。我答应过他，以后不提这件事，你要是说了，我就说这次来，我和你睡了，让他和你绝交。"张立勇尴尬地看着温亚婷，温亚婷神清气爽，笑眯眯地盯着他。

出租车来了，张立勇要送温亚婷去宝鸡，她挥挥手："我不喜欢人送，你还是在家里晒你的棺材吧，今天是个好天气。我把小马的电话存进你的手机了，你可以打电话和她聊聊天，邀请她过来玩，男人嘛，要主动点。"

出租车一小会儿便消失在百米街道的尽头，天空依然高阔湛蓝，街道上还是没有人，甚至连条狗都没有，这一切都要在周五小学校里的孩子放学了、在宝鸡打工的人回来以后，才会改变。

二

在张立勇心底，遇到老朱，就是遇到了菩萨。张立勇毕业那年，老朱给他们上刑法学，老朱走上讲台，在黑板上认认真真地写下了自己的大名：朱海波。他还特意在名字后面画了一个括弧，写上教授、副的。在同学们的笑声中，老朱擦干净黑板，开始上课。也就在这一刻，张立勇认出了老朱，这不就是他上小学时给他上音乐和美术的知识青年朱胖子吗？那时，老朱常年穿一身已经掉色的旧军装，上完课，就在院子的白杨树下拉琴。那时，老朱一点都不胖，瘦高瘦高的，人们之所以喊他朱胖子，和他不太合群、经常站在院子里拉琴有关，朱胖子这个外号也是和他一起下乡的知青给他起的，意思就是打肿脸充胖子。他的父亲是野战军的军长，当时还在牛棚改造之中，他的参军、招工回城申请屡次石沉大海。

课间休息时，张立勇从几个围在老朱身边的女生中挤过去，怯怯地笑着说："朱老师，还记得我吗？那年你在八里镇小学给我上美术课，我就说了句你画的梅花像杏花，你把我的耳朵都快要拧下来了，还缝了几针呢。"

"兔儿鼻子呀，你小子又做了我的学生，这回要不好好学习，我就把你的耳朵整个拧下来，让你缝不上。"老朱指着张立勇，对身边围着的女生说："我那时下乡，教过这小子几年。他那个时候特别调皮，上课经常会罚站，而且他的鼻子经常会像兔子一样不停地动，我就用他们的家乡话叫他兔儿鼻子。他们那里，兔子不叫兔子，叫兔儿。你大名叫什么来着，我就记得你的外号兔儿鼻子，大名还真记不得了。"张立勇在大伙的笑声中报上他的大名，老朱也给了他在教工宿舍的房号，从此，他们的命运就交织在了一起。

在这些围观的女生当中，就有温亚婷。那时的温亚婷是他们法律系的红人，她性格外向，说话、做事泼辣不计后果。她也是系里最早谈恋爱的女生，刚进校门一个星期就和法学系的一个助教好上了。他们还在学校附近的村子租房同居了半年，后来那个助教以她说话太直，性格带刺为由将温亚婷赶了出去。不久,助教和她们宿舍一个本市的女孩继续住在那个村子的出租屋里,为此,温亚婷还和那个女生打了一架。从那以后,温亚婷更加疯癫,男朋友经常换,她甚至和校门口卖磁带的小老板好上了。每次张立勇经过磁带店,都会看到温亚婷在那里和小老板一起兜售磁带,店里的录音机不是放着崔健的《一无所有》就是齐秦的《大约在冬季》,她的神情俨然是一个日进斗金的老板娘。到了大三下半学期,温亚婷忽然像变了个人似的,安静了,也不再和男人纠缠,每天就是教室、宿舍、食堂三点一线,她要考研了。

第一次去老朱家,两个人刚聊了一会儿,老朱就给了张立勇一个艰难的任务,他让张立勇去把温亚婷带过来。老朱正和老婆闹离婚,他一个人住在学校分的一套两居室,房子是老房子,地板还是水泥的,老朱把房子收拾得很整洁。他老婆是银行的干部,单位也分了房子,以前他就住在老婆单位的房子里,学校的房子他就中午休息一下。张立勇有些为难,老朱让他站起来,苦口婆心地说:"兔儿鼻子,老师让你办的事,一定要坚决、不打折扣不问缘由而且圆满地完成,这是老师对你的信任,明白吗?"末了,老朱拉着张立勇的胳膊,说:"老师不方便晚上去找女学生,影响不好,知道吗?影响不好。你和她是同学,你可以替老师去找,别人也没话说。"

学生上晚自习都是随意的,哪里有空位就去哪里,张立勇一个教室一个教室地找,找了半个钟头才找到了温亚婷。她收拾好书包,好像早有准备似的说:"走吧。"一路上,两个人无话,谁也不看谁,轻车熟路地到了老朱家。完成了老朱交代的任务,张立勇想要回去,老朱说:"你怎么能回去,你还要送温亚婷回去,一会儿你们一起走。你就在书房看书,把门关上,我和温亚婷去我卧室说说话,谈谈人生。你们宿舍十一点关门,你们十点三刻回去,刚刚好。"

老朱很有女人缘，在八里镇下乡时，他就有女人缘。在八里镇下乡八年，老朱先后和两个女知青一个当地镇卫生院的赤脚医生好过。那两个女知青先后参军、招工回城了，一走就杳无音信。老朱是家庭出身有污点的人，参军、招工回城都轮不到他，他就很苦闷。人一苦闷就会滥情，就会不在乎。赤脚医生也不在乎。她本来都要结婚了，男方在新疆当铁道兵，他们的婚期一拖再拖，拖了几年后，男方忽然立功提干了，成了一个身穿四个兜的小排长。提了干，当了排长，成了干部，双方的差距就出来了。男方就提出退婚，赤脚医生的家人跑到男方家里去闹，也没有挽回这门婚事。赤脚医生倒是很平静，她没哭没闹更没上吊，男方提了干嫌弃她是农业户口，她还嫌弃他太矮太胖太丑呢。被退婚的赤脚医生就住到了卫生所，老朱住在小学校里，卫生所和小学校就隔着一堵一人高的砖砌的围墙。

两个失意的人是如何走到一起去的，镇上有多种说法，比较统一的说法是老朱在院子里拉琴时，吸引了赤脚医生。她趴在墙头上，先是听得入迷，后来就翻过墙头，老朱拉琴，她唱歌，一来二去生米就煮成了熟饭。

传得更加邪乎的是赤脚医生的哥哥和弟弟去学校里捉奸，他们一进院子就听到赤脚医生惊天动地的叫喊，她的弟弟一脚踢开房门时，赤脚医生还死死抓着老朱，让他不要停下。老朱从容不迫地从赤脚医生身上下来，光着屁股将赤脚医生的哥哥弟弟打出了校门。

镇里的干部研究怎么处理这起事件的会议，是在小学校的会议室里开的。张立勇跟着许多好热闹的人趴在窗户上去偷听过，会议争论得很激烈。这种男女间的破事哪年不发生几起？镇里分管知青工作的干部，拿着一堆文件翻来翻去，最后说："上面的文件对女知青被糟蹋有着明确的说法，是必须要严办的，但是我找不到一丝半点的男知青被糟蹋，或者男知青糟蹋当地女青年的处理意见。这种裤裆里的事本来就是一个愿打一个愿挨，你能有什么办法？我看就让他们下地劳动吧，在劳动中改过自新。"

老朱和赤脚医生就都回去下地劳动了。后来，有人在夜晚的麦场上，在河边的大青石上，甚至在野地里看见他们光着身子纠缠在一起。大家也就笑笑，说说闲话，被老朱光着屁股打出校门的赤脚医生的哥哥弟弟都懒得搭理他们了，由着他们折腾。大伙唯一担心，甚至有些幸灾乐祸地期盼着的就是万一赤脚医生怀上小朱，但大伙的担心纯粹是咸吃萝卜淡操心，他们忘了赤脚医生不仅给他们的老婆或者老娘上过环，还给他们分发了多年的计生用品。赤脚医生始终没有让大伙的担心如愿，让大伙看热闹、工余饭后有个话点的愿望最终也没有成为现实。

就在这一年的冬天，高考恢复了，赤脚医生和老朱一起走进了考场，赤脚医生考上了南方的一所医学院。这一年，赤脚医生已经是二十八岁的老姑娘了，她比老朱还要大几岁。临走时，赤脚医生的家人没一个送她，老朱送她去了宝鸡的火车站，给她买了车票，还给了她五十块钱。从此，赤脚医生再也没有回过镇里，赤脚医生完完全全地从镇里消失了，留下的也就是她惊天动地的叫喊和她赤裸的身子沾满了泥土、干草的闲言碎语。

张立勇几次想问问老朱有没有赤脚医生的消息，都没好意思开口，老朱也从来没有提起过他的过去，他把一切都藏在心里，藏得严严实实的。

整个大四，张立勇晚上都是在老朱的书房学习。他不想考研，读了这么多年书，他早就厌倦了，他英语也不好，勉强过了四级。温亚婷就不一样了，不管是以前隔三岔五换男朋友那个时期，还是和老朱一到晚上就关在屋里谈人生的时候，她的成绩一直在班上排第一，英语也过了六级，考研对她来说，也就是进考场去坐坐，连汗都不用出就功成名就了。她的父母是她们那里师范学院的老师,她从小在家里就不说汉语,说的是英语,啥是差距,这就是。

毕业时,温亚婷已经拿到了读研的录取通知书,老朱却要调走了,他离婚了,是净身出户。他父亲的部下在深圳市委当常委,他要调去深圳公安局工作。张立勇呢,被分配到他家四十里外的一个小镇派出所,原本他想最差也会分配到他们县的检察院的。

要走了,老朱请张立勇和温亚婷吃饭。饭桌上,老朱语重心长地说:"兔儿鼻子,不要灰心,老师我还在你们那里下乡八年呢。等老师过去站住脚了,就调你过去。给我两年时间,两年后我提了正处,一定把你调过去,我也需要有我自己的人在身边。"张立勇苦涩地说:"从镇里调去大城市,那得多难啊?等老师方便的时候再说吧。"老朱放下酒杯,摸摸张立勇的头:"就冲你给我和温亚婷当了一年的联络员,这个忙,我也得帮啊。"他倒上酒,"你们两个都是我最信任的人,下半辈子,我们就一起过。"

温亚婷拿筷子敲着老朱的头,恼怒地说:"胡说什么啊你,你想让我有两个老公啊!不过,我没事,一个老公是过,两个老公也是过,有两个老公还热闹。"说完,她大笑起来。

张立勇有些坐不住了,他在心里多少有些看不起温亚婷,感觉她脸皮太厚,甚至有些不自重。就在上个月,她忽然怀孕了,老朱的姐姐在人民医院当医生,老朱让张立勇带着温亚婷去做人流。老朱说他去影响不好,这种事他不方便出面,那边已经落实了,钱也交过了,张立勇就负责送过去再接回来就是。一路上,温亚婷有说有笑,满不在乎的样子让他很不自在,这哪里是去打胎啊,分明是新婚第一胎的喜悦嘛。张立勇故作老成地说:"都要读研了,怎么不采取保护措施呢?"温亚婷不屑地说:"你愿意大夏天的戴个棉帽子啊?我以前吃的是长效避孕药,这段时间忙，给忘了。"做完手术，温亚婷在医院走廊的椅子上坐了半个小时，就没事似的离开了，她一点都不娇气。那一个星期，张立勇就睡在老朱书房的沙发上，每天都给温亚婷炖鸡汤做饭，老朱呢，他去深圳办调动的事情了。

老朱吃得满头大汗，他用纸巾一边擦汗一边说："两个老公，那还不爽死你啊，兔儿鼻子还是童男子呢。他以后找对象，我要给他严格把关，需要我这里政审通过才行。"

"让你把关，那还不让你给糟蹋了啊。我警告你，你去了深圳给我老老实实的，不要四处拈花惹草，我可是不好惹的，惹恼了我是不好收场的。"温亚婷严厉地看着老朱，老朱还是有些怕她。张立勇不知道，老朱有啥好怕她的，他就要调走了。这一走，以后的事，谁知道会怎样呢？

老朱揽过温亚婷，一只手在她的后背抚摸着："你有多厉害，我多少还是知道点的。两年很快就过去，你毕业了我们就结婚，生孩子，过日子。"

"知道就好，我怕你一得意就忘形。"

这顿饭吃得气氛紧张，那是张立勇大学时代的最后一顿饭，吃完那顿饭以后，张立勇就成了小镇派出所的警察，从此长大成人。

三

在乡镇派出所一干就是五年，除了和老朱互寄几张明信片，偶尔通几封信，调动的事情一直没有说起。老朱在信中说温亚婷研究生毕业后去了深圳，他们已经结婚，生了个女儿，让他不要牵挂。张立勇都死心了，这五年，他年年都是先进，入了党，还当上了副所长，在只有五个人的派出所里，他是唯一的科班出身。

这个小镇地处陇山山系关山余脉的丘陵沟壑地带，很少有外来人口流动，除了邻里间的矛盾冲突和偶发的小偷小摸，治安状况较好，五年里，他都没有机会从腰间拔枪，入警时六个月的训练也没派上用场。

眼看着到了该成家的年龄，既然费心劳神地读了个大学，怎么也应该找一个吃商品粮、有点文化、有个工作的女孩子吧？镇子就这么大，有工作的年轻女孩子眼睛都盯着几十里外的宝鸡，盯着灯火繁华处，谁也不愿意轻易地以身相许、拿自己的前途开玩笑。家里给他张罗了一个本镇的女孩子，这个女孩子高中毕业没有考上大学，在西安的康复路摆摊卖衣服，她捎来了几张过了膜的生活照，她的打扮土中带洋，脸上的表情也不像乡村女孩那样纯粹天然，但五官还是很让他心动的，连所里的户籍警李大姐都说，长得像《大众电影》封面上的左翎。

就在这时，老朱给他来了电话，说自己已去新成立的一个新区任公安局常务副局长，他的调令已经发出，这事拖得久了一些，让他不要埋怨他。

张立勇将长得像左翎的女孩子照片夹进那本《大众电影》里离开了，心里还有些怅然。

在小镇待了五年，张立勇对城市已经陌生了。下了火车，站在深圳街头，张立勇感觉和他当年去上大学一样，土包子又进城了。新区距离市区很远，他在公共汽车上颠簸了一个多小时，又从繁华都市一步一步地走向郊区，公路两边破败不堪，到处是凌乱、建筑式样单一而且难看的村落。许多地方醒目地高悬着公安局张贴在红布上的标语：坚决击毙两抢分子。张立勇的心不由得一紧，他下意识地摸摸腰间，他的配枪临走时已经上缴了。

老朱将张立勇安排在法制科任副科长，警衔还是二级警司。张立勇想去刑警队，老朱说："兔儿鼻子啊，你刚来，先熟悉一下工作环境，我们这是个新区，远离市区，治安问题比较突出，两抢犯罪频繁发生，老百姓反映强烈。刑警队任务重，压力大，整夜整夜地在外蹲守是家常便饭，还要经常出差。你就在机关待着吧，我找你说话也方便。"张立勇没有坚持，他说："一路过来，到处是坚决击毙两抢分子的横幅，治安问题真的有那么严峻吗？"老朱笑着说："那是为了震慑犯罪分子采取的必要手段，吓到你了吧？没那么夸张。亡命徒是有，毕竟少。很多人看到这个条幅心里不舒服，但这是区委常委会上定的，书记拍了桌子的，不能让老百姓过担惊受怕的日子。我们现在正在制定新的防控措施，治安问题很快会好转的。"

那段时间，张立勇和老朱夫妇住在一起。局里原本有单身宿舍给张立勇住，老朱说不住宿舍，先跟他们住一起，等区政府的福利房建好了，他们搬走了再说。他们在市里也分了一套房子，温亚婷的父母退休了，过来给他们带孩子，因为距离市区太远，老朱晚上经常要加班，他们周末了才会回市里。区政府的福利房正在建，他们住的是区政府的临建小区，一套三室一厅的房子。张立勇单身，就住了个小间，厨房、卫生间、客厅共用。

除了周末，他们都是一起吃饭、喝酒，看着电视，聊天到很晚。就是有饭局，老朱也会带着温亚婷和张立勇。他喜欢自己开车，下班了就让司机回家，要是喝多了，温亚婷和张立勇都是临时司机。

在一起住了一段时间，张立勇发现老朱和温亚婷一直是分房睡，他们再也没有了关上门避开他谈谈生活、谈谈人生的时候。读书时像新鲜的水果般饱满、充满光泽的温亚婷，忽然就黯淡了，脸上的皱纹深了，皮肤也不再光洁白润而是日渐发黄。她高大的身躯倒是没有缩水，只是变得更宽、更大、更占地方，客厅的单人沙发也让她坐得塌陷了。

天生泼辣、心直口快的温亚婷更加肆无忌惮。有天晚上正看着电视聊天，温亚婷忽然站起来说要去洗澡了，她一边走一边喊着："兔儿鼻子，过来给我搓背。"还没等张立勇开口，她停下脚步，回过头说："不要看你朱老师，他不会不同意的，他要省着力气给小妖精。朱老师，你说是不是？"老朱嘿嘿笑着，说："要是兔儿鼻子愿意给你搓背，我是没意见的。"温亚婷在客厅里脱了衣服，光着身子进了卫生间，关门的一刻，她探出头来说："我以后也该叫你猪老师，猪头的猪。"

张立勇惊愕地看着老朱，不知道说什么好。老朱倒是很镇静，他拍拍张立勇的肩膀，说："兔儿鼻子，你以后找老婆，不要找牛高马大的，要找个小女人，娇小玲珑的，那才有女人味，才是女人。"

第二天，张立勇正趴在桌上整理近期的一些两抢一盗案卷，他需要尽快审核呈报这批需要劳动教养的人的材料，老朱打电话叫他上去，关上门，小声说："兔儿鼻子，去找个安静的酒店，订间房，用你的身份证订，完了把房卡拿给我，记得开发票。不要让温亚婷知道，明白吗？"张立勇点点头，这种事他已经不是第一次做了，做这种事，老朱从来不用别人，连他的专职司机都不用。

这一次，老朱招待的是市里的记者，专门跑政法线的女记者。女记者每个星期都会来局里，局里的新闻大多是她采写了刊发在报纸上。有几次，在她的名字后面还加上了通讯员张立勇的大名，张立勇对写稿子没有兴趣，他只是按照老朱的交代，把能够报道或者需要报道的材料整理一下拿给女记者。

下午下班时，老朱还没有回来，他打电话让张立勇和温亚婷坐单位的班车回去。老朱不在，他们两个就在小区门口的小店里吃了晚饭，温亚婷始终没有问老朱的去向。张立勇弄不明白老朱为何总是那样，对年轻女孩子特别上心，那些女孩子他都见过，说实话，很多长得一般，没有一个能和年轻时的温亚婷比。年轻时的温亚婷不管到哪里，都是一盏灯,她会照亮一片天。这些女孩子呢,除了年轻,舍得自己,在哪里都像土豆一样普通,甚至有些影响市容。

吃完饭回家的路上,温亚婷忽然说:"兔儿鼻子,我给你介绍个女朋友吧,免得你偷偷去找小姐。"

"交警队有个女孩子不错,长得挺好看,只是还没有调过来,而且是贵州的,贵州属于老少边穷地区,按深圳的调干政策,是不能调动的。我一会儿打传呼,让她过来坐坐,你们认识一下。"张立勇有些难为情地说:"不着急吧,等以后有合适的机会吧。"温亚婷掏出手机打了个传呼,说:"这种事哪里有合适的时机,她过来的话就是合适时机,等你找到了合适的时机,早就给别人抢走了。"

"万一我喜欢上了她,她是贵州的,不能调动怎么办?"张立勇拿不定主意了。

"这种小事还是问题吗?新区里属于老少边穷地区的人调过来的多了,我们办公室就有两个。先把户口、档案放到深圳周边的小城市,再调过来就是。我们办公室李主任的老婆就是这样调过来的,这种小事对你朱老师简直是小菜一碟。"

"总是麻烦老师,真有些不好意思。"

温亚婷笑着说:"你给你老师办了那么多的坏事,让他帮这点小忙,还不应该啊?"

张立勇不知道她是试探他还是她真的听到了什么,他正要开口,女孩子的传呼回了过来。"我们就在小区门口等等她吧,她坐摩托车过来,很快的。你去买点水果吧,家里没水果了,我在这里等她。"

买完水果回来,张立勇看见温亚婷和一个女孩子站在那里有说有笑,女孩子中等个头,白白净净,看上去很清爽。

温亚婷给他们做了介绍,女孩子很大方地伸出手,和张立勇一握。

三个人在小区的草坪上坐了会儿，就一起回家来。

老朱回来时，三个人正聊得热火朝天，看见老朱，女孩子很局促地站了起来，叫了声局长。老朱示意女孩子坐下，温亚婷说："不用怕他，这是在家里。"她又转向老朱，"女孩子漂亮吧，给兔儿鼻子介绍的女朋友，瞧这小子乐得，嘴都笑歪了。"

老朱说："不错不错真不错，还是兔儿鼻子这小子有福气啊，找到这么漂亮的女朋友。"女孩子害羞地低下头，不敢看老朱。温亚婷乘机说："那你就给交警队的王政委打个招呼，无论如何都要将小宋尽快调过来。还有，她工作关系在贵州，按规定是不能调的。"

老朱拍拍大腿说："贵州怕啥，又不是从非洲调，还得惊动外交部。我让老李先给她办到惠州来，再从惠州那边调过来就是。他的同学是惠州市局的副局长，他老婆也是这样从甘肃调过来的。放心吧，连这点小事都办不了，我还当什么局长，回去教书算了。"

女孩子很感激地拉着温亚婷的胳膊，温亚婷拉着女孩子坐下，说："我们和兔儿鼻子的关系不是一天两天了，他是个实在人，要不，我也不敢把他介绍给你。我和老朱真心希望你们两个能成，他也老大不小了，一直是我和老朱的心病。"

张立勇嘿嘿笑着，眼睛直勾勾地盯着女孩子，温亚婷看看墙上的闹钟，说："都快十一点了，兔儿鼻子，你送小宋回去吧，明天还上班呢。"老朱将车钥匙递给张立勇，张立勇乐呵呵地带着女孩子离开了。

快要过年了，温亚婷的父母带着外孙女先回了苏州，张立勇的女朋友也回贵州去办户口、档案手续了。周末时，老朱提议去世界之窗玩一天，温亚婷有些不情愿，她带着父母女儿去过几次，她对那些人工景点也没太大兴趣。张立勇没有去过，他首先支持了老朱的提议，温亚婷也不好再说什么。

到了世界之窗，刚出停车场，老朱接了个电话，就说："省厅的领导来了，我要去陪一下，你们两个人玩吧，我忙完了就过来接你们。"温亚婷没好气地说："没有你我们一样玩得开心，还会更开心，不用你来接，我们打的回去。"

老朱一脸正经地说："接还是要接的，必须的。兔儿鼻子，照顾好你师母啊，让她玩开心点，我忙完了给你们电话。"

张立勇憨憨地笑着，看着老朱转身急匆匆地离去，这个场景也不是第一次了。昨晚老朱拿走了他的身份证，当时就给他说好了，他今天要招待一下他们巡警大队的女下属，为了避人耳目，特意到市里来谈谈人生。

进了景区，温亚婷一直拉着张立勇的胳膊，张立勇挣了几次都没有用，温亚婷气冲冲地说："嫌我给你丢人了吗？"张立勇怯怯地说："怎么会，万一要是遇到熟人，说不清楚。"

"局长大人都不怕影响，我们怕啥。你和小宋睡过了没？"温亚婷的话差点让张立勇跌倒，他没好气地说："你不要瞎说，我们连手都没拉过。"温亚婷笑得弯下了腰："兔儿鼻子啊，你也不是缺心眼的人啊，怎么谈恋爱的时候也要装纯真？这说明啥，说明你傻，连恋爱都不会谈。你朱老师应该好好教教你，他在这方面可是教授，是正的。"

景区里人来人往，谁也不会多看你一眼，你有园区的景点好看吗？

两个人漫无目标地走着，他俩的身高都是一米七四，温亚婷穿了双半高跟的皮鞋，看上去就比张立勇高大，张立勇和她说话，就要微微仰一下头，让他感觉更不自然。

到了大瀑布景区，温亚婷忽然说："你这么多年都没有女朋友，生理问题是怎么解决的？"

张立勇甩开温亚婷的胳膊，他原本就黑的脸一下子都发紫了："怎么能聊这样的话题呢，别人听到多难为情啊。"

"你又不是刘德华,谁会盯着你不放啊,说说怎么啦,这是光明磊落。告诉你,我就经常自己解决,我从来没觉得有啥好丢人的。"说完,温亚婷独自往前走去,张立勇迟疑了一下,连忙赶了上去。

僵持了一会儿,温亚婷又过来拉着张立勇的胳膊,这一次,他没有挣脱。"小宋回来你们就结婚吧。区里的福利房快要建好了,要是你结婚,应该可以分到一套,不结婚肯定是没有资格分房的。我问过小宋了,她说她那边没问题,这次回去,她会给家里说一下,她家里更没理由不同意了。怎么样,她这次回来,就把她睡了,她就会死心塌地地跟着你了。年前,单位要组织一次集体婚礼,结婚了也好,再也不用偷偷摸摸在被窝里打飞机。"温亚婷说着,又一次笑得弯下腰去。这一次,张立勇没有生气,他等温亚婷直起腰以后,轻声说:"好吧,那就等她回来,先把证领了。"

温亚婷拍拍张立勇的脑袋,说:"你好像有些勉为其难,是不是怕你不行啊?要不,我们回家吧,我可以免费给你辅导一下夫妻生活,免得你进了洞房闹出笑话。"

张立勇指着温亚婷,懊恼地说:"你这张嘴啊,啥话都敢说,这种话你都说得出口。"

"我嘴怎么啦,大嘴巴,厚嘴唇,老朱喜欢,轮得到你嫌弃吗?!"两个人闹了一会儿,也逛累了,肚子也饿了,就走出园区,去隔壁民俗文化村的食街吃饭,等老朱办完事回来。

这一年,张立勇结婚了,他的老婆就是温亚婷介绍的那个贵州女孩子,女孩子名叫宋阳。

四

刚结婚那几年,张立勇和宋阳的婚姻还是幸福的。婚姻就像四川火锅,刚刚上桌的时候是色香味俱全,吃着吃着不是咸了就是寡淡了,让人不舒服。

生了女儿平平后,宋阳的父母过来给他们带孩子,单位分的八十平方米的福利房就有些拥挤。张立勇想在小区边上买一套商品房,那个时候,区政府周围最好的商品房也就三千多一平方米,一般的小区都是两千出头,付个首期,然后慢慢供房也没有什么压力。宋阳的妈妈首先反对在新区买房,不要看她就是个随军家属,早年只在老家沂蒙山里的夜校上过几个晚上的扫盲班,一辈子也不知道自己的名字长啥样,随军进城几十年了,连个电话都不会自己打,她还很是看不上这个新区。在她看来,新区简直就是个兔子都不拉屎的地方,这哪里是深圳,都比不上她们那个边地小城的郊区,每次周末带孩子去市里玩,她都要说,这市里市外还真是两个世界。

宋阳也犹豫了。孩子上幼儿园,以后上小学、中学,新区和市里差了十万八千里去,好的老师也不会跑到这满地黄土、连个像样的商场和饭馆都没有的地方来。交警队那些年轻人就曾经自嘲:"幸好没有谈恋爱,不然买盒放心的安全套都要开车去市里,来回路上折腾三个多小时。"

张立勇就问女儿平平,想到哪里上幼儿园,女儿毫不犹豫地回答:"当然是市里了,每次去市里,玩一天我的鞋子衣服都干干净净的。"女儿还伸出脚来给他看,"你看看,我刚才跟着姥姥在楼下就玩了一会儿,脚上全是泥巴,新区又破又脏,一点都不好。"

想了半个月,也去市里实际考察了几次后,张立勇还是低头了。他也喜欢市里,喜欢灯火通明、繁花似锦的城市生活,想吃什么,想买什么,楼下就是,不像在新区,你想买双合脚的鞋子,都要进城。

老朱和温亚婷也支持他们在市里买房,毕竟好的资源、环境都在市里。张立勇当科长后,科里那辆老掉牙的三菱吉普就由他开,进城也方便,关键是对女儿的成长好。就这样,张立勇东借西凑地凑够了十六万的首期,在市里买了一套一百二十平方米的房子。他买的是新房,新房的首付只需要两成。这次他没有听从老朱的建议买他们小区的二手房,他觉得买二手房就像娶了个二婚的老婆。但他没敢说出口,要是让温亚婷听到,她还不和他拼命?温亚婷嫁给老朱时,老朱就是二婚。房子就在老朱分的福利房附近,那套房子和老朱家的小区是同一个学区,老朱的女儿丫丫就在那个学校上小学。

买了市里的房子,宋阳的父母高高兴兴地带着外孙女住在市里,平平也在小区里上幼儿园,园费一个月就要一千块,加上供房子,给老人的生活费,两个人的工资勉强能维持,一年到头能剩下的也就是年底的双薪,还要拿出来还债。

提了正科的张立勇就开心了几天,工资是涨了几百块,也有了自己的专车,舍近求远地去市里买房子,总是给人贪图享乐、不安心新区的印象。局里和他情形相同的人,大多是在新区买的房子,一套一百平方米的房子,也就二三十万,首付几万块,每个月月供也在可以承受的范围,正常的生活不会受到影响。除了老朱,没人理解他的做法。新区再怎么落后,总比你的老家八里镇好吧?你都能从八里镇走出来,上了名牌大学,当上公安局的科长,说明环境并不是一个人成长中最主要的部分。市里是好,但你的户口、孩子的户口都在新区,孩子上学还是要求人,要想把户口从新区迁到市里去,就和把你从八里镇调到深圳一样难。除非你混上了副处级,副处级以上没有这个限制,户口可以迁到市里去。关口森严的边检站,很自然地把市区和郊区分了开来,进个城,还有武警检查证件,出城呢,保安都不会看你一眼。不要看身份证同样印着一个T字,城里和城外的区别大着呢。

性格温厚的张立勇有了脾气。在单位，他谁也不敢惹，也惹不起，他的脾气全发泄在自己老婆身上。一开始，宋阳还忍着，久了，她不忍了，就和张立勇对吵。这种拮据的日子，她也过得不顺心，一分钱得当三分钱花，以前随心所欲购物下馆子的日子再也没有了。宋阳是副主任科员，没有实际职务，但交警队是局里油水最多的单位，经常发奖金，她挣的就比张立勇多，底气足。张立勇的法制科是个清水部门，每个月就五千出头的干工资，抽烟都是五块钱一包的白沙。有时候吵急了，宋阳就说："兔儿鼻子，这个家我负担了一大半，孩子也是我爸我妈带，你就像个住旅馆的一样，家里啥都不管，就知道跟着朱局长混吃混喝，经常是大半夜喝得醉醺醺地回家，以后再要喝酒，你就到外面住旅馆，不要回来了。"

张立勇就和老朱说："以后我下班了就回家，饭局还是少参加一些。宋阳说要是我再喝酒，晚上就不要回家了，去外面住旅馆。"老朱哈哈大笑，从抽屉里拿出两条好烟，递给张立勇。给老朱送烟送酒的人多，他抽不了那么多，经常会给张立勇几条好烟。

"女人啊，还真他妈的难伺候，你要让她口袋、裤裆都满满的才行，哪个空了都会出问题。你自己说，一个一下班就往家里跑的男人，能有什么出息？不要小看了饭局，那也是生活、工作的一部分。没有交往，没有人际关系，你怎么在社会上混？"老朱喝口茶，继续说，"当然，也不要冷落了后院，男人再怎么折腾，后院要稳，必须稳。你要安抚好小宋，回家了就和她说说话，多交公粮，让她知道你是关心她的。这年头，做男人不容易啊。"

张立勇苦笑一下，怯怯地说："忙一天工作，回到家就想好好休息一下，哪里还有力气交公粮？给你说朱老师，不知道是怎么啦，除了尿尿，我都想不起来身上还长着那么个东西。也许是广东的天气太热了吧，天天蒸桑拿，汗都流到裤裆里了，时间一久，男人就废了。局里好多人给我说过，宁愿值班也不愿意回家。不值班的时候，也要去外面玩，等老婆睡了才回家，怕回家老婆纠缠。我家宋阳经常讽刺我说嫁给我是上面下面都不开心，上面是精神世界，下面是娱乐世界。精神世界吧，她也没有太多地指望我，可连下面那点事她都不能开心，这日子还有什么意思？"

老朱已经没力气再笑了，他放下茶杯，说："这种事老师也没法帮你，也不能帮这个忙啊。我像你这个年纪的时候，可是离不开女人啊。你那时在我的书房里学习，我和温亚婷是天天晚上谈人生，那是乐此不疲。这都是那八年下乡体力劳动的好处，让我有了副好身体。广东的气候就这样，人家广东人常年煲汤喝，我们不会煲汤，也没那个闲工夫。兔儿鼻子啊，每天早上起来去跑跑步，要不然她就是不给你戴绿帽子，也会和你离婚。"

张立勇接受了老朱的建议，每天早上起来都要围着小区跑上几圈后才去上班。跑完步，他还会做几个俯卧撑，拉几下单杠，这些都是体力活。坚持了差不多一个月后，他爬上宋阳的床。

生了女儿平平后，他们就分房睡了，白天平平由姥爷姥姥带着，晚上就和妈妈睡，搬去市里后，他俩还是分房睡，宋阳嫌他喝酒抽烟嘴巴有味，他嫌宋阳睡觉打呼噜。

宋阳很热情地迎合张立勇，她甚至很不情愿地满足了张立勇的特殊要求，这在以前根本是不可能的，她是个很保守的女人。也许是前戏铺垫得过于丰富了，或者说他的跑步压根就没起什么作用，在宋阳刚刚意乱情迷的时候，张立勇缴枪投降了。宋阳懊恼地冲张立勇喊："没用的兔儿鼻子！天天喝酒抽烟，怎么说你都不听，成废物了吧，要你有什么用？"张立勇不敢回话，急匆匆地去冲了澡，回自己房间睡了。

张立勇再也没去跑步了，他等着宋阳提出离婚，她要是提出来，他会毫不犹豫地签字。宋阳没有提离婚的事，生活还在日复一日地继续，除了不在一个房间，也没有什么改变。

在机关泡久了，人很容易慵懒，失去激情。张立勇就给老朱说想换换环境，要是可能的话让他下去锻炼几年。老朱在常务副局长的位置上已经多年，他一直想当局长，可局长是常委，是政法委书记，要是他父亲的部下，那个将他调来深圳的领导不出事，他早就是局长，是常委了。他父亲的部下刚当了几年的市委副书记，出事了。他过去围绕他建立的人脉也是支离破碎，抓的抓撤的撤，他没有受牵连，已是侥幸。老朱也一直在等待着机会，他父亲早就离休了，当年的部下还有几个身居高位，他都去拜访过。关键是年龄，他已经没有优势了。

老朱早就看出了张立勇的心思，他有些着急了。谁都知道公安系统的升职有多难，一是人太多，二是能干的人、有想法的人也多，可位置就那么多，没有位置，往哪里安排呢？

老朱语重心长地说："兔儿鼻子，再等等，局长很快就退休了，上面有人和我谈过话了，让我先做代理局长，盯着这个位置的人很多，你知道，深圳是藏龙卧虎的地方，来这里的人，你根本猜不到他们是什么背景，你也帮不上我啥忙，不要给我添乱就是帮我大忙了。"张立勇不再说话，他深情地看着老朱，老朱说："我好了，你才能好，明白吗？"

张立勇给老朱的茶杯里加上水，恭敬地站在一边，说："朱老师一定能当上局长的，一定能。"

老朱指着张立勇的鼻子，说："兔儿鼻子，你的鼻子怎么不动了？还是以前像兔子一样跳的时候可爱。机关里人多嘴杂，出去不要和别人说这些事，你只要记着，你朱老师不会一辈子就安心这么做个副手的。"

张立勇再也没有提下去锻炼的事，老朱也没有提，他出去应酬，依然带着张立勇。周末回到市里，他们两家会一起出去吃饭，两个孩子也是情同姐妹。

张立勇没能实现下去锻炼的愿望，他老婆宋阳倒是当上了交警队的办公室副主任。当了副主任的宋阳变得豁达了，有了副科级女干部的风度，就是张立勇匆忙地缴枪投降了，她也大度地拍拍张立勇的头，安抚着说："兔儿鼻子，没事的，你开心了就行，我没事的。"

不久，老局长退休了，老朱做了代理局长，张立勇耷拉下去的脑袋也悄悄地挺了起来，老朱是他的菩萨。

区里的人代会就要召开了，老朱的父亲却生病住院了。送老朱去机场的路上，张立勇有些担心地说："这个节骨眼上，老爷子生病了，朱老师要多多保重啊。"

老朱说："你还年轻，很多事情你不懂。老爷子病了，他的部下能不过去看望一下吗？他可是从抗战一直打到抗美援朝的老兵，离休前好歹也是大军区副职。"

几天后，张立勇去机场接老朱时，老朱已经是区委常委、政法委书记。人代会后，老朱局长后面的代字也像他当初写在黑板上的教授后面的"副"字一样，抹掉了。

老朱还是老朱。

五

老朱当了局长后，看似漫不经心其实雷厉风行地调整了局里的班子。他上任后，和他竞争局长的前任政委和一个副局长都调走了。他没有理会各种渠道递来的条子和说情电话，给书记汇报工作时，他就很坚决地保证：从局里现有的中层干部里面提拔两个副局长，要比接收外面调来的更加有利。局里的干部熟悉新区的情况，而且都很有能力，他们一定会很快进入工作，把治安不好的帽子摘掉。书记支持了他的提议。新区的治安总是排在全市最后，连他自己的司机也因为停车问题和人发生冲突，被几个人围殴，至今还躺在医院里。有了书记的支持，老朱首先让分管治安和刑警队的副局长联系、分管巡警大队、交警队，将办公室主任和刑警队队长都提拔为副局长。

张立勇没有首先被重用。老朱交给他一个任务，让他们法制科尽快制定出一个切实有效的方案，将全区的出租屋、小旅馆统筹管理，出租屋的管理是重点，要建立严格的出租屋管理、登记制度，每个租客必须实名登记，民警必须分片包干，实行责任制。

当了局长的老朱变了，不再出入各种饭局，也没让张立勇再去宾馆订过房，和年轻女下属谈工作什么的，也不会轻易就握着人家的手不松开，他开始一只手夹着烟，另一只手插进口袋里了。

局里的人事调整完了后，下面的调整工作也差不多完成了，十几个高配副处级的派出所所长、教导员也基本到位了，张立勇这边却没有一点动静。四十五岁是提副处的最终年龄限制，他有些泄气，连他老婆宋阳都开始抱怨老朱了。

老朱呢，还是和以往一样，清闲的时候就将张立勇叫去办公室说说话，隔三岔五的还是会送张立勇两条好烟、几包茶叶什么的。他给张立勇有意无意地透露过，新提的两个副局长，都是书记和区长打过招呼的，他必须得办。对于他的工作安排，老朱闭口不提。

有天中午吃过饭，张立勇正想午睡，老朱打电话过来，让他两点钟在楼下大厅等他，老朱还特别强调，让他不要穿警服。说完老朱就挂了电话，去哪里要干什么、需要做什么准备，老朱都没有说。

张立勇换上便服，坐在办公室等着，他不敢睡午觉，生怕一觉睡过头，让老朱等他。他心想，安静了这么久，局里的工作也按照他的思路走向正轨，治安问题也大有好转，书记在大会上几次点名表扬了公安局的工作，老朱也坐稳了局长的位置，过了这段非常时期，老朱是不是又蠢蠢欲动了？张立勇特意将他的身份证揣进口袋。平日里，他只带警官证，很少带身份证，他的身份证也就给老朱订房的时候用用。

到了两点钟，张立勇出现在大厅时，却有点吃惊，老朱和政委一起走过来，他们后面还跟着政治处副主任老梁，他们都没有穿警服。

到了停车场，政委把车钥匙递给张立勇，说："开我的车，去海边。"

一路上，老朱和政委谈笑风生，他们从国内大事谈到国际局势，后来还充满感情地谈起了他们在国外留学的子女，他们的孩子都在加拿大留学。政委是从市里空降下来的，老朱在市局时他们就熟悉。他们谈得热火朝天，张立勇听得是云山雾罩，关于这次出行，他们一句也不提。

走了差不多一个小时，车子开进了海边的小镇。这时，政治处老梁开始给张立勇指路，车子在海边的一个度假村停下，老朱面无表情地给老梁说："你在前面带路。"

进了度假村的客房，楼道里满是麻将声和女人的浪笑。老梁一路看着门牌号寻过去，找到了他要找的门牌号后，老梁指指房门，轻声说："就这间。"老朱和政委沉着脸没有说话，老梁敲了敲门，门开了，里面来开门的人看见老朱和政委，声音里带着哭腔，说："中午吃过饭，我们过来玩一会儿，放松一下，正准备收拾了回去上班。两位领导怎么过来了？事前也不打个招呼，我们也好准备一下迎接领导。"

进了房间，张立勇才发现，打麻将的是这个派出所的所长和镇里的干部。分管派出所的副镇长张立勇认识，另外两个也是镇里的领导，张立勇叫不出他们的名字，给他们开门的是派出所的教导员。麻将桌上的四个人战战兢兢地站在桌边，自动麻将机还在卖力地洗牌。

政委指着教导员的脑袋，严肃地说："上班时间所长和教导员一起打麻将，你们很会享受生活嘛！你说说看，已经警告过你们几回了？！回去等候处理吧。"

老朱始终一言不发。那五个人也匆忙逃离了房间。老梁关了麻将机的电源，老朱在房间转了一圈，忽然说："既然出来了，我们就去附近的地质公园转转吧，我们也应该享受享受生活，放松一下。"

政委说："好啊，公园里空气好，在公园里谈工作，大家都放松，气氛也好一些。"

去公园的路上，政委拍拍正在开车的张立勇，说："这个派出所的所长和教导员一直不得力，局里多次接到群众的投诉，下面的民警对他们意见也很大。局里一直想调整他们派出所的班子，局党委的意见不统一。这一次，必须做出调整了，要不然，下面的民警和群众会怎么看我们？朱局长的意见是由你担任派出所所长，小梁任教导员，你们两个搭班子，要尽快将工作抓起来。这个海滨小镇是市里的旅游名片，工作做不好，要拿你们两个是问。"

老朱斜靠在后座上，慢条斯理地说："让你们两个去这个派出所，我和政委已经商量过多次了。老实说，我和政委可是担了风险的吆。你们去了要好好干，多请示，多汇报。对你们的工作能力，我和政委还是心里有底的。"

就这样，张立勇当上了海滨派出所的所长，成了副处级干部。这一年，张立勇四十四岁，距离提副处级的年龄限制只差一年。

上任不久，张立勇就体会到基层民警的艰难。他们这个海滨小镇有五万多人口，常住人口只有几千人。由于外来人口众多，海岸线漫长，进出镇子就一条海边公路，交通经常拥堵，民警要时常去协助疏导交通，而他手下就二十多个民警和几十个治安员。增加警力一时半会儿是不可能的，他就从治安员着手，将大批不合格的治安员淘汰，公开招聘退伍军人，特别是武警部队退伍的军人，他们有执勤经验，一上岗就能投入工作。

有天晚上，张立勇值班，他接到了前方巡查民警的电话。民警汇报，他们在海滨广场巡查时，听到一辆停靠在海边的车上有声音，就上去盘查，发现两个中年男女在车上干坏事。他们敲了半天的车窗户，里面的人打开窗户玻璃，态度蛮横，嘴里骂骂咧咧地说他是市里的领导，还拿出证件给民警看。民警请示怎么办。张立勇认识这个领导，他以前是新区的副书记，现在是市里政法委的领导。他不敢做主，就给老朱打电话请示。老朱让他等一会儿，他要考虑一下。过了一会儿，老朱打电话过来，让他亲自去处理这件事，给领导好好解释一下，就说下面人不认识领导，多有冒犯。老朱还特别强调，这件事绝对不能外传，更不能在值班警情上留下任何文字记录。这一点，要和领导讲清楚。

放下电话，张立勇立即赶到事发现场。领导正坐在驾驶室抽烟，他从民警手里拿过证件，恭敬地递给领导，赔着笑脸说："下面的民警不认识领导，希望领导不要介意。这件事是个误会，到此为止，我不会向上面汇报，也不会留下任何记录，请领导放心。"领导态度很快就温和了，他拿过证件，和蔼可亲地说："这件事不要和朱海波说，有机会，我会亲自给他解释的。你是个好同志，有什么事需要我帮助，尽管来找我。"领导摇上车窗，一溜烟地走了。执勤民警有些委屈："所长，就这样让他走了吗？你是没看见，刚才他可嚣张了，一个劲地指着我的鼻子骂我。要不是看他年纪大了，就是脱了这身警服，我都要处理他。"

张立勇说："大家都不容易，相互理解吧。这也不是啥大事，人家就是和情人约会，又不是卖淫嫖娼。领导也是人，也有七情六欲，这件事就到此为止了。出去不要乱说，要是你们出去乱说乱讲，惹出什么麻烦来，我可救不了你们。他骂你们是不对，当久了领导的人嘛，还能没点脾气？我替他给你们道歉了，一会儿值完班，我请大家消夜。"

事后，张立勇和老朱谈起这事，张立勇说老朱的决定很英明。老朱说："兔儿鼻子，他是正局级干部，你以为我敢自作主张啊？我是请示了书记的。书记说党培养一个干部不容易，不要让这件事毁了一个干部。下半身的事说大也大说小也小，你得灵活机动。兔儿鼻子啊，还好，你请示了我，你要是自作主张把这件事捅出去，那我和你都玩完了。官场错综复杂，你根本不清楚谁是谁的人，得罪一个就得罪一大片。在机关里混，千万不要轻易得罪人。"

老朱的话说到张立勇的心坎上了。自从当了这个派出所的所长，张立勇是处处受气。派出所受公安和当地政府双层领导，经费由当地政府拨款。他上任以后，镇里的书记一直对他不冷不热，他几次打报告要求增加经费，书记就是不批。后来他才知道，被撤职的所长，是书记拐弯抹角的亲戚。直到书记调到区里做了文体局的局长，来了个新书记，情况才有了好转。

派出所的工作繁重而且琐碎，张立勇经常住在宿舍里，周末也很少回家。想女儿平平了，他就让司机去接了宋阳和平平过来。每次过来，平平就说她是来探监。宋阳喜欢把心事埋在心里，她也不喜欢抱怨。不管怎么说，当了所长的张立勇收入比过去多了许多，那种捉襟见肘的日子总算是过去了。

辖区的工作在张立勇和老梁到任后，发生了根本改变。从来就没有治理不好的治安环境，镇里的经费一到位，他们首先在主要场所安装了摄像头，把镇里各个单位和公司的保安统一管理，在一些警情高发地段安排保安二十四小时值守，把有限的警力也撒在街面上，让老百姓能看得到警察。看到了警察，他们心里就踏实。

在山里长大的张立勇,不怎么喜欢大海。他所在的小镇是浩瀚南海的一片脚指甲,这里每年都要经历几次台风的袭扰,让人不得安宁。

台风来临前,张立勇带人日夜巡查。这天的后半夜,张立勇带着一名民警和一名治安员在海边的公路上巡查时,发现一辆停靠在路边的车辆很可疑。他让开车的治安员停下车,准备上前检查。下车时,他忽然接到镇长的电话,让他明天早上去参加镇里的防汛工作会议。这时,他看见从那辆车里冲出来三个持砍刀的青年,走在前面的民警瞬间就被砍倒在地。三个青年举着刀朝他扑了过来,张立勇大吃一惊,从警这么多年他还没有经历过这种场面。他扔掉手机,连忙从腰里摸枪。因为紧张,他半天打不开枪套,在他终于掏出枪来时,左胳膊已经重重地挨了一刀。当另外两个歹徒冲过来时,反应过来的治安员猛地推开车门,将两个歹徒撞倒在地。就是这一撞,给了张立勇时间,他朝着向他再次举刀的歹徒连开两枪。听到枪响,那两个倒地的歹徒爬起来就跑,张立勇将枪里的子弹全打了出去。两个歹徒躺在地上一动不动,张立勇顾不上查看他们是死是活,他跌跌跄跄过去,跪在倒地不起的民警身边,想拉他起来。这时,他才发觉,他的左胳膊已经没了知觉,根本抬不起来。治安员跑过来,帮着将倒地的民警翻过来,民警脖子上中了一刀,血汩汩地往外冒。治安员是武警退伍兵,连忙脱下上衣,撕开了给民警包扎。

张立勇让治安员赶紧向值班室报告,治安员说他已经报告过了,他用撕开的衣服将张立勇的胳膊绑紧,然后坐在地上扶着他等着救援到来。

受伤的民警还是没有抢救过来,张立勇的胳膊缝了二十多针,三个歹徒两死一重伤,后来查明三个歹徒是流窜作案的惯犯。

牺牲的民警和张立勇荣获一等功,表现勇敢的治安员也立了功,成了正式民警。但张立勇心里总是隐隐作痛,他总是想,要是他没有接镇长的电话,他和民警一起过去检查,说不定他会提醒民警把枪拿出来。

要是看到他们手里有枪，歹徒还敢嚣张地举着砍刀冲过来吗？从那以后，他要求所里的民警检查可疑人员和车辆时，必须带着枪。

三年后，张立勇和老梁又一起调回了局里。老梁任政治处主任，张立勇做了指挥处的指挥长，都是平级调动。

正是这次调动，彻底改变了张立勇的人生。

老朱快到退休年龄了，组织上已和他谈过话，要么在这个位置上工作到退休，要么去人大，还可以多工作三年。

就在老朱犹豫不决时，他惹上了麻烦，他让局办公室的干事刘丽丽怀孕了。刘丽丽的男朋友跑到局里来闹，他说刘丽丽承认是局里的人让她怀孕的，他要一个明确的说法，他就想知道是谁让刘丽丽怀孕的。刘丽丽死活不说，她很果断地和男朋友提出分手，男朋友还是不依不饶。为了平息事端，政治处主任老梁最后还是做通了她男朋友的工作，老朱也托关系将刘丽丽调到市里的一个派出所。

既然有人打上门来，明确说是局里的人将刘丽丽的肚子搞大了，局里就要澄清事实。眼见事情实在瞒不下去了，老朱找张立勇谈话了。

老朱摸摸已经谢顶的脑袋，苦口婆心地说："兔儿鼻子，朱老师对你怎么样，这话就不说了。朱老师现在有难处，我就问你一句，这个雷你替不替朱老师顶？"张立勇哭丧着脸，说："你就是酒驾撞到人，我也得给你顶啊，老师好我才能好。"

老朱过来，抱了抱张立勇，他没发觉张立勇的腿已经软了，快瘫了下去。

"兔儿鼻子啊，我就知道我没有看错人。这种事，我只能找你，明白吗？找别人我不放心。最多就是个记大过处分，你还立过一等功呢。兔儿鼻子，你要心里有底：有老师在，天就塌不了。"老朱舒坦了，他皱了半个月的眉头也舒展开来。

在局会议室，当着全体中层以上干部的面，政委说："是谁干的，主动站起来，承认错误，钱放错了口袋拿出来，床上错了下来就是，这也不是杀头的罪。只要态度诚恳，局里会酌情处理。要是拒不交代，到时候查出来，局里一定从严从重处理。"

张立勇低着头站起来，说："不用查了，是我干的，我听候组织处理。"

会议室一下子就开了锅。政委拍着桌子让大家安静，他冷冷地看着张立勇，说："你确定是你干的？"

张立勇说："我确定。"

政委宣布张立勇留下，其他人回去工作，他还当场宣布了一条纪律：下去不要议论这事，在外面更不能议论这事，违反纪律的局党委要处分。

张立勇一口咬定是他一时糊涂没有管住自己，犯了错误。这种事要是刘丽丽的男朋友不闹到局里来，局里也不会管。张立勇果断地承认了错误，加上他是市局树的标兵，立过功，流过血，局党委很快就下了处理决定：记大过一次，免去指挥长职务，任副调研员。

本来这事也就平息了，张立勇受了处分，撤了职，还是副处级干部，工资待遇也没受到影响。可他老婆宋阳不干，她跑到局里来又哭又闹，还说张立勇那方面根本不行，不可能干这事。在大伙的笑声里，张立勇一巴掌扇得宋阳住了几天医院，从医院出来，两个人就离了婚。

和宋阳离婚后，张立勇也心灰意冷。他去找老朱，说了他想提前退休的想法，老朱怎么劝也没有用。最后局里开会研究时，政治处主任老梁说："他受过伤，左胳膊一直不利索，那时在海滨派出所，一到下雨刮风就会发作，而且长期工作在一线，就按这个规定让他办理退休吧。他是我们局的标兵，出了这种事，大家都很同情他，也不会有人说三道四的。"老朱最后拍板，说："就这么办吧，不要因为犯了一次错误，就一棍子把一个同志打死。本来局里还想着让他在二线，深刻反省一下，哪天反省好了，还是可以重用的嘛。他的为人和工作能力，大家也是清楚的。就是他那个蠢老婆这么一闹，你说哪个男人受得了，说一个男人这方面不行，那还不如你一枪毙了他。"

离婚后，市里的房子给了张立勇，新区分的福利房和他们后来在新区买的一套房子归了宋阳，车和女儿平平也给了宋阳。张立勇将市里的房子卖了，他留下几十万的零钱，老家的房子翻新要花费一些钱，剩余的钱他都存在女儿平平名下。女儿正准备去澳大利亚留学，这些钱足够她留学用了。

张立勇把存折和卡交给了女儿，女儿趴在他怀里哭了。他摸摸女儿的头，说："要听妈妈的话，好好学习。"

临走时，老朱送张立勇去机场，老朱说："平平留学的事你不用管了，她留学所有的费用我包了。我妹妹就在澳洲，她会照顾好平平的。兔儿鼻子，回去了，需要钱什么的，就来电话。我也想通了，不去什么人大了，干两年退休算了。退休了，我就去八里镇找你。"

张立勇说："朱老师不要多想，这辈子跟着你，我很知足。我不是把市里那套房子卖了吗，七百多万呢，给平平留了七百万，足够她留学用的了。就是以后她想在那边发展，在那边买个房子，也应该问题不大。我在八里镇等你。"

在机场，两个人依依惜别，当老朱返回车上时，张立勇发现，老朱一下子就老了。他头发稀疏，高大的身躯也有些驼背。在时间面前，局长和下属才是真正平等的。

六

户籍警马丽娟走进院子的那天，张立勇没有晒他的棺材。已是深秋时节，深秋时节的太阳和中年男人一样，看起来耀武扬威，实际上已是强弩之末。

温亚婷出国前给张立勇来过电话，她已经说通了户籍警马丽娟，并且将他家的地址和乘车线路详尽地打印出来交给了马丽娟，她答应休假的时候会过来看看，彼此了解了解，温亚婷还特意强调了一下，让张立勇将他的破棺材收起来，广东人比较迷信，看见那个东西会认为不吉利。

他们以前就认识，都是一个局的民警。马丽娟已故的丈夫是检察院的干部，他们也打过交道，喝过酒。

马丽娟是个很大方的女人，不拘小节，她是介乎于温亚婷和宋阳的女人。宋阳温婉娇小，女人气十足，温亚婷牛高马大，光彩照人。马丽娟呢，大脸盘、大眼睛、大嘴巴，再加上她的一头短发陪衬，显得她的整个头部就格外地大。这一大，女人气就少了，男性气反而十足。

在院子里坐了一会儿，喝了会儿茶，马丽娟就说："出去走走吧，空气这么好，不要老是待在家里。"

两个人沿着河边的小路，向进山的方向走去。山路两边零星散落的地里长着玉米，玉米已经收走，干枯的玉米秆还留在地里。以前收了玉米，这些玉米秆农人会收割了拉回家烧炕或者喂牛。现在没人养牛了，播种都是用小型的播种机。为了净化空气，上面禁止农人冬天烧炕取暖，给各家发了电热板，就是做饭，也是镇里统一发的电饭锅。这些玉米秆再也派不上用场，只能等到来年开春了，让播种机压在地里施肥。玉米地后面是早已没有人烟的废弃村落，张立勇小的时候还经常跟着他的同学去村落里玩。玉米地后面、村落后面的半山和山岇里，还隐藏着许许多多的村落。现在，这些村落多半都被废弃了，人也都搬了出来，分散安置在城镇周围。

"真是安静啊，你一个人敢在这样的路上走吗？"马丽娟挽住了张立勇的胳膊。

张立勇回来后，偶尔也会在这条路上散步。白天没有什么好怕的，要是夜里在山路上行走，他还真是有点害怕。就是白天，野猪咬伤人的事也已经发生了好几起。他从来没有在夜里往山里走过，进了城，人的胆子都变小了。

"在自己家乡，有啥好怕的。"张立勇没有说实话，男人怎么能够在女人跟前说自己胆小呢？

"这河里的水这么小，有一段没一段的，北方还是干旱严重。我们在那块大青石上坐坐吧，不要再往里面走了，怪吓人的。山里面还有人住吗？"马丽娟拉着张立勇坐在大青石上去，转身望着后面云层一样连绵不断的大山。

张立勇说："在那个山脚下还住着一个人，一个退休工人。村里的人都搬迁到镇里去安置，建新房子要花十万块左右，政府只补贴一部分。他在外面工作，户口也不在这里，不能享受这个政策补贴，他也拿不出钱来建房子，就住在过去的老屋里，连电都没有。"

马丽娟靠在张立勇身上，说："他没有老婆孩子吗？在外面工作，怎么会连十万块都没有。"

"他老婆前几年死了，没儿没女。他一个工人，上班时住单位宿舍，退休了也就两千多块退休金，能有什么钱？"

马丽娟抬起头，看着张立勇，说："我有点冷。"

张立勇就将马丽娟抱在怀里取暖。张立勇一抱，马丽娟马上就成了小女人，她躺在张立勇怀里，胸部一起一伏，整个人都舒展开来了。抱了一会儿，张立勇说："还冷吗？"

马丽娟抬手摸着张立勇的脸，笑着说："讨厌。看来你一点也不傻啊，怎么温亚婷总说你傻呢？"

张立勇就憨憨地笑着，不说话。

两个人就这么抱着，有几次，张立勇把脸贴在马丽娟的脸上，马丽娟的嘴巴也扬了起来，但他还是克制了。万一路上忽然冒出个人来，这大白天的，这么大年纪的人了，那得多丢人。

马丽娟仰起头，含情脉脉地说："想亲就亲吧，装什么正经。我这么远跑过来，就是让你亲的。我们都这个岁数了，没那么多时间浪费了。"

张立勇四处张望了一下，除了风和几只叫个不停的麻雀，的确看不到半个人影。两个人坐在大青石上，长时间热烈忘情地亲吻。除了老婆宋阳，张立勇还没有亲过别的女人。和宋阳亲吻，她总是闭上眼睛迎合他，身体僵硬，始终悄无声息，让你很难分辨她是喜欢还是出于义务。马丽娟呢，马丽娟是全情投入。她的身体也极力地迎合着他，她紧紧地抓着张立勇的胳膊，生怕他忽然就跑了。她大声地喘息，身体使劲地往张立勇的怀里挤，张立勇感觉他的舌头都快让马丽娟拉出来了。他从马丽娟的嘴巴上挣脱出来，马丽娟还在大口地喘气，他就拦腰搂着马丽娟，等着她平息下来。

"很久没有这样了，不要笑我啊。"马丽娟站起来，拍拍屁股上的土，抬头看看天，说，"天快黑了，我们回去吧。晚上我要吃六大碗。温亚婷回去使劲地吹你们这里的六大碗有多好吃，我要见识一下。"

回去时，两个人就手拉手走着，中年人的爱情总是来得直接而且热烈。

傍晚时，街上也有了几分人气，街口的商店和饭馆门前开始有人影晃动。回到街面上，张立勇立即松开了马丽娟的手。握了一路，马丽娟的手心都出汗了。马丽娟还是挽着张立勇的胳膊，微笑着，看着张立勇和街上的熟人打招呼。

到了饭馆门口，张立勇停下来说："我们是在饭馆里吃还是点好菜，让他们送过去？"

"当然是在家里了，在你炕上的小方桌上吃。"马丽娟诡秘地微笑着。进了饭馆，她依然挽着张立勇的胳膊。

张立勇的老板同学正在和几个小学校里来吃饭的老师聊天，见张立勇进来，忙过来招呼。张立勇说："你嫂子今天刚从深圳过来，还是六大碗，一会儿你给送过来。明天早上再送两碗豆花泡馍，要大碗的。"

出了饭馆，马丽娟说："你说我是你老婆，你同学会以为你家宋阳去做了整容手术，完全变了一个人。再说身材也不对啊，个头我高她一点点倒没啥，倒是这身架，我足足大她一圈。"

"宋阳没有来过这里，她就去过宝鸡我弟弟的家里一次，这里没人见过她。"

"难怪你这么大胆，连你同学都骗。我也没有去过他家，他家在太行山里，别的没什么，就是上厕所不方便。"马丽娟掐着张立勇的胳膊，把脸贴在张立勇的胸口上，说："我现在还不是你老婆，能不能成你老婆，明天早上起来就知道了。今晚你要好好表现。"

张立勇说："好。在街上不要说不文明的话，要是让人听到，影响不好。"

"你给我站住，啥叫不文明的话，你们镇里的人难道不过夫妻生活，不生孩子？虚伪。"马丽娟在张立勇胳膊上狠狠地拧了一下，张立勇差点叫出来，他将马丽娟揽在怀里，进了院子。

一进院子，马丽娟就说："我想先洗个澡，我看见屋顶上有太阳能热水器，能用吗？"

本来是让她吃完饭再洗，但张立勇见马丽娟态度坚决，也没有坚持，就去把洗澡间的灯开了，还打开了浴霸加热洗澡间，山里的秋夜还真有些凉。

227

马丽娟收拾好衣物，走进来，说："不用开浴霸，没那么冷，我一身肥膘，不怕冷。"

张立勇退出来时，马丽娟说："你不跟我一起洗啊？一起洗吧，我给你搓背，你也给我搓搓背。"

张立勇红着脸说："一会儿饭菜就送过来了，我要在外面等，你洗吧，洗快点，洗好了出来吃饭。"

六大碗还要一会儿才能来，张立勇先把方桌擦干净了放好，他特意打开了一瓶茅台。天已经黑透了，张立勇打开院里的灯，点上一支烟，抬头看星星。天空还是高远瓦蓝、星斗满天，有个知心的女人在身边，那才是活神仙。

六大碗来了，他的同学还特意送了两个菜，是八大碗。马丽娟洗完澡出来，张立勇已经收拾停当，她数了数盘子，说："不是说六大碗吗，怎么多了两个碗？"

张立勇指着盘子里的菜，说："这个带把肘子和温拌腰花是我同学送的，看你的面子。"

马丽娟挨个品尝了一下八个碗里的菜，说："醪糟条子肉、温拌腰花、西府大合盘最好吃，黄焖鸡也不错，比我们客家饭好吃。以前，我就认为最好吃的是我们客家菜，在深圳待久了，反而不怎么喜欢吃我们客家菜了。"

"那你就早点退休，过来住这里，可以天天吃，吃腻了，我们就出去旅游，走到哪里就吃到哪里。"张立勇喝酒，看着马丽娟吃豆腐粉条包子。

马丽娟一边吃一边说："那要看你表现，你要是真心对我好，住哪里都一样。我们老家梅州也是山区小城，我打心眼里就喜欢山，喜欢山清水秀的地方。在深圳生活久了，也就那么回事，整天被高楼大厦包围着，能有啥意思？以前新区破破烂烂的时候吧，总想去市里，现在新区也好了，和市里没啥区别了，就想着梅州老家。"

张立勇给马丽娟倒上酒，马丽娟说："我不喝酒，你喝酒我也不反对，少喝一点。我家那个就是死在酒上的。他们出去办案子，喝完原告喝被告，结果就把自己喝死了。办完案子人家请吃饭，现在酒驾查得这么紧，他们还是开车回来，三个人一起去见马克思了。上面还算好，看在他们办了很多案子人也没了的情分上，各方安抚，给了个因公殉职的结论，我呢，就成了寡妇。"

张立勇将酒瓶盖上，说："你来了，我高兴才喝一点，平时我一个人的时候，从来不喝。"

"别装了，局里谁不知道你是酒鬼啊，喝酒没事，喝了酒就不要开车，不要害人害己就行。来吧，我破例陪你喝一杯，我就喝一杯，你自己慢慢喝。别把你弄得跟'妻管严'似的，我没那么霸道。"马丽娟坐到张立勇跟前来，右手支在张立勇腿上，左手端着酒杯。

喝完酒，马丽娟望着张立勇，她先是背过脸去笑了一会儿，然后说："你那方面真的不怎么行吗？你家宋阳也真是的，说啥不好，偏偏说你那方面不行，这多伤人啊，男人就怕女人说他这个不行了。"

张立勇尴尬地笑着："说就说吧，说出去的话泼出去的水，也收不回来。男人嘛，总是一会儿行，一会儿又不行的，谁都一样。一会儿你就知道了，别问了。"

马丽娟把身子伏在张立勇怀里去，温情地说："我现在就想知道，去洗澡吧，很快我就会让你知道客家女人的好。"

张立勇洗完澡回来，马丽娟已把方桌推到炕角，在被窝里躺下，他掀开被子时，光着身子的马丽娟一把将他拉进怀里。马丽娟在他身上上下亲吻，这使他兴致大增，他也轻轻摩挲着她的身体，不一会儿，马丽娟就呢喃着说："快，给我吧，我要。"

风暴过去，天阔气爽，马丽娟将她的肥脚搭在张立勇肚子上，说："我还以为你和温亚婷有过呢，她还很亲昵地喊你什么兔儿鼻子，她老说你不行，看来你们没睡过。"

张立勇还是憨憨地笑着："怎么可能，她是老朱的老婆，我怎么能和她，和她就是同学、朋友关系。"

"和我一起回深圳吧。逢年过节或者我休年假的时候，我们就回来。要是你觉得住我家别扭，你可以先住老朱家。温亚婷走的时候，把钥匙留在我家了，她让你过去给他们照看房子，也能经常去看看朱局长。你家宋阳留下的钥匙也在我那里，你倒成个宝了。"马丽娟趴在张立勇怀里，捏着张立勇的鼻子，说，"兔儿鼻子，你挺好的，比我家那个好多了。以后我也喊你兔儿鼻子，多亲昵。"

马丽娟是休年假过来的，她有充足的时间。折腾了几天，两个人都累了，张立勇就开着同学的车，带着马丽娟在宝鸡周围玩了一圈。他们先从东边的法门寺玩起，再折返回来，五丈原、钓鱼台、大水川，然后从香泉镇翻越牛头山转了回来。他们这个小镇周围，有着很多的旅游景点，他们站在渭河峡谷和南由古道的入口，约定马丽娟退休后，他就买辆车，把那些地方都玩一遍。

马丽娟的假期就要结束了，她没有说动张立勇跟她一起回深圳。老朱的房子、宋阳的房子，就是马丽娟的房子，都是他们的房子，他自己的房子早就卖掉了，住在别人的房子里，他会浑身不舒服。为了安慰马丽娟，他说："你先回去，我把这里的事料理完了，就过去，我也想老朱了，想去看看他。"

在一起生活了两个星期，两个人都有种相见恨晚的感觉，张立勇感觉他都快成老朱了，他以前还在心里批评老朱总是贪恋享乐，现在，他也活成了老朱。好东西是人人喜爱的，并不是哪个人的专利。

马丽娟心满意足地回了深圳，回去后一天八个电话，催着张立勇早早过去。张立勇人是留下了，可他心里总是空落落的，吃饭饭不香，睡觉也睡不安稳。

七

马丽娟的出现，让原本准备在老家了此一生的张立勇心乱了。

他将晒透了的棺材放在两张条凳上，用毛毯裹得严严实实，再用麻绳扎紧。虽说一时半会儿还用不上，但将来总有一天会用上的。这样一想，张立勇就有些宽慰，他在棺材上花的功夫和寄托的感情就没有白费。

他锁好门，还在门上加了一把大锁，然后站在院子里左看看右瞅瞅，生怕把哪个地方怠慢了。整理维护这个院子他花了三个多月的时间，用去他好几个月的退休金。葡萄架、花坛和墙角的一块小菜地，没有人打理很快就会荒芜。这时，他忽然想起了给他做棺材、整修大门，让他的老屋焕然一新的木匠刘新明。刘新明退休后一个人住在山里的老屋，连电都没有。让他住过来，给他照看一下房子，他回深圳会安心很多。

这么一想，张立勇很是激动，就这么办，一会儿就去看看老刘。要走了，顺着河道走走，看看老友也是开心的事。他将那瓶马丽娟来时打开就喝了几杯的茅台酒带上，老刘能喝，今天就把这瓶酒解决了。

手机响了，是个陌生的号码。张立勇坐在门槛上接电话，电话是宋阳打过来的，这让他很是意外。宋阳还是过去给他当老婆时的语气，一点都没变。想想她从遥远的太平洋那边打电话过来，张立勇就没有生气。再说她已是别人的老婆了，生气有啥用。

宋阳也慢慢平和了，她说："兔儿鼻子，你还是回深圳去吧。把你的破棺材烧掉，多晦气啊，哪有活人天天守着一口破棺材的。你的房子卖了，钱都给平平了，我们也不会忘了你的好。后买的那套房子写的是我的名字，我是留给平平的，这套老房子就是留给你的。就算离婚了，我也不能让你没地方住。这套房子当初也是分在你名下的，房产证上写的也是你的名字，你要让平平放心。我的话你可以不听，你要是喜欢守着你的破棺材，那你干脆直接躺进去好了，我让平平回去给你料理后事，一了百了，省得女儿替你担心。"

沉默了一会儿，张立勇说："好吧，我回去住。"

放下电话，张立勇背上背包，向山里走去。时间还早，就七八里地，中午饭前，他肯定能到刘新明的老屋。

走过大青石时，张立勇停下来抽了支烟。想想这块大青石上还留有他和马丽娟的故事，他就很得意。快了快了很快了，很快就会见到马丽娟，她滚烫的身子正等着他呢。这么一想，他的步子加快了，大青石远远地落在了后面。

刘新明的村子在山脚下，过了他们村子，就是高耸入云的连绵大山。山的那边是什么，是哪里，谁也不知道，也没人去打听、考证过。他们知道日子是一天一天地过，饭要一口一口地吃，就够了。要不，你还不累死啊。

进了村子，很多老屋已经没了屋顶。村里的小路也长满了荒草，走进一个青石垒就的院子，刘新明正躺在一张绑满绑腿的藤椅上睡觉。

见到张立勇，刘新明咧嘴笑着说："还是兔儿鼻子念旧。自己搬凳子吧，我的腿不得劲，就不跟你客气了。"刘新明指着他的左腿说："前天晚上，被窜出来的野猪咬了一口，还好，是头半大的野猪。要是成年的野猪，你就见不到我了。"

"人还能被野猪咬了？真是怪事。听说过几次野猪咬人的事，怎么不组织人打打野猪啊？万一出了人命怎么办。"张立勇坐下，从包里拿出酒来，又去刘新明的厨房拿过来两个小碗，倒上酒。他又从包里拿出一包酱牛肉，几个火腿肠，还有一包油炸花生米，这些都是他昨晚从饭馆里买的。

刘新明喝口酒，连说了几声好酒："野猪咬人没人管，人要是打死野猪，那你就等着上铐子吧。野猪是国家保护动物，比我老头子的命值钱。"

两个人哈哈大笑着喝酒。张立勇说他要回深圳结婚，让刘新明住到他那里去，给他照看一下房子。刘新明摆摆手，说："房子又不是女人娃娃，不需要照看。你就放心去吧，不会有事的。我在这里习惯了，也活不了几天了，不折腾了。"

张立勇没有再说让刘新明照看房子的事，两个人喝酒，有一句没一句地说话："那个朱胖子也应该退下来了吧？我记得我和他年纪差不多。那人硬得很，劳动、打架、弄女人都硬得很，是个人精。"刘新明指着不远处的小河沟说："那年他和我们村的知青在河边打架，我们村三个知青，硬是让他一个人打到河沟里去了，为女知青打架。"

刘新明停顿了一下，说："那时你还不大记事。他在学堂里和卫生院的毛淑芬很是出名。"

张立勇不知道赤脚医生的名字，今天他知道了，她叫毛淑芬。

"那家人也可怜，困难时期从西安城里下放下来的。来的时候，她爹还戴着右派的帽子，听说是西安城里一家大医院的医生。那个女子长得那个水灵，我在外面当兵、工作了几十年，再也没有见过那么水灵的女子。"

"我还以为她就是我们这里人呢。小时候，我们都叫她赤脚医生。说来也是，我们这里很少有这个姓氏。"张立勇吃着酱牛肉，他招呼刘新明吃牛肉："吃点东西，不要干喝酒，伤胃。"

刘新明没有理会张立勇，他点上烟，猛吸一口，说："我们这穷山恶水的地方，还能出那号人物？能出一个看得顺眼的就不错了。"他嘿嘿笑着："兔儿鼻子，我喝酒时从不吃东西。哎，那么水灵的一个女子，让朱胖子给糟蹋了。"

"她走了后再也没有回来过，她的家人也都不在镇里了，也没人再提起他们，谈论他们。"张立勇从小在外上学，镇里很多事他都不清楚。

刘新明喝口酒，说："后来落实政策，他们一家都回西安城了。曾经听那些知青说起过，那女子上大学时，跳楼自杀了，真是可惜了。"

话说到这里，忽然有些伤感。张立勇不想再继续这个话题，他话锋一转："你怎么就会做木匠活呢？还做得这么好。"

"这有啥奇怪的，我家世代木匠。要是不当兵，我就会一辈子做木匠，日子说不定比现在还好过些。"刘新明和张立勇碰碰碗，大口喝着酒，他的眼圈发红了："一切都是命。那年我跟我爹去县里给武装部部长家做家具，他的儿子结婚。做完活，部长说小伙子很精干，想不想当兵？出去闯一下，说不定更有出息。那时我已经二十岁了，跟我爹学木匠也有好几个年头，已经出师了，这门手艺也一直没有放下。就这样，我当兵去了，空降兵。在部队里，我很上进，也有眼色，很快就成了组织培养对象。提干的名单都报上去了，结果跳伞时，我走神了，摔断了腿，就退伍进了工厂，在保卫科工作。"

刘新明靠在藤椅上，望着天，自言自语着说："这都是命，人斗不过命。退伍后，我爹在镇里给我找了门媳妇，当时也是镇里一朵花，就是不会生娃。也不知道是她的问题还是我的问题，一个也没生养。我不怪她，前几年，她得病先走了，就埋在后面的山坡上。我在这里，就是陪陪她，她也在陪着我。"

张立勇给刘新明碗里续上酒，拿给他一根火腿："要不你跟我去深圳玩几天吧，出去散散心。"

"我这把老骨头了,不敢出远门。我要把这把老骨头留在这里,留在她身边。"

太阳已渐渐沉到山后面去了,院子开始发暗。张立勇起身告辞,刘新明瘸着腿走到墙角去,拿过一个棍子递给张立勇:"兔儿鼻子,拿上这个,万一遇到野猪啥的,可以防身。"

张立勇笑着接受了。走出很远了,他回头望去,刘新明还站在院门外目送他离去。他朝刘新明挥挥手,转弯走上回家的山路。

山路变得模糊。暮色四合,月亮也已出场,不一会儿,满天星斗闪烁。山路在星光下像一条细细的白线,引着张立勇回家。

到了大青石那里,张立勇紧张的心情才放松下来。离家就剩下两里地了,他甚至看到了街上的灯火。他在大青石边站定,点上烟,月光下的大青石泛着冰冷的寒气。河风吹过,他不由打了个冷战。

这时,他发现不远处有个黑影,不会是真的遇到野猪了吧?这么一想,他就有些紧张,酒也醒了。他的手下意识地伸向腰间,腰间空空如也,枪早就上缴了。没了枪,连野猪都不把你当回事。他将棍子举过头顶,往后退了两步。这一退,野猪猛地扑了过来,他躲闪不及,被野猪穿裆顶了起来,重重地摔到了大青石上。

不知过了多久,他醒了过来,野猪不见了,他想坐起来,却动弹不得,他用手摸摸头部和被野猪顶过的裤裆,手上湿乎乎一片,他知道那是他的血,他挣扎了几次,都没能坐起来,头部和裤裆里火辣辣地痛,他就躺在大青石上,看着满天星斗和瓦蓝的夜空:"妈的,要是让一头野猪给收拾了,还不如当年被歹徒用砍刀砍死,那样的话还死得壮烈些。"他在心里骂了一句,他感觉呼吸紧张,浑身冰凉,一点力气都没有了。

河风大了起来,吹得他眼睛都睁不开了。躺在大青石上,张立勇有些迷糊,他隐隐看见温亚婷指着老朱说:"你就是头野猪,到处拱。"

他老婆宋阳也曾这样骂他:"你就是那头野猪的影子。"可是今天,这头野猪却拱翻了他。他闭上眼,看到老朱走过来,揪着他的耳朵,说:"起来,兔儿鼻子,我还等你给我晒棺材哩!你别躺这儿装死。"他挣扎了几下,却怎么也坐不起来,眼看着老朱一点一点消失在河风里,他从来没有埋怨过老朱,留在心里的也都是他的好。

他想着马丽娟这个时候在做什么呢,她应该正在打扫卫生,早上她在电话里就说了,要把她家和他和宋阳的那个家都收拾得干干净净,让他回去了住得舒服些。他还想到了宋阳,她是个好女人,这回嫁了个开饭馆的,天生好吃的宋阳,那得多高兴啊。

最让他放心不下的是女儿平平,她从一个小不点长成了一米七的大姑娘,还拿了洋人的学位,找了个洋人男朋友,万一洋人欺负她,她可怎么办,要是我在女儿身边,他敢欺负我女儿,我一巴掌准能将他扇进太平洋去。他想起平平小的时候,他有时值夜班,早上回到家里,刚刚睡着,平平就跳上他的床,身子靠在墙上,用小脚丫踹他的脸,他恼怒地睁开眼睛,看到女儿正咧着小嘴看着他大笑,他的睡意很快就没了。

他想到了他的棺材,依刘新明的说法,他的棺材在镇里绝对是数一数二的,棺材的主体是三寸厚的桐木板子,棺材挡板用的是上好的柏木,打底、上漆前后做了三次,光土漆就用去四斤,还用了一斤熟漆。做这口棺材,刘新明耗时整整三个月,花去他一个月的退休金。

现在,正像温亚婷和宋阳说的那样,这口棺材给他带来了霉运。明天,不,一会儿头没有那么痛了,回到家,他就把棺材推到院子里烧掉。要是今天真的让野猪给顶死了,让人把他装进他晒得干透的棺材去,在茶余饭后,把他被野猪顶死的故事当作笑话讲,那可真是霉到家了。

(原载《四川文学》2023年第2期 责任编辑:冉云飞)

两地书

爱上一个影子

好几年没看见那么大的雪啦。下午她在地里拾土豆时，雪就像夏季扬麦子那样地下了起来，来不及拾进筐里的土豆都给埋在了地里。校长搓着手不停地走动，叫大伙动作利索点，人怎么总是和老天爷争食呢？祁阳的手都快冻僵了。有几次，她就那样跪在雪地里，一个土豆都不去看，她扬着头让雪往她头上落，一会儿工夫她就变成了雕像。大伙都冲她傻乐，他们都知道祁阳被鬼迷了心窍，每天往南方写封信，三年了，从未间断过。他们都说她在南方有个男朋友，但从没见那人来过，时间一久，祁阳就变成了这样子，总是神不守舍的，让人见了揪心。

不知过了多长时间，雪已埋住了脚脖子，要想拿一个土豆起来，就得划开好大一堆的雪，教师们都将目光投向校长，校长跪在雪地里，正吃力地往外掏土豆，他谁也没看。教师们满肚子的怨言，但校长不起来谁也不敢擅自离开，大伙都勾了头，从雪地里掏出一个又一个的土豆。

雪没有停下来的意思，好几年没下这大的雪了，大伙都有些好奇，只有祁阳感到这雪天是那么的富于诗意，她在信上给他描述过的北方的大雪正在迷漫，她还说等下雪时她就去雪地上照些相给他邮去，但现在没带相机，再说光线也不好。

"祁阳，教研室有你的电话，南方来的。"土豆地那头有人大喊了一声，等大伙回过神来时，只看到远处雪地上的背影，她早奔远了。

"这姑娘，瞧她乐的！"

不知谁说了这么一句，大伙都笑了起来。校长从雪地里站起来，说："雪太大了，地里的土豆眼看着吃不上了。她还有心思去接电话，等会分土豆时，少给她两个。"

祁阳没听到校长的话，她已到了教研室，进了门，轻轻抖了一下身上的雪，就将话筒抓在手里。

她握住话筒，心还在跳个不停，她大口大口地喘息，话筒那边就说是祁阳吗，她应了一声，那人就问这老半天的，到哪玩去了？她终于缓过气来，用脚勾过一个凳子来坐下，她确实累了。

祁阳说："我在地里捡土豆哩，学校种了好多的土豆，今天下午要挖出来分给老师，挖着挖着就下起了雪，好大好大的雪。"

电话里说："你们那儿已经下雪啦？这里太阳还烫人，我现在就穿一件汗衫。"

祁阳说："你那儿是南方啊，南方多好，但你看不见大雪，你不知大雪天有多美。"

电话里的人笑了："我在北方家里的时候，也见过大雪。不过，现在已很少能看见雪了，雪不知怎么就不愿意落下了。"

祁阳说："你来我们这儿吧，我们这儿什么时候都能看见雪落下来，雪对我们这儿情有独钟。"

话筒那边沉默了一会儿，接着说："你写的信我每天都能收到，我真不知该说什么好。忙碌了一天，回来看见你的信，我就忘了劳累，也忘了一个人在南方的孤独。"

祁阳说："那我就每天给你写。可你很少给我写，这太不公平。"

电话里说："我怕我写的信太伤感，让你读着不舒服，你也从此就厌恶起南方，厌恶这南方的感伤。"

祁阳说："不会的，南方对我来说是因为你在那儿才这么重要，要不是你在那儿，我才想不起来哩，现在，你在替我感受南方，这样，南方就变成了我们两个人的事情。"

电话里说："你这么说，我就放心了。晚上我就给你写信，不久之后，大雪就可以落在我写给你的信封上。"．

祁阳说："你在哪打的电话，电话费好贵的，你别将钱打了电话，弄得没钱吃饭了。"

电话里说："是公司的电话，老板出钱，放心吧。"

下雪天，这里的天黑得特别早，还不到四点，天就黑踏实了，土豆地里的人也陆续回来了，他们在楼道里大肆喧哗，已经开始分起了土豆，分到谁就大声叫谁的名字，祁阳听到有人喊她的名字，就说她要去领土豆，南方那边的人于是挂了电话。

"这该死的土豆！"祁阳在心里狠狠地骂了一句。她的土豆已被她哥哥领了出来，下午她打过电话回家，她哥哥便开了车来，将土豆装到车上后，要祁阳跟他一起回家。祁阳说她还有点事，现在不想回，她哥就说，又想那个南方人了？我刚才听别人说你和那个南方人在通话，真拿你没办法，还是回家吧，下这大的雪，你不回家去哪？祁阳想说她要到办公室写完了信再回去，但她没有说，家里的人都反对这件事。她哥哥最不喜欢南方人，一提起南方就生气，她没说话，跟了哥哥的车回家。

写　信

祁阳住在她大哥家里。学校有集体宿舍，家里人不让她去住，她就住在了大哥家里。大哥是法院的干部，和她同一所学校毕业，前两年大哥还是个科长，但现在不是了，他好打麻将，回家又喜欢打老婆，在院里名声不太好，有次办案还收了人家一点礼，这些事加在一起就给换了下来。祁阳知道事情不是这样的，她在牡丹江上大学时，就知道大哥的秘密，他和那里的一个姑娘有染。是那个女人让他当上科长又被撤下来的，女人总有些让人意想不到的绝招。大哥从科长的位置下来后，就经常不去上班，他满县城和人打麻将，回家就打老婆。打老婆是这地方的传染病，好在祁阳心中的那个人在南方，书上说南方的男人都听老婆的话，患的都是"妻管严"。祁阳不让他得这种病，只盼他心烦时不要揍她就行，人人都有心烦的时候，男人心烦了还能揍老婆，那女人心烦了怎么办？就乖乖地挨男人揍吧。祁阳心里烦得要命，她不想挨揍，就说，写信吧。

她床头上已压了一大堆没有寄出的信，信封上都标了记号，那是骂他的信，是些不好的信，是向他倒心里苦水的，她一封也没往出邮，她把那些写满了好听话的信邮给了他，让身上的温暖炉火一样去烫他。他虽身在南方，但他的内心是多么寒冷，他是个脆弱的人，敏感的人，对他，祁阳就了解这些。这个大雪纷飞的夜晚，电线被雪压断了，停了电，祁阳点了两根蜡烛坐在床前写信。她要赶上明天早上来学校的邮差，邮差已经和她很熟了，她已和他打了三年的交道，对了，下次写信就给他写写邮差的事，也得写写雪，写写下午土豆地里的事，那才有意思啦，雪地里，几十个老师都跟土豆似的，一头扎在地头上，多好啊，这情景他看到了不知有多高兴。

南方来信之一

这一年，我失去了很多朋友，他们像肩膀上的灰尘，不用抖，风一吹便落了。

离开那片果香烘热的土地已经多年，以致忘了果树几时发芽、开花。我就这样成了一个外乡人，成了一个无根无底、没有故土的浪子，命运能留给我的只有——在路上。一个人在路上，孤寂凄冷，没有音乐与鲜花，更看不到前途和终点。只有路，遥遥无期。饿了、累了，就躺下来，把脸贴在路上，和路说话。

已经说不清是从什么时候开始在路上的，最初是为了离开那个荒凉的小镇，离开那所工厂子弟和乡下学生混杂，被功利色彩包裹得密不透风的小镇中学。工厂子弟为了逃避工厂，进入城市，不再像父辈那样在车间里劳作而用功；乡下的孩子纯粹是为了能吃上公家饭在那里点灯熬油，教师大都是上了市里的师范学校又回来教书的男性，他们的目的更明确，整日埋头在寻找一个同样吃公家饭的女人的"贴身"现实里。这样的环境实在让人压抑，我那时已在外面的报刊上发过些小说什么的，认识一些朋友，就转学到了姑父所在的城市，他已从银行的任上退了下来，家里有还算宽敞的房子，那时我给自己定下了当一个川端康成或贾平凹式的作家的理想，正是这热切的梦让我付出了一生的代价。

这一年，我考上了梦想中的大学，之后，过了几年相对稳定的生活，毕业后又在西安一家杂志社工作了三年，其间又读研究生，终觉乏味而舍弃。如果我按那样的生活轨迹一直走下去，那我的人生完全是另外一种样子，我会像大多数人一样，落地生根，成家立业，慢慢变得务实，渐渐变得成熟，为混个一官半职绞尽脑汁，然后，等着退休。但我选择另外的道路，渗入我骨子里的那种少年时代的热梦又来压迫我，我的灵魂躁动不安，我又坚定了舍弃的信心。

1994年6月，我来到了广州，自此成了一个无根无底、远离故土的浪子。

我整日穿行于高楼大厦之间细窄的街面，身边是鸟语花香的粤语，眼前是别人的亲人，即使置身闹市，广州都给我一种浓浓的凄凉感。物价、房价和随之而来的一切现实问题也开始困扰我。我又像刚开始工作时那样为生计所迫，辛苦积攒下来的东西一夜间化为泡影。广州生活没有西安那么多的枝叶，简洁明了，现实得彻骨。广州没有那么浓郁的文化积淀，有的只是浮华物事，老百姓没有时间去指点邻里说长道短，也没有条件去放眼世界而不脚踏实地。

我已夹杂在众多的逃亡者中，成了他们中的一员，成了一座漂流的岛屿。我已厌恶那种长安城特有的安逸，那种让人骨头酥软、丧失斗志的安逸。

但是，广州也没能给我凡·高在阿尔对阳光的惊喜。对一个热爱生活而本质上反人生的人来说，现实生活中的任何面孔都不会使之冲动，我只是个匆匆过客。

按我最初的意愿，我想在广州改行做记者，让多年无聊的编辑生活重见天日，也能拓宽一下我的生活阅历。可我不懂粤语，这在广州便举步难行，加上广州已有一大批流浪记者，他们像我父亲经营的果园里良莠不齐的果子，爬满了广州的大小报刊。我很幸运，一到广州朋友就收留了我，也很快就有了一个饭碗。我和北京来的一个摄影记者在江南大道那边一个臭气熏天的村子租了两房一厅，又去街上买了辆破自行车，开始了我的流浪生活。每天下班了，我们就坐在楼下的食街，一边喝啤酒，一边听他讲打架的故事，苍蝇和狗在我们的周围闹着。酒杯空了又斟满，烟燃完了很快再点上，小巷里走来窜去的尽是些学艺术的学生，他们穿奇装异服，脑后都有一个古利特式的马尾巴，这个村子也就有了一个名字——艺术家村落。我和摄影记者在这个村子住了约半年，给我印象最深的除了他打架的故事就是小巷里老鼠一样窜来窜去的艺术家。在广州的半年，我见到了平生见过的最多的艺术家，他们和广州的霓虹灯一样，是一大名胜。和我们一样，为生计所迫，是这些艺术家共同的命运。他们挥不去落在画布上的物质的灰尘，他们在艺术和现实之间徘徊、挣扎，缠绕他们的依然是生存这棵老树。我认识一个搞行为艺术的小伙子，他拼命运作，想让记者将他捧为广州各行业都有的那类星子，他大学毕业后，没有服从分配，他更乐意流浪广州，他读大二时就和一个和他同命运的同学一起租了间房，从事他的行为艺术。我和这些行为怪异的艺术家在一起喝过很多次酒，在没有女人的时候，他们的行为、举止才会正常，一旦有异性在座，他们就像他们脑后晃来晃去的辫子似的蠢蠢欲动，我多次为他们身处广州这样一个女人的品位无须分辨的城市而惋惜，好在他们还有一点从事艺术这类职业的人的秉性，都把女人视为需要，这多少减轻了他们的负担。这些没有明天的艺术家，给我的广州生活带来了几缕生机。

　　流浪记者里五花八门，什么人都有，我遇见了多年前的一位诗友。他在华南师大后面的一个小村租了间很小的房子，一张钢丝床和顺墙角一溜排去的空酒瓶陪伴着他的流浪生活，他去买了瓶二锅头，用两个大杯盛了，递一杯给我，然后打开录音机，里面是他略显沙哑的声音在朗诵他的诗歌。酒气和他的声音在房间里弥漫，我坐在地板上，为我时常遇见的这种尴尬事不知所措，蓦地，我看见他眼里含满了泪花，不一会儿他竟羞涩地哭了起来，他问我，这样巨大的悲痛你有吗？这样的诗你还再写吗？我摇摇头，和他碰杯，这个下午我竟像个白痴似的在一个诗人的大悲痛里坐怀不乱，无动于衷。至今我仍认为他的那种"诗泪俱下"太做作了，一个诗人的悲痛总是无声的。在广州这样的地方，还有人做这种艺术状，让我碰见，我有福了。

我是注定不能做记者的，因为我只对过去了的事感兴趣，这样的人怎么能做记者？

常常看到赞美流浪的文章，让人忍俊不禁，我想他们多半是没有真正流浪过才这样甜蜜地喊了出来。对一个从小就在路上的人，他多么想停下来喘口气，静静地坐在岸上，把这些孩子端详啊！

也许，路一开始就走错了，结果还是错。

教 研 室

祁阳大学读的是中文系，分到县城高级中学后就在高中语文组，所有给高中班上语文课的老师都在一个教研室。叫高中语文教研室，但老师们习惯将其简化直呼语文组。这个学校主要以高中部为主，教书好的老师和学历高的都在高中部，他们平时称呼谁就说语文组的某某，数学组的某某，这时人们就知道这人是高中组的，到了初中组的人，前面就要加一个初中，祁阳的另外两个同学就被分去了初中部，他们说祁阳是个有福的人，一来学校就受到了重视。

祁阳也说自己有福气，她的同学都羡慕她在南方有一个男朋友，她将来可以到南方去，离开这寒冷、荒凉的县城。她毕业时，有两个女同学为了能离开这儿到大城市去，都放弃了分配匆匆地嫁了人，她们一个在北京开饭店，一个在哈尔滨当家庭妇女。她们是班上最先走出去的人，她们的行动影响了很多人，让很多人在心里哀叹自己的命运。

教研室只祁阳一个年轻姑娘，因此就特别地吃香。如教研室主任，他是个上了年纪的男人，老婆和孩子又在乡下，他对祁阳最为热心，当初他去这些刚分来的大学生中选人时，一眼就看中了个子高挑、皮肤白皙又异常丰满的祁阳，祁阳为此对他心存感激。

一个人刚踏入社会，是很想得到一位长者的喜欢和赏识的。祁阳从主任的目光里看到了她的魅力，她常常告诫自己，对于主任，她只要勤快些做事，好好给学生上课就行。她每天早上都是第一个到教研室，主任进来时，祁阳已给他泡好了茶，将他的桌面擦得干干净净，东西收拾得整整齐齐，可主任只是对她轻描淡写地笑笑，从未说过一句感谢的话。

祁阳以为是她过于丰满的胸脯给她带来了麻烦，为此她不止一次地埋怨过母亲，她的两个姐姐都有正常人的丰满胸脯，为什么让她长了一个过于丰满、常常给她带来麻烦的胸脯？她上街或上澡堂，总是有些让她不安的目光盯在那里。

有次教研室的人聚餐，主任喝了点酒，竟在桌子底下握住了她的手，她怕得要命，心里却很温暖，她默不作声，让主任握了好长一会儿，她怕被人发现，还用衣服的下摆遮挡了一下。她不明白为什么会这样，晚上写信时她将这写在了信里，她略去了她用衣服下摆替他遮掩的细节，她想让他知道她的魅力，除此之外，她实在找不出理由。

下次在电话上提起那件事，他也只是笑了笑，大概男人都这样随便吧，他一点也没有吃醋，难道他真的就容忍了这件事吗？为了怕他寂寞，她劝他暂时找一个女孩陪他，但不能当真，他也只是笑了笑，他真实的表情在电话上是看不到的。

打 老 婆

下午，祁阳和一个同学去外面照了几张雪景，她要将这些照片寄到南方去，他现在又去了深圳。他到深圳后只给她来过一次电话，那是个不适合他的地方，她为此总是担心，他怎么就跑到深圳去了呢？他不回答这个问题。深圳是个移民城市，对面是香港，她从电视上看见过深圳，她在心里说，深圳多好啊，到处是高楼大厦，要是心里有什么不愉快的事就可以去看海，深圳多好啊！可他能常去看海吗？

回到大哥家里，他们一家三口正吃饭，她感到她是个多余的人，嫂子碍于大哥的威严从来没说过一句让她难堪的话，但她心里明白嫂子是多么不欢迎她。她每天要花很多的时间给侄子辅导功课，只有侄子考了好的成绩，嫂子的欢喜才是真实的，那种时候一年里也就那么几次。

大哥对她的好才是真正的好，她参加高考之前，每晚都要去上晚自习，都是大哥来接她回去，她一个人走在前头，什么话也不说，大哥扛一根大棒独自走在后面保护她。想起这事她就在心里发笑。

见她回来，大哥和她打招呼，她没心情说话，进了自己的房间就将门掩上了。过了一会儿，外面大哥就和嫂子干上了。她跑了出来，见大哥脱了鞋抓在手里满屋子追着嫂子打，嫂子披头散发，在屋子里乱跑，可怜的人，能躲到哪儿去呢？她过去抢大哥手里的鞋，他不理她，只顾追着老婆打，她抢了半天也没抢下鞋来，她生气了，就朝大哥猛吼了几句，她说你就打吧，打死了就省心了。大哥就停了手，穿上鞋子，走了。

她过去劝嫂子，嫂子不理她。过了一会儿，嫂子抱住她哭了。她说大哥喝醉了，让嫂子不要记恨他。嫂子说喝醉了怎么只打老婆不打妹子，早晚给打死了去。说了一会儿，嫂子竟笑了起来，她说已经惯了，几天不挨打，倒有些身上发痒。她听了难受，就想回房休息，嫂子在背后说，要是发大水，你哥首先救的肯定是你而不是我和孩子。她没和嫂子辩理，这话也许在理，但在她和侄子之间，大哥肯定先救儿子，她是这样想的。

南方来信之二

我至今不知道住在我对面那幢楼里，和我同样方位的那两个年轻男女是做什么的，只是有次在楼下的小吃店里吃饭，我看见了他们，听口音那个男的是北京人，滔滔不绝地诉说着，那种京腔听着刮胃，那么大个人，说小姑娘似的话，何必呢？

我经常看见那些人光着身子在房子里走来走去，女的也只穿一件小背心，要命的是他们把窗户开得很大，你不由得就能看见他们的身体。他们为什么要开着窗户，展览他们的身体呢？那个女的，戴着眼镜，像是个知识分子，她的皮肤不见得就白皙，乳房不见得就丰满、高耸，但她还那样，光着身子，像把刀似的向你横过来，想杀死你。

在深圳，有很多为生活所迫下海的女性，我们这个小区就住着很多。楼下的几个发廊门口晃来晃去的女孩子，个个浓妆艳抹的，浑身散发着这种女人的气味，这种气味表明了她们的身份。

我曾应朋友之约，想写写深圳的风尘女子，但我一直没有动笔。在我去楼下的发廊洗过几次头，认识了几个女孩子，还和她们交了朋友后，我更是不敢下笔了。

那天，我去楼下的一个发廊洗头，发廊的老板是四川人，那里吹头、剪发的师傅是我们陕西人，那是我在深圳第一次碰见陕西人，竟然是在让人产生很多想象、联想的发廊里。陕西人不轻易出门，更何况是女孩子，我和她聊了几句，原来她是汉中人，汉中靠近四川，那里的女人就比较开放，远不是我们关中女人所能及的。她一个人跑来深圳，已经两年了，发廊换了好多，钱却没挣到多少，她是发廊里唯一挣工资的女孩子，洗头妹靠给客人按摩和别的服务生活，她靠手艺生活，就很清贫。

给我洗头的女孩子是四川人，她以前是个教师，因为生病欠了债才跑来深圳闯荡，她没有辞职，休了两年病假，她说不怎么喜欢深圳，她将来还要回去教书，她喜欢以前的生活，只是太清贫了。

慢慢地和她们混熟了，这个女教师出身的洗头妹说她喜欢知识分子，但现在越来越怀疑自己了，她说这话时猛地拍了另一个洗头妹一巴掌，那个洗头妹会意地朝门口望去，原来是住在我楼下的一个小伙子昂首挺胸地走过去。我被她们弄得莫名其妙，女教师说他是这个洗头妹在深圳的老公。我说你的老公又是哪一个，她拍着我的肩膀说你就是我在深圳的老公，可以吗？我不喜欢浑身喷满香水的女人，但说这些有什么意思？她说很多来她们这儿找过乐子的人，平日从她们眼前过，总是昂首挺胸，做出一副深沉状来惹得她们大笑，她也是看透了。这一次，她没有笑，她说过一阵子就回去，她老公常打电话来叫她回去，他们是青梅竹马。

邮 递 员

每次见到邮递员，祁阳都会莫名其妙地紧张，她害怕邮递员说"姑娘，又没你的信"，这样的话几乎每天都能听到。她每天都留心着传达室，邮递员来学校时正是课间操时间，她总会找个恰当的借口走过传达室门口，邮递员似乎也知道她会来，每次都要在传达室多待一会儿，他看见她总亲切地喊她姑娘，祁阳不明白他为什么喜欢喊她姑娘，刚开始听着刺耳，日子一久也就惯了，好些事情都是这样，它会慢慢地让人舒心。

又看见了他高大的身影，他站在那儿聚精会神地分发信件，传达室的老头拿着笔正往他的挂号单上签字，他们每天都在重复这个动作，从来不见有厌烦的时候。

祁阳从传达室门口过时，邮递员恰到好处地回过头来，他说你今天运气好，等到了一封信，是哈尔滨来的。祁阳心里有些气，他分信时肯定仔细看过了，连信从哪来的都记在了心上，他一点都不像他的身材，他的心还挺细腻的。她拿了信，要走时，邮递员却叫住了她。

邮递员说:"姑娘,什么时候可以请你吃顿饭?"

祁阳愣了一下,说:"你要请我吃饭?"

邮递员点点头,他紧紧地盯着祁阳,祁阳忽然感到好笑,就放声笑了起来。

邮递员说:"你认为可笑吗?"

祁阳说:"没有啊,有什么好笑的?"

邮递员说:"那就说个时间,我来接你。"

祁阳说:"你得找个让我去吃饭的理由我才会去。"

邮递员说:"没理由,我只想请你吃顿饭。每天都在这儿见到你,我感到很温暖,就是这个原因。"

祁阳说:"看不出来,你还是个很细心的人。"

邮递员说:"难道邮递员都是些粗人吗?"

祁阳忙向他解释,她不是这个意思,邮递员说本来就这样,人人都这样认为。

祁阳说:"我给你介绍个女朋友吧。"

邮递员说:"好啊,你要给我介绍一个什么样的女朋友?"

祁阳说:"就这学校的,和我是同学,她在初中组教语文。"

邮递员说:"你带她一起来吃饭吧,晚上我在学校门口等你们。"

祁阳说好吧,就离开了传达室。信是哈尔滨的同学邮来的,说了几句问候的话,并问她就这样等着南方的人吗,问她还能坚持多久。她忽然想哭,她想她是世上最幸福的也是最苦命的人,她也问自己,就这样一直下去吗?

饭　局

邮递员晚上在校门口等到了祁阳,祁阳带来了她的同学李玉梅。李玉梅和祁阳一起在这儿上的高中，又一起考到牡丹江去上大学，两个人住一个宿舍，很亲密。

李玉梅个头比祁阳矮一点，看上去结实些，这样说一个女孩子有些不雅，但在这地方，过于单薄的女孩子总没有看上去能干活的女孩子受人欢迎。李玉梅长着一张娃娃脸，眼睛大大的，笑起来特别甜，看得出，邮递员对她很满意，他们和学校里的教员不一样，没有那么多挑肥拣瘦的癖好。学校的教员一会儿是嫌腿肚子粗了，一会儿又是嫌脸上有几个雀斑，难得有顺他们心的人选。

邮递员和李玉梅一见面就很投机。邮递员说他马上就要回去坐办公室，他结婚单位可以分两房一厅给他。他们的谈话一句句地打在祁阳心坎上，她甚至有些后悔将邮递员介绍给李玉梅。李玉梅不时地用眼光看祁阳，祁阳也感觉到了自己已成了多余的人，该把空间留给他们了。

她一个人回到大哥家的小屋，关上门，趴在被子上哭了一场。

南方来信之三

认识阿慧是刚搬入小区不久的事。阿慧是个很有心计的湖南姑娘，她说不上天生丽质，譬如她走在大街上，你可能不会多看她一眼，她是那类极普通的女孩子，但一旦跟她交往，马上就会发现她的聪明、乖巧。

那天她们要打麻将，三缺一，在楼道里喊人，我刚好下楼打完电话回来，就去凑了个数。

她们有四个女孩子，其中的一个是刚从湖南来的，坐在边上观战，说是还没有找到称心的工作，不敢赌钱。她们玩得很小，十块钱一炮，算是打发时间找个乐趣。我第一次和她们玩，也不知她们的底细，她们刚开始都还彬彬有礼，打了几圈，有人手气不好，输了点钱，心里的火气就上来了,开始骂人、骂牌,一个个嘴里叼上了烟,一个打出一张九筒就骂一句"猪奶",另一个也打一张九筒,但她说"打一个糟老头",旁边的女孩子就笑着和她打趣:"你不是喜欢糟老头吗?"她又打一个小筒子,说:"我是老的小的都喜欢,也不喜欢,有钱就行。"和她们在一起玩很开心,不用担心输赢,打得那么小,也没人赖账,谁输了钱,骂几句脏话,并不挂在心上。

我就这样认识了阿慧,有时在楼道里见了,也是笑一笑,打个招呼。我并不知道她是干什么的,只是我回来的时候,她总在家,录音机的音量开得很大。

有天晚上,我正在房里看书,有人敲门,进来的是她。她似乎有点不好意思,但很快就镇静下来。她说挺想打麻将,但找不到人,就到我这儿来坐坐,看有没有可看的书找几本去,话头就这样接上了。

我问她以前在内地是做什么的,她说是搞艺术的,这句话震了我一下,幸好她马上说以前在长沙时开过影楼,搞照相,玩照相机的。我对这行还了解些,她并没有唬住我,但我不知该说什么,想找话题支开时,她又说了起来。

她刚来深圳时,也有重操旧业的想法,四处看了看,这个念头马上打消了。深圳到处是影楼,前期投资不说,场面上也要有人帮才可以,要不,就等着砸锅卖铁吧。她口才好,去一家公司应聘,顺利通过了。那是家国有企业,工资待遇不是很好,但可以解决户口、调动问题。在那里干了大半年,排在她前头的几个人报上去,一半被刷了下来,原因不是学历太低,就是原先所在地是贫困边远地区。她只有高中文化程度,想来想去就到了一家私人企业做公关小姐。

在私营企业里,和老板的关系是生存的首要条件。和她要好的几个姐妹告诉她,要想好好发展,就要满足老板的要求,一切尽心尽力,她说我又不是处女，不要小瞧了人。那个老板肥头大耳，是个客家人。她不喜欢那种没有棱角的男人，再说也看不起那种男人。以前在国有企业，她想诱惑老板，老板还想往上爬，对这种事很小心。到了这里也不能委屈自己，但又到哪儿去呢？她的客户对她挺有意思，也多次透露想和她好的口风，他约她出去玩，见她情绪不好，问起来，她说了这个处境，那个男人很实在，明明白白告诉她，可以给她租一间房，买些家具、电器什么的，一个月三千块钱，穿衣、吃饭他都管，要是两人感情发展得好，以后可以在关外给她买套房子，把户口也迁过来。第二天，那个男人就给她在这个小区租了间房，买了家具、彩电、音响，还给她往家里汇了两千块钱。而那个私营小老板和她去办事，吹得神乎其神，走累了，就说我请你喝点什么，末了一个菊花茶了事，整个一土鳖。

　　阿慧坐在那里小口小口地喝茶，她的心直口快，让我没了对话的契机，她为什么要说这些呢，这些话在这样的夜晚又有什么意义？她的绣花睡衣是那么朴素，而半隐半露在拖鞋里的那双男人式的肥大脚板不正暗示了她的命运吗？她要是不告诉我这些，不这样一目了然，这个暗香盈袖的夜晚，两个夜行人坐在命运的驿站，会有多少故事发生啊！

　　以后还被她喊去打过几次麻将，她们的谈话越来越直露、无所顾忌，或许她们已找到了符合她们这种人的生活方式，但阿慧还会和另外一个相识不久的人，在他的堆满书的零乱小屋里说她以前是搞艺术的这句话吗？

　　她搬去了一个花园公寓，那个被她称为糟老头子的男人生意做得一天比一天大，他给她租了一套高级点的房子。他是香港人，在那边有妻儿老小，这样的事在这里司空见惯，用不着大惊小怪。

南方来信之四

  我还是想给你说说我住的这个小区，这里有说不完的故事，特别是那些生活在这儿的女人，看着她们，我就想起了你，假如你现在也在这儿，会是怎样的情形呢？

  认识阿莲是我请她的老公帮我装电视天线的时候，我买了一个电视，可以收到香港好几个台，下班了，我就靠它消磨时间，你看，我有多么无聊。

  小区里经常能见到一些抱着孩子的妇女，有的是我那幢楼里出租车司机的家属，有的是小区里开商店的老板家属。阿莲和她老公经营着一个小杂货店，她老公是个客家人。

  阿莲有了三个孩子，那两个大点的孩子在老公老家读书，她带着小儿子和老公在深圳挣钱。她是最早来深圳闯荡的那一批女孩子中的一个。她说那时的深圳，和现在的郊区一样，到处乱糟糟、臭烘烘，她先在一家工厂做工，太辛苦，吃住都很差，一点自由也没有，她就跟了四川老乡去街上找工作。那时街上可没有这么多的夜总会、发廊，找工作也不容易，好在她长相好，就在一家酒楼里站台，一天下来腿都肿了，还晕过去好几次。干了不久，她就跑去一家发廊，认识了现在的老公。她老公是一个工厂的电工，常去发廊里洗头，时间久了，她觉得这个男人比较憨厚，就跟他出来开了个小店。

  阿莲的老公至今没去过阿莲四川的家，他说一直都很忙，没有时间，还要花很多的钱。他们就一间房，上边有个顶棚住人，下面做生意，他说他们过的根本不是人的生活，夏天热得没法睡，第二天又要早起，钱也挣不了多少。

  阿莲说和她一起来的老乡，大都找了本地人结婚，有了孩子，没有人回去。她是农村出来的，比较知足，在城里苦一点，累一点，活得差一点也比在家里务农好，她们那里是山区，那个穷就别提了。

一个人容易满足至少是幸福的，睡觉都不会做梦。阿莲带着她的小儿子，常常坐在菜市场的水泥地板上望着来往的人，看着他们忙忙碌碌，她的心却只扑在她的孩子和累得死去活来的老公身上，她还有心去望一眼梦中的椰子树吗？

至于那几个出租车司机的家属，看上去要比阿莲开心得多，她们的老公挣的钱要多一些，她们也不用去上班，整日坐在商店的门口聊天、看人打发时间，偶尔也能凑一桌，打打麻将。开心是写在脸上的，对她们来说，生活的艰辛和美好是大致相当的。

和阿莲比，她们以前在内地都是有工作的，只是丈夫出来挣钱，就跟了来，现在不用上班了，心静了，一心扑在孩子身上；另外，她们大都是城里人，这一点，也可能是和阿莲的最大区别吧，即使在深圳，一个人与生俱来的生活态度还是变化不了的。

山坡上的小屋

祁阳的家不在县城里，在铁道尽头和俄罗斯隔江而望的小镇上，她在那个小镇上长大。后来哥哥、姐姐陆续到县城工作后，大哥就从朋友那儿买来了这两间房子，让父母住。他们五个孩子都在县城上班，只有逢年过节时才回到山坡上的小屋里来团聚。

这个不到十户人家的小村，以前是农场，现在废弃了，住在这儿的人都是四处逃难过来的人，他们没有田地，就自己在小村后面的山坡上开垦，日子过得都很拮据。

祁阳的父母不用上山去开垦田地，他们的日常生活用品靠孩子们从城里带回来。祁阳的父亲是个老兵，在朝鲜战场上还立过功，回来后在牡丹江那边一个县的粮食局工作，困难时期那几年，为了接济他姐姐，贪污公家的粮食被开除了。从回到那个小镇至今，他一直活在儿女的阴影中，家里谁都认为他是个有污点的人。家里五个孩子有三个考上大学，另两个是接替大伯、大伯母的工作才有个出路的。父亲从粮食局被开除以后，就没回家，他无颜去见家里的人，在另一个镇上开了间小饭馆，全家人才勉强活了下来。他现在不用再去闯世界了，他坐在家里喝酒，回忆当兵的岁月，常常就那样眯着眼睛睡了过去。

大年初二，全家人都来了，嫁了人、有了孩子的两个姐姐也回来了，一家人挤在屋子里，连转身的地方都没有。外面厨房里母亲和两个姐姐在忙，里面大姐夫和两个哥哥、父亲在打牌，祁阳一会儿在厨房里拿些东西吃，一会儿站到牌桌前去看他们赌钱。看来是父亲赢了，只有他脸上堆满了笑，他每年过年都会赢来一年的酒钱。上了年纪，父亲的酒量大了起来。隔几天他就捡一个以前盛醋的塑料瓶子走几里地，到快接近县城的商店去打些酒回来，东北的酒全是粮食酿的，散酒才一块钱一斤，任他放开来喝。他也学村上的人，在房后开了几分菜地，种上各种菜。到了夏天，他还会将吃不完的菜拿到城里去卖，那样的日子多好啊。

二姐忽然跟二姐夫打起架来，他们总干仗，二姐夫在一个中学里开车，是他们家的粗人，也挣不来钱，没什么爱好，这两种原因加在一起，让他成了一个在家里备受冷落的人，连父亲都认为他是个没用的人。他和二姐打得很激烈，二姐身材高大，疯起来够他对付了，大伙都不理他们，任他们闹累了，他们自然会停下来休息。这一次，大哥忽然从桌子边站了起来，他冲过去，掐住二姐夫的脖子，还用头撞了一下，没有人去劝架，祁阳看见二姐夫的眼珠子都白了。她想大哥会掐死二姐夫的，过了一会儿，大哥松开了手，又坐到麻将桌前去了，他们又继续打起牌来,就像什么事都没发生似的。二姐夫哭着走了,没有人理睬他,过两天他就会厚着脸皮抱孩子来请二姐回家。

祁阳不知该做什么,她去厨房里帮忙,嫂子和姐姐说你就别添乱了,一边玩去。她去麻将桌前也插不上手,就出来,索性往山上去了。雪昨夜就停了,风直往脖子里灌,她缩紧脖子,将衣服往紧里裹了裹,山上的小路早让雪给埋住了,她就在雪地里乱走。

站在半山腰,向下面看去,每家的房顶上都往上冒着大团大团的烟雾,全世界都是白的。小村在一个小凹地里,四周是连绵不断的白桦林,她也不知道白桦林后面是什么地方。可能就是南方吧?她想着竟笑了起来,又说怎么会呢,他在海边,他看海的时候,想象得到这白雪覆盖的林海吗?她感觉很甜蜜,只有想起南方的他才会有这样的甜蜜感觉。

几个侄子在院子里一齐喊她回去吃饭,她转身往回走,下山时风像刀子一样割在她脸上,她痛得眼泪都流了出来,就转过身背着身往山下走。脚下的雪发着脆响,这是多么的亲切,一声声地响在心坎上,她又一次想,他要是也在身边,该多好。

到家时,耳朵痛得没了感觉,红得透明,去照镜子,脸红扑扑的。家里人已经拿起了筷子,这气氛是多么的和谐。

母亲说:"看到要吃饭了,还出去疯,也不怕林子里窜出来老虎。"

她说:"要真能窜出老虎才好呢。"

大家就一齐笑她,笑恼了她,她就说:"不准笑,有什么好笑的。"

二哥说:"快点给她介绍个对象。都二十五岁的大姑娘了,成天疯疯癫癫,这么下去不是办法。"

大家齐声附和,她就坐着,不动筷子,给他们脸色看。

大哥又说:"说什么过完年也要给她订个婚,年底就结婚。南方那个人不行,现在坏人那么多,再说咱北方人,干吗要找个南方人?"

她说:"我偏找,要结你去结。"

她在家最小,平日宠惯了,她不吃饭,大伙心里就过意不去,都不说这件事了。

父亲说:"过完年,我再出去跑跑看,听说牡丹江那边今年麦子的价比这儿低一些。"

二哥放下筷子,说:"你就别再给我添乱了,上次的事还没弄利落呢,在家歇着吧,这大冷的天,乱跑啥啊。"

大家都不说话了,低着头吃饭。祁阳感到她是世界上最不幸的人,她没个能交心的人。

开学第一天

新年的喜气还没有散去,整个正月,人们都在过年,天寒地冻的整个县城,扭秧歌、放鞭炮的早就在街头、村巷忙开了。

开学第一天是报到的日子,学生打扫完校园的积雪,报个到就都跑去看热闹了,住在县城里的教师也早早地收拾完回家。祁阳不想急着回家,也不想到大哥家去,她一个人留在教研室练书法。学校里忽然安静下来,暖气也不是很足,她练了一会儿,手有点冻,就起来在屋子里走来走去。

有人开门进来,她吓了一跳,她没想到还有人会进来,忙回过头去,是教研室主任,这一次,她感到欣喜。

"就知道你躲在这里练字,或者给你的男朋友写信。"主任进来,先哈口气,又使劲跺了跺脚上的雪。

"主任,你怎么又折回来了?"

主任说:"这学生也太差劲了,没人想起去将教师楼那儿的雪给扫扫，我扫完雪，回来拿点东西。"

祁阳说："你不回家吗？"

主任说："来回六十里地呢，算了，在哪都一样过年。"

祁阳说："你给我的字帖我写完了，在家没带来，下次再还给你吧。"

主任说："留着吧，我也不用，那是我在书店专门给你买的。"

祁阳感到很温暖，她走过去，和主任站得近了一些，说："你对我这么好，我不知该怎么感谢你，这学期我会好好给学生上课的。"

主任轻轻地握住了祁阳的手，他说："你知道我一直都喜欢你，我从来没有过这样的感觉。"

祁阳没有挣脱，她用另一只手敲着主任的手说："你是个长者，你知道我有男朋友的，我迟早都会去找他。"

主任扳过祁阳的肩膀，说："这是两回事，它并不影响我喜欢你。"

祁阳有些紧张，她快喘不过气来了，主任那双大手是多么温暖啊，他的成熟男人的气息扑面而来，她脑子里一片空白，在主任扳过她的肩膀，将她紧紧搂进怀里时，她竟然幸福地叫了一声。他们就这样紧紧地抱在一起，主任用额头撩开垂在她脸上的头发，俯下头来将嘴紧紧地压上她的唇，她慌乱地迎合着他，还不时地呻吟几声。她像一个在茫茫大海上漂流了很久的人忽然看见了海岸，她激烈地去迎接主任的撞击，她闭上眼睛，不让他看见她的慌乱和渴望。但是，在主任解开她的裤子要进入时，她忽然用力推了主任一把，主任一下子愣在那里，而她慌忙收拾好衣服，跑了出去。

"真是个古怪的姑娘！"

祁阳听见主任在后面大声说了一句。

南方来信之五

拆迁的消息是傍晚时传过来的。一回到小区，迎面遇见熟人，一开口就问搬到什么地方去，什么时候搬，这个问题苍蝇一样跟着我，飞来飞去，成了比过年更迫切的现实。

国土局的告示就贴在走廊里，它的冰冷面目第一次击退了不绝于耳的麻将声，走廊里显得有些冷清。

被拆迁的消息弄得最焦躁的是那些个体户，他们的生活起居都由自己操控，房子要拆了，虽说房子不是自家的，但已在这里住久了，周围的环境也很熟悉，一下子被抛了出去，扔在路上，又要找房子，讨价还价，再说，扔在这儿的房租也讨不回来了，能不急躁吗？

住在临建房里的人，经济、事业上都没有什么基础，要不也就不会住这样的临时建筑的房子了。我们这个小区，多数房子是单位买下来，给一些资历较浅的员工做宿舍的。有两家银行就分别在这个小区买了一幢楼，拆迁的消息看不出对那两幢楼里的住户有什么影响，他们从告示前过去，只拿眼角扫一下那张纸，大多数人是懒得凑过去看的。

像我们这样在小区里一次性投入几十万，买几套房子的单位也不少。好在还有个单位，心里也就踏实些，就看着那些个体生活者在楼道里窜来窜去，那几个出租车司机的家属，忽然感到了生活的压力，而往日只有她们的丈夫在牌桌上输了钱，你才有幸看见她们的忧郁。

还有那些把自己命运交给别人的年轻女孩子，这样的女孩子在这个小区为数不少，她们已经由最初的一个或几个，渐渐发展成不同的群体，每个小群体都有自己的根据地，她们也开始了大规模的迁移。

你想象不到这种在一个地方住习惯了被迫迁移的痛苦，在这儿，人人只为自己的命运着想，打电话到单位向领导求救，可他们关心的是房管局能退多少钱，至于我们今夜宿在何处，可一点都打动不了他们的恻隐之心。对我所处的这个环境．在我不厌其烦的唠叨之中，你或许已有所了解，但我不知道，你是否从中已经看出了我的良苦用心。

你对我的爱是多么昂贵、细腻，但你不会明白，为了配得上你的付出，我是怎样拥抱这滚烫的南方。不知有没有相遇的一天，我想，这样的方式可能是最完美，也最值得付出的爱情，它将一切简化，剩下来的只是相遇了。你把我视为梦想，试图在我身上做一个走南闯北、征服世界的美梦，我已经在路上，验证着你的梦想，你也该知足了。

走夜路，最想见的是人，最怕见的，也是人。我的话，你听明白了吗?

化 雪 时 分

有了和教研室主任那一次的接触，祁阳成了个沉默寡言的人。她的歌声、笑声，再也听不到了，她也不再每天给主任泡茶，一来就坐在桌前练字，大家相信是她和南方的战事拖得太久，感到累了。

在一封南方寄来的信中，夹着一张照片，是祁阳拆信时掉下来的，大家争着去看，女教师说很斯文、挺秀气的，男教师却说那么地瘦弱，一点也没有北方人的高大、威猛。祁阳没说什么，将照片夹进本子，放进抽屉，这马拉松式的爱情长跑太像一场梦，她确实已疲惫不堪。

祁阳的同学李玉梅和邮递员结婚的日期已定在五一劳动节，邮递员也调到邮电局机关里去了。他们的洞房二房一厅已布置好，邮递员一个月能拿七百多元的工资，他是教研室最受称颂的人。钱能使人变得高贵，祁阳在心里挺后悔将李玉梅介绍给他，他最先看上的是她，而她的心在南方，南方却始终是一座漂流的岛屿。

大嫂托人给祁阳介绍了一个刚从警官大学分到县公安局的小伙子。祁阳去见了，小伙子高高大大、白白净净，特别有礼貌。他开门见山地告诉祁阳，结婚以后住家里、单位都行，两边都有房子，祁阳说再说吧。小伙子说他曾在邮电局寄挂号信时见过她，印象很深，介绍人说她在县高中教书，他专门去学校偷偷看了，认出是她，心里说不出有多高兴。祁阳笑了笑，没有说什么。

她去邮局往南方挂电话，他接了电话，很开心的样子，她忍不住对他说想唱首歌给他听，但他有些为难，他说在单位打这么长的私人电话会给人看不起，领导也会不高兴。她很是失望，他连这样的机会也不给她。她问他什么时候来看她，他回答不上来，说工作太忙走不开。她没有再说什么，匆匆挂上了电话，出了邮局，她的眼泪就流了下来。街上白天化过的雪水已经冻结实，走上去总打滑，有好几次她险些滑倒。

回到大哥的家，全家人都在等她，问她见面感觉怎样，她一言不发地进了她的房间，关上门扑在床上哭了好长时间。家里人谁也没来打搅她。她哭够了，走出房间，对他们说她同意嫁给那人，现在就订婚，国庆放假时就可以结婚，全家人都很高兴，大哥说你想通了家里人才放心，你可以和南方那人做朋友，他什么时候来我们都欢迎。她不再说什么，说你们现在开心了，就因为你们不让我去南方找他，我才变成今天这样，我会一辈子记住的，现在我想睡一会儿。大家都不理她，只要她答应和那人结婚，过正常人的生活，他们就放心，就高兴，有什么比这更重要的呢？

祁阳进了门，她想最后一次给他写一封信，告诉他因为他的忽隐忽现才会使他们变成陌路。她还要告诉他她给这人的只是身体而她的心则永远在南方陪伴着他，虽然，他对她犯下了不可饶恕的过错，但这一切都已成为过去。

（原载《福建文学》1997年第1期　责任编辑：吕纯晖）